La cruz invertida

Marcos Aguinis
La cruz invertida

Novela

Premio Editorial Planeta
1970

Planeta

Editorial Planeta, S. A., Córcega, 273-277, 08008 Barcelona (España)

1.ª edición: noviembre de 1970
2.ª edición: enero de 1971
3.ª edición: febrero de 1971
4.ª edición: febrero de 1971
5.ª edición: abril de 1971
6.ª edición: abril de 1971
7.ª edición: abril de 1971
8.ª edición: abril de 1971
9.ª edición: julio de 1971
10.ª edición: octubre de 1971
11.ª edición: enero de 1972
12.ª edición: mayo de 1972
13.ª edición: noviembre de 1972 (edición especial para Club Planeta)
14.ª edición: marzo de 1973
15.ª edición: mayo de 1973
16.ª edición: diciembre de 1973
17.ª edición: marzo de 1974 (edición especial para Club Planeta)
18.ª edición: noviembre de 1974
19.ª edición: julio de 1975
20.ª edición: marzo de 1976 (edición especial para Club Planeta)
21.ª edición: marzo de 1976 (edición especial para Club Planeta)
22.ª edición: setiembre de 1976 (edición especial para Club Planeta)
23.ª edición: enero de 1977 (edición especial para Club Planeta)
24.ª edición: enero de 1978 (edición especial para Interbooks)
25.ª edición: diciembre de 1979 (edición especial para Club Planeta)
26.ª edición: noviembre de 1980
27.ª edición: mayo de 1981 (edición especial para Club Planeta)
28.ª edición: setiembre de 1981 (edición especial para Club Planeta)
29.ª edición: marzo de 1982 (edición especial para Club Planeta)
30.ª edición: setiembre de 1982 (edición especial para Club Planeta)
31.ª edición: diciembre de 1982 (edición especial para Club Planeta)
32.ª edición: enero de 1983 (edición especial para Club Planeta)
33.ª edición: abril de 1983 (edición especial para Club Planeta)
34.ª edición: junio de 1983 (edición especial para Club Planeta)
35.ª edición: enero de 1984 (edición especial para Club Planeta)
36.ª edición: marzo de 1985 (edición especial para Club Planeta)
37.ª edición: noviembre de 1986 (edición especial para Club Planeta)

Depósito legal: B. 32.507-1986

ISBN 84-320-8748-3

Printed in Spain - Impreso en España

T. G. Soler, Enric Morera, 15, Esplugues (Barcelona)

1

GÉNESIS

UNA BANDADA DE PÁJAROS ROJOS *descendió en picado. Se enrolló sobre sí misma batiendo sonoramente sus alas y enderezó otra vez hacia el cielo verde abriéndose en amplio abanico. Millares de jóvenes ovacionaron la proeza.*

Los heridos lanzaban sus carcajadas porque se sentían curados y sus brazos se agitaban gozosamente, libremente, como el plumaje bermellón de las aves. La revolución había triunfado y las multitudes danzaban alrededor del gran pantano amarillo. En el centro fue instalado un enorme cartel: «Monumento histórico internacional». Allí explotaban en burbujas malolientes los restos de la vieja sociedad y sus otrora codiciados valores. Una complicada red de cloacas traía desde los mas alejados rincones de la corteza terrestre esa pegajosa materia áurea. Era el sedimento despreciable que producían los alambiques de la revolución al destilar los elementos abstractos y concretos del mundo perimido.

Juntas, envueltas en sangre, cayeron al pantano una bota y una cruz. La bota se fue llenando de ese oro líquido y empezó a hundirse; pero se trabó en un brazo de la cruz. Pudieron flotar aún sobre ese fango que había sido su motor de siglos y ahora amenazaba ahogarlas. Les esperaba una muerte prefigurada por el rey Midas. La bota creyó estar segura con la protección de la cruz y en su puntera se esbozó una sonrisa. Pero ya había tragado mucho oro y pesaba demasiado. Lentamente, rodeadas por un collar de burbujas pestilentes, se hundieron. La cruz intentando salvar a la bota y la bota arrastrando a la cruz.

Entonces el Faraón mandó buscar a José para que le explicase su sueño. Llegó José, rodeado por guardias.

—¡Déjenlo libre! —exclamó el soberano, y los guardias obedecieron su orden, opuesta a la del día anterior.

José se acercó. Su aspecto era idéntico a Carlos Samuel Torres.

—Descifra mi sueño —pidió el Faraón.

Entonces Torres (que era José) dijo:

—La bota y la cruz afirman que protegen y liberan, pero la bota sólo libera al que la calza.

—¡Explícate!

—Libera los instintos. Gracias a ella el Coronel Pérez torturó y humilló.

—¿Ésa es una liberación?

—Él la siente así. Es efímera, subjetiva y falsa.

El Faraón acarició reflexivamente su puntiaguda barbita negra.

—¿Y la cruz? —preguntó.

Torres sonrió feliz: era su tema favorito.

—La cruz es el símbolo de la represión. Con ella impidió Roma que se liberaran sus esclavos. En la cruz fueron colgados millares de hombres, dando su vida por los otros y a ella eligió el Hijo de Dios para señalar con máxima evidencia su abierta complicidad con los oprimidos. Jesús crucificado es un reto a los explotadores y una acusación contra sus bestiales métodos de dominio. La cruz de tu sueño, trabada a una bota en el fango de oro, no era una cruz: durante siglos los reyes y señores aprovecharon una ilusión óptica. Fíjate bien: esa cruz, en realidad, era una espada sostenida por el extremo de su hoja.

2

La iglesia de la Encarnación fue construida sobre un terreno expresamente cedido por la muy recordada Marquesa Pontificia Encarnación Lagos, viuda de Santillán Mendoza. Acatando sus piadosos deseos, la iglesia se erigió con líneas de recatada elegancia, como fueron sus últimos años de vida. El luto, las plegarias y las limosnas le ganaron la misericordia del Todopoderoso. Y su memoria es venerada por las familias capitalinas de más granada devoción.

Con el transcurso del tiempo otras iglesias concentraron a la aristocracia, pero la Encarnación siguió perteneciendo a una *élite* de impoluta y señorial dignidad.

El Obispo confió el céntrico templo a dos sacerdotes vanguardistas, Buenaventura y Torres, para alejarlos de anteriores actividades un tanto enojosas. Disímiles en edades, aspectos, temperamentos y experiencias, estos curas discutieron durante varios meses sus proyectos, antes de lanzarse a la captación del estudiantado. Torres tenía profundos conocimientos teológicos, filosóficos y socioeconómicos. Buenaventura cargaba con una prolongada y dura experiencia en zonas alejadas de la civilización.

Ambos decidieron asumir conscientemente el Evangelio, aunque significara el martirio. A las reuniones públicas acudieron multitudes. Y a su término las opiniones solían trifurcarse:

A

—¡Estuviste muy bien, Arturo! —exclamó Joaquín Sáenz de la Mallorca, estrechando efusivamente la mano del doctor Bello—. Le obligaste a bajar de las nubes. El cura tuvo que definirse.

—¿Te parece? ¿Crees que atraparon mi intención?

—¡Por supuesto! «Basta de Evangelio y teoría: en la práctica, ¿se une o no a los marxistas?» Esto cambió el curso del debate. Fuiste categórico.

—Pero este hombre es hábil —Bello movió el índice como advertencia.

—Entre nosotros ¿qué piensas de él?

—Bueno... Tiene intenciones sanas. Debo reconocerlo, máxime tratándose de un cura. Pero le frustrarán dos escollos: no es marxista y por lo tanto no puede interpretar correctamente la realidad. Se perderá en una maraña de contradicciones idealistas. Es como un soldado que empuña un rifle torcido.

—¿El segundo escollo?

—Su condición de fraile. Lo lleva adentro, ¿comprendes? Por más que quiera ser progresista, es un engranaje de la más vieja fuerza reaccionaria de la historia. La sonrisa no oculta sus colmillos. Este cristianismo «socialista» nació como anticomunismo. No lo engendró la injusticia ni el dolor humano. Está aquí, en primer lugar, para hacernos la competencia. Tengo grabadas en el centro de mi frente, las palabras de Pío XI: «Id a los pobres. Los pobres son los que están más expuestos a las insidias de los agitadores, que explotan su mísera condición para encender la envidia contra los ricos y excitarlos a tomar por la fuerza lo que les parece que la fortuna les ha negado injustamente; y si el sacerdote no va a los obreros, a los pobres, a prevenirlos o a desengañarlos de los prejuicios y falsas teorías, llegarán a ser una fácil presa de los apóstoles del comunismo». Encíclica *Divini Redemptoris.*

B

—¡Ha sido un acto comunista, mi amigo! —sostuvo con indignación, mientras se enderezaba en el ojal de su solapa la insignia de la Acción Católica—. Las preguntas e interrupciones del doctor Bello me han enfermado. Ese sinvergüenza pretendió manejar el debate. ¡Y cómo le hacían claque sus camaradas! ¡Era el comité!

—El padre Torres hizo una conferencia demasiado secular. Se prestó a este juego.

—¡Ya lo creo! ¿Por qué la jerarquía no lo desenmascara y sanciona?

—Algo hay. Fue separado de una parroquia suburbana. Se murmura que el Obispo quiso alejarlo de los focos sindicales. Por eso lo trajo aquí.

—En el fondo, su perdición es la vanidad. Busca auditorios, aplausos y admiración. Pretende ser original plagiando al comunismo. ¡Su actividad es peligrosísima!

—Lamentablemente, su investidura le sirve de pantalla y puede infiltrarse airoso en las mentes desprevenidas. Es un instrumento del «camarada» Bello.

—Ni que se hubieran puesto de acuerdo.

—De acuerdo, no. Pero el cura oficia de idiota útil. Y Bello no es idiota, por desgracia.

C

—¿Qué te pareció? Bello ha quedado mal. Fastidió con tantas preguntas y explicaciones. Si se hubiera limitado a decir unas pocas palabras, quizás habría pasado. Pero se despachó una perorata interminable sin añadir nada nuevo. Que nos aliemos, que hagamos un frente común, que patatín que patatán —el muchacho dibujó en el aire las vueltas de un disco—. Y dale que dale por el mismo surco.

—Es un imbécil —le apoyó su condiscípulo—. No entiendo cómo le aprecian los otros comunistas.

—Porque sufren el mismo defecto: creen que los demás oyen como ellos se oyen a sí mismos. Son narcisistas. Viven espejándose sobre los mismos dogmas.

—El padre Torres le contestó con clase, pero no sé si entendió.

—¡Ni oyó! ¿Recuerdas que volvió a preguntar lo mismo?

A

—Está claro el móvil competitivo, Arturo.

—Sin embargo, estos curas son, por ahora, útiles —añadió Bello—. Cualquier institución o persona que denuncie al imperialismo y a las estructuras neocoloniales beneficia nuestra causa.

—¿Tendrá posibilidades de largo alcance este cura?

—Nunca se sabe. Pero yo creo que él se detendrá a mitad de camino, cuando se lo ordenen o cuando los cambios que propugna empiecen a lesionar los intereses temporales de la Iglesia.

B

—Analizó tendenciosamente la historia latinoamericana. Se apartó del tradicional respeto que debemos a nuestros próceres y no hizo justicia a la obra misionera de España.

—Fue demasiado breve al mencionar los sacerdotes que arriesgaron sus vidas por la Independencia para detenerse en una cantidad de obispos olvidados que se mantuvieron fieles a la Corona. No hubo equilibrio ni ecuanimidad.

—Me ha disgustado sobremanera. Este hombre camina sobre el borde de un precipicio y el vértigo le hace confundir los valores.

—¿Qué dirá a todo esto su tío?

—¡Aah!... ¡El R. P. Fermín Saldaño es un santo varón! ¡Este Torres debe ser la oveja negra de su familia!

C

—«¡El cristianismo no es un partido político!» Torres se lo fregó en la cara tanto a los comunistas como a los católicos de derecha.

—Estuvo brillante. Se manejó con principios eminentemente cristianos, evangélicos. Hizo un análisis claro y honesto de la poblemática latinoamericana. Nunca escuché nada más breve, simple e irrefutable. Pero estoy seguro que para los comunistas Torres es un simulador y para los conservadores un comunista.

3

CANTARES

APOYÓ LA MEJILLA sobre su pecho. Entreabrió un ojo y vio el bosque de vellos que le hacía cosquillas en la nariz. Lo mordisqueó con sus labios como a hierba seca y crujiente. Juan, adormecido, hizo un ligero movimiento de defensa. Ella sonrió. Estaba contenta. Se le había entregado con toda su capacidad de amor, verdaderamente enloquecida. Fue la culminación de una escena volcánica y atroz, con insultos y bofetadas. Él la amó casi como una bofetada más, como si la azotara por fuera y por dentro para hacerla pedazos. La estrujó con rabia, sin dejar de gritarle, mordiéndola y pellizcándola y revolcándola en el suelo. Ella sintió que se inflamaba y el calor la envolvía y transportaba y sintió deseos de besarlo y succionarlo y morderlo también y sus dedos y sus piernas y sus bocas se cruzaban, golpeaban, esquivaban y perdían el uno dentro de la otra hasta quedar extenuados tras la última y larga mueca que torció sus caras espasmodizadas por el placer.

—Te quiero, Juan —farfulló, tironeándole el vello.

Juan replicó con una especie de vagido.

—¡Te quiero! ¡Mi macho! ¡Mi hombre! —insistió ella, deseando que él no durmiera tan profundamente, para compartir en vigilia la alegría de su amor.

—¿Recuerdas, Juan?

—Qué... —apenas articuló la palabra, desganadamente.

—¿Recuerdas cuando me seguiste hasta casa?

—Sí...

—Fue después de aquel baile... Por primera vez me...

—Sí...

—¡Eras un desfachatado! —cogió un mechón de vello con los dientes y lo arrancó.

—¡¡Ay!! ¡Bruta!

—¡Mi Juan!... —le tomó la cara con sus dos manos y empezó a besarlo.

—¡No te pongas pesada! —la apartó de un manotazo.

Juan se incorporó, rascó su pelo y empezó a levantar su ropa, desparramada por el suelo. Ella cruzó los brazos bajo su nuca y contempló esa imagen atlética, hirsuta, olorosa. ¡Juan era tan hermoso, tan viril!... Tan violento... Como si fuera necesario. Como si ella no le sería fiel hasta la eternidad. Juan... Juan... ¡Qué hermosas flores le regaló aquella vez! Nunca le habían regalado flores. Y Juan las traía para ella. Eran para ella, aunque no lo pudiera creer. Puso ojos tan incrédulos que Juan rió. Porque él no sabía cuán sola y despreciada se sentía, golpeada con brutalidad por su madre, y lo que es peor, injustamente. Era eso: injustamente. Juan terminó de vestirse.

—¡La próxima vez no me hagas cuentos raros! —le advirtió. Dobló el fajo de billetes y lo metió en su bolsillo.

—¿No me das un beso?

—¡Mañana! —cerró de un portazo. El cuchitril de madera se estremeció y osciló la lámpara que pendía del techo, envuelta con un papel de diario como pantalla.

4

ECLESIASTÉS

EN EL LARGO CORREDOR empezó a sentir el olor de medicamentos mezclado a una especie de composición dulzona y emética. Hacia los lados se extendían jardines mal cuidados, con manchas de tierra pelada bordeada por césped seco y amarillo. Algunos bancos junto a viejos árboles recibían las confesiones de los enfermos. El sol marchitaba las pocas flores silvestres que se esforzaban utópicamente para dotar de alegría al abandonado paisaje. Flotaba la mesticia.

Abrió la puerta, penetró en la espaciosa sala. Un vaho de limpieza con desinfectante atornilló su nariz. Permaneció un instante quieto hasta que sus pupilas se acostumbraron a la penumbra. Algunas celosías entornadas permitían el paso de tabiques de luz. Contra las paredes, se alineaban las camas. Crujía deprimente. Una enfermera vino a su encuentro, lo saludó y acompañó hasta el moribundo.

El biombo viejo y sucio protegía su lecho de los restantes, para evitar que su inminente muerte creara un clima de mayor angustia.

El sacerdote depositó su maletín negro sobre una silla metálica. Una mujer relativamente joven lanzó su llanto en el cuenco de las manos. El moribundo era seguramente su esposo. La medicina no pudo salvarlo. Ahora él tenía que salvar su alma. Demasiado tarde para oír sus confesiones: ya se había hundido en un estertoroso coma.

Éste es el hombre hecho a imagen y semejanza de Dios, que se descompone, frustrado. Su vida breve, sumergida en el marasmo de la pobreza, no ha tenido oportunidad para alzarse libremente hacia la perfección. Ha llegado hasta ahí solamente, a ese lecho pringoso de hospital, siguiendo un curso biológico que en muy poco se diferencia del animal. Su mujer lo llora, como la hembra que pierde al macho. Este hombre, sin embargo, se asemeja a Cristo. La Encarnación ha sublimado al cuerpo. Un cuerpo como éste ha sido el cuerpo de Dios. Y cuando cualquiera de estos cuerpos sufre miseria y enfermedad, sufre Dios.

Torres se preparó para ungir al enfermo con el óleo santo.

Tendré que pronunciar las palabras de absolución —pensaba mientras su mano se acercaba al enfermo—. Lo salvo para la transhistoria, para que halle consuelo y recompensa por sus padecimientos terrenales. La transhistoria será para él consuelo, no la coronación de una vida rica y bella.

—Por esta Santa Unción, te perdone el Señor lo que hayas pecado —el óleo brilló en la frente del desgraciado.

Cuánta frustración, Dios mío. Cuántas almas van a Ti con este vacío horrible. Cada uno de los hombres, que según tu voluntad deberían ejercer libre participación creadora, son solamente números, caricatura de tu imagen, burla sacrílega de tu Encarnación. Mientras exista un solo hombre que no tenga lo necesario para ser verdaderamente hombre, la redención de Cristo fracasa. Cristo fracasa con este hombre, que vivió sin sentido y está por morirse sin sentido. He pedido a Dios que perdone sus pecados, que salve su alma. ¿Qué deberá perdonarle? ¿Haber sido un explotado toda su vida? ¿Haber nacido en la miseria, permanecer analfabeto, conocer sólo las perversiones de su hogar mal constituido e imitar las costumbres antisociales de sus vecinos? ¿Se diferencia en algo este hombre que robó, fornicó y tal vez mató, de un lactante que sólo exige comida y abrigo? ¿Acaso su alma corre en este momento peligro ante el juicio omnisciente y misericordioso de Dios o corre peligro mi propia alma, el alma mía y la de todos los que tenemos conciencia de las iniquidades que reinan sobre la tierra?

Abrió el maletín y sintió un impulso por autoungir su propia frente con el aceite santo para rogarle a Dios por su alma sumida en el pecado mortal de ver retorcerse diariamente a Cristo y nada hacer para aliviar su horrible martirio. Se alejó del moribundo, mirando cautamente hacia las hileras de camas. Salió de la sala. En el corredor, frente al seco jardín, le pareció haberse alejado del dolor y de la culpa: era como si hubiera dado la espalda al Gólgota y estuviera lo suficientemente lejos para no oír los quejidos de Jesús. Parecía estar más tranquilo, como si excusarse, evadirse, huir, no fueran eufemismos de la traición.

5

—¿Te llevo?

—Sí, a casa.

Magdalena subió al taxi. Empezaba a sangrar una parte del cielo.

—¿Trabajaste mucho?

Ella bostezó.

—Más o menos —se acurrucó en un ángulo del asiento, junto a la puerta, y no dijo más.

Fue una noche que no superaba a las mejores. Tuve apenas cuatro clientes. Uno se quiso hacer el vivo y pagar la mitad. ¡Caradura! ¡Aprovechador!... Tanto toquetear y pellizcar y manosear. ¡Quería comer para un año entero! Y al último intentó engañarme... Como si fuera el primero que me cuenta las desgracias de su vida y que no lo entiende su mujer... ¡Tendrían que inventar otras historias! Al principio simulaba escucharle, aunque sólo oía la mitad y la otra resbalaba como un patín. Me quería conmover, así no le hacía problemas con el pago. Después propuso ayudarme, protegerme, para que estuviera a su disposición cada vez que se le cantaran las ganas. Y mientras tanto, me hacía perder tiempo. ¡Qué se creía! ¿Que le iba a dedicar toda la noche? Por lo menos que largue la plata. A Juan no le iba a ir yo con sus cuitas. Él precisa dinero contante y sonante. Billetes, uno sobre otro. Porque si falta alguno me voltea de una bofetada. Después sigue con otra bofetada, aunque sea en el piso. Y cuando está muy enojado prosigue con diez, treinta o más, haciéndome bailotear la cabeza. Entonces agrega puntapiés hasta llenarme de moretones. ¿Contra quién quería protegerme? ¿Contra Juan? ¡Pobre mamotreto! Juan partiría tu cara hinchada de un solo golpe, como una sandía madura.

El taxi dobló en calle Colón. La bajada se pronunciaba. Dobló otra vez. Éste era San José, el barrio de Magdalena. Algunos hombres y mujeres salían para su trabajo. Obreros y sirvientas que debían cumplir horarios, obedecer a sus patrones. Magdalena, en cambio, se sentía libre. Al horario lo elegía ella, no era absolutamente riguroso y no debía obediencia a nadie. Juan se lo había explicado claramente aquella noche, cuando la llevó a la casa de don Francisco. Tendrás plata, dijo. Tendrás toda la plata que quieras, sin trabajar. Te vendrá de arriba, fácilmente. Algunos tipos se entusiasmarán y te harán regalos. ¿No oíste de queridas que se cubren con pieles y joyas? Bueno, eso tendrás.

Pero yo no quería acostarme con don Francisco.

—Le he prometido que irás. Es un hombre serio. Y pagará bien.

—No quiero, Juan.
—Irás.
—¡No!
—Me tienes que ayudar, Magdalena.
—Pero así no.
—No me quieres.
—Te quiero, Juan. Pero no me obligues a esto.
—Otras mujeres lo harían por mí.
—Yo te quiero de otra manera, Juan. Que nadie más que tú me toque.
—¡Ésa es una pavada de chiquilinas que juegan con muñecas! Una verdadera mujer hace cualquier cosa por el hombre que ama.
—Voy a llorar.
—Me lo agradecerás, tontita.
—Tengo miedo, Juan.
—Te resultará fácil, ya verás.
—¡No, no! Saldré disparando de miedo.
—No te preocupes: él sabe que es la primera vez que lo haces con otro. Te ayudará y prometió entregarte un lindo regalo.
—Mejor que volvamos, Juan.
—No seas terca. Hemos llegado.
—¡No entro!
—Sí, entra. ¡Anda!
—¡No, no y no!
—¡Me voy y no te vuelvo a mirar en la perra vida!
—No, Juan, no te vayas ahora.
—¡Pórtate como debes, entonces!
—Compréndeme, es la primera vez.

—Recuerda que no puedes hacerme quedar mal. Don Francisco pagó por adelantado.

—Doy este paso por ti, Juan.

—No te pongas melodramática...

—Es por ti, Juan, lo juro.

—Bueno, bueno, entra ya.

—Espérate un ratito. ¡No me empujes!

—Esto hay que tragarlo rápido, como un jarabe de feo gusto. ¿Por qué no te apuras y terminamos de una vez?

—Para mí es difícil. ¡Entiéndeme, Juan! Tengo la cara mojada por las lágrimas.

—Bueno, bueno. Sécate y... ¡adelante!

—Lo hago por ti, Juan.

—Ya lo dijiste.

—Para ayudarte. Te aseguro que para ayudarte.

—Sí, sí.

—Porque necesitas ese dinero.

—No empecemos de nuevo...

—Será la primera y la última vez, Juan.

—Así es.

—Prométeme que será la última vez.

—¡Te prometo! ¡Te prometo!

—¡Oh, Juan!

—¡Contrólate! Ya has llorado bastante. Que no vas a la muerte.

—Es peor...

—¡Déjate de exagerar!

—Juan: es por ti, porque te quiero mucho.

—Entra, mujer. Entra, de una vez por todas.

6

¡DECIDIÓ IR A MISA! *Yo tendría ocho o nueve años. Se hizo devota de golpe y ¡de qué manera! Claro. ¿Cómo no ir a misa si pretendía extender sus vinculaciones a todos los copetudos del barrio elegante en el que acababa de instalarnos? No se debía mencionar el pasado republicano de papá. Era casi un comunista porque... «dime con quién andas...» Hasta persiguió a un grupo de curas. ¡Bien comprometido habrá quedado como para tener que abandonar de repente su España y meterse en el primer barco que se hiciera a la mar! Allí conoció a mamá, una emigrante igual que él. Tenían mucho en común, especialmente hambre. Entre los mejores sueños de entonces figuraba comerse la luna. De vez en cuando papá conseguía robar algo en la cocina, para hacer más llevadera esa travesía atlántica. ¿Por qué venían a Latinoamérica? No lo sabían con certeza. Este continente sería su refugio transitorio, una posada en el camino hasta que la noche se fuera de España. Lo imaginaban atrasado y amorfo donde los europeos amasan con rapidez prodigiosa fortunas, pero donde no se encuentra incentivo para vivir.*

Mamá admiró las hazañas que papá le refirió sobre la Guerra Civil. Fueron actuaciones verdaderamente trascendentales para el desarrollo de la conflagración. Papá se reconfortó reviviendo sus días de soldado; otra vez saltó, portó armas y se arrastró en cubierta imitando las acciones bélicas. Su cuerpo ilustraba acrobáticamente al relato. Las palabras eran demasiado anémicas para tronar su arrojo épico. Mamá sonreía, temblaba, estallaba en sollozos, golpeaba con los puños sobre sus rodillas, participando de más en más en la lucha. Trajeron la Guerra Civil al barco. La tripulación se dividió en republicanos y falangistas, prendiendo discusiones, amenazas. Los harapientos emigrantes hicieron causa común con mis padres, un frente compacto, sano, invencible. Podían arrojar al mar a todos los enemigos y hacer de la nave un reducto de la España libre. El capitán se alarmó y puso drástico término a esas escenas.

Cuando desembarcaron, casi todos fueron al barrio español. Mis padres ingresaron en una sucia pensión donde fueron aceptados bajo la condición de empezar a trabajar al día siguiente. Papá fue ocupado como portero de un hotelucho y mamá de sirvienta. Ambos iniciaron sus tareas de muy mal grado, especialmente mamá, porque las consideraba denigrantes.

Los sueldos los cobró el dueño de la pensión, un

fanático republicano que no hablaba más que de España. Si no hubiera sido por sus ideales —dijo una vez— no habría aceptado a esta pareja sin dinero. Pero mamá empezó a quejarse, porque él se embolsaba el total de ambos sueldos para compensarse la magnitud de sus ideales. Papá buscó otro empleo. El republicano se sintió ofendido (porque él los recibió, atendió y protegió como un padre) y los echó sin previo aviso. Por primera vez en su vida papá puteó a un republicano. Desde entonces se olvidó un poco de la Guerra Civil y pensó más seriamente en el futuro de ellos mismos. El hambre padecida en el barco no era nada en comparación a la que sentían ahora. Durante varios meses no consiguió más que «changas». Por fin obtuvo un empleo mejor remunerado, pero no duró. Siguió con las «changas». Otro empleo. De nuevo en la calle.

En la casa donde trabajaba mamá, se condolieron y lo recomendaron. Fue ocupado en una mueblería: reparaba, embalaba, lustraba, transportaba. Mamá le rogaba día y noche que hiciera méritos para consolidarse en el puesto. Papá trabajaba hasta más allá del horario corriente sin reclamar pago por sus horas extras. Los patrones tampoco intentaron pagárselas, pero reconocieron que era un empleado excelente, cumplidor, ejemplar. Recaudó una fortuna de palabras...

Años después, como los méritos de papá sólo se recompensaban con frases bonitas y alguno que otro regalo inservible, pasó a otra mueblería. Allí era el único empleado y le habilitaron. Empezó a reunir algún dinero. Unió su dinero al de otro inmigrante español e instaló un pequeño comercio. Luego se enemistó con su socio. Siguió solo y prosperó.

El resto fue historia fácil: dinero, dinero y más dinero. Los años de la posguerra chorrearon oro en este continente. Fuentes y señora S. R. L. pasaron a integrar la clase de nuevos ricos. Era necesario penetrar en círculos sociales más altos, pulir las amistades. Una elegante dama recomendó a mamá un buen ginecólogo. Se trató y gracias a él o a las necesidades que imponía la fortuna —poseer herederos, entre otras— nací yo. Mi madre se opuso a todos los nombres que sugirió papá, inspirado en los Presidentes de la República o en sus camaradas de milicia. ¡Basta de Pepes y Pacos!, le gritó. Tendrá un nombre fino, histórico: Néstor. Luego nació mi hermana y la amiga de mamá —que tenía una obsesión con los griegos— sugirió su nombre: Eurídice. Néstor y Eurídice debían llegar a ser la culminación triunfal de sus esfuerzos: hacer de Fuentes un apellido que provocara admiración.

7

EPÍSTOLA

QUERIDA HERMANA:

No sabes cuánto celebro haber traído conmigo a tu hijo. Estas sierras, desde que las conocí, son para mí como un reflejo del jardín del Edén. La naturaleza estalla en colores apenas la toca el sol, al tiempo que los pájaros estremecen los follajes con sus trinos de metal. Por donde uno marcha, siente ese perfume de hierbas y de flores que entra por la nariz y por la boca, limpiando la cabeza y el corazón de pensamientos tristes.

Tu hijo se interesa por los pájaros. Me ha puesto en apuros, obligándome a confesar mi ignorancia. Trato de compensar esa desfavorable imagen transmitiéndole lo que sé sobre plantas, que conozco mejor. Su curiosidad, felizmente, no tiene vallas, de modo que su devoción por la ornitología no excluye a la botánica. Hasta se interesa por mis lecturas y tengo que explicarle asuntos teológicos demasiado complejos para su edad.

Se ha relacionado con algunos chicos serranos y pasa muchas horas con ellos. Los conoció cuando caminábamos por la orilla del río. Es un río de aguas cristalinas que lustran sin cesar su lecho de piedras blancas. Casi todos nuestros pasos incluyen un breve recorrido por una de sus frescas márgenes. Lo hacemos alegremente, saltando por las anfractuosidades del borde. Allí hemos encontrado a tres andrajosos chiquillos pescando. Su magra cosecha era depositada en una arpillera extendida sobre el musgo de la orilla, como un pingajo abandonado en un esmeraldino tapiz. Cuatro o cinco truchas yacían dispersas sobre el harapo. Nos quedamos observándolas. Ellos no hablaban si no les dirigíamos la palabra y, cuando lo hacían, apenas si pronunciaban un monosílabo. Al día siguiente volvimos al mismo paraje. Cuando salí de la abstracción a que me suele conducir el argentino ronroneo del agua, vi a Carlos Samuel pescando con los otros. Después los acompañamos hasta su casa, un pobre rancho protegido por ancestrales árboles. Tu hijo, desde entonces, los visita diariamente. Descubrí entonces en él dos cualidades, aparentemente antagónicas; la primera es la de conductor, que quizá se vio favorecida por la pasividad y sumisión de sus amiguitos. Carlos Samuel elabora las iniciativas, propone los juegos y trabajos, organizando las tareas de su pequeña legión. La otra cualidad es su vocación de servicio. Entre los juegos que ha ideado, figuran limpiar el rancho y su dilatado patio, arreglar el corral y reforzar el cerco. Con improvisados baldes y regaderas asperjaron las plantas y hasta lavaron algunos caballos. La actividad de tu hijo inyectó una alegría insólita en el rancho. Las escobas, los rastrillos y las tenazas se transformaron en objetos de júbilo. Estimulado por Carlos Samuel, intervine para aconsejar medidas higiénicas, quemar los nidos de liendres, hervir la leche y separar con un tabique la cama de los padres de la de los niños.

Aunque conozco los ranchos de nuestra sierra, era tal su miseria, que no pude evitar asombrarme. Es increíble el abandono en que viven algunos cristianos, en medio de la más rutilante belleza natural, manchándola con su pereza y los pecados que la pereza origina.

8

¡REPETIR LO MISMO! Hoy estoy cansada. Bueno, me moveré un poco. Algunos quejidos, para que se ilusione el pobre. ¿No aún? ¡Caramba, que le resulta largo! ¿Qué le pasará? Me moveré un poco más, a ver si le ayudo. Pero estoy tan cansada... Parece que está llegando. Me quejaré más. Sí, está llegando. Bueno, ¡al fin! Ya puedo quedarme quieta, aplastada contra la cama.

—Hazte a un lado, querido, estás pesadito.

—Déjame así un rato más.

—Ahora ya no tiene gracia... Me aplastas en serio. Por lo menos apóyate sobre los codos.

—¿Qué tienes en esta oreja?

—Me lastimé. Estoy aburrida de oír lo mismo. Todos los que se recuestan sobre mi lado izquierdo, lo primero que ven es la cicatriz de mi oreja.

—Está bien. No insisto.

—Mejor.

Si supieras —pensé—. Pero no te voy a contar mis cuitas, como acostumbran algunos hombres, que en vez de testículos parecen tener dos bolsas llenas de lágrimas para conmover a las mujeres. Esa oreja me la partió mi madre. Mi propia madre. No quiso oírme, está muy enamorada de su hermoso Jacinto. Él no podía tener ninguna culpa, claro. ¡Él, de corazón tan tierno! En cambio yo, que podía ser el único consuelo de su vida, su amiga, su apoyo, recibí el golpe del cuchillo. Tenía quince años y pude saltar a la mesa, al suelo, a una silla, otra vez a la mesa y ganar la puerta, correr semidesnuda por el patio, gritar y oír los gritos de mi madre blandiendo el arma. Sentí que algo caliente y dulzón llegaba a mi boca, pretendí secarlo con la mano y vi mis dedos empapados en sangre, en mi propia sangre, que corría por mi cara y por mis muslos. El espanto me hizo correr más, saltar la tapia, atropellar a los vecinos, hasta que decenas de brazos me sujetaron de pies a cabeza. Me arrastraron hasta la misma cama, donde me volteó Jacinto.

Creí que se repetía la escena, pero esta vez eran muchos y antes fue él solo, cuando en la pieza no había nadie, porque mi madre estaba en el hospital acompañando a Santos Inoc. Caminaba con torpeza, dio manotones en el aire para asirme. Transpiraba vino por todos sus negros poros, brillaba de sudor grasoso y penetrante. Comenzó a perseguirme, alternando los insultos con palabras melosas y obscenas. Lo esquivé alrededor de la mesa, empujándole sillas y bancos, brincando sobre la cama, hasta que alcanzó mi tobillo. Caí a tierra, a ese piso de tierra apisonada que mi madre regó antes de salir por la mañana temprano. Se revolcó sobre mí como una aplanadora. Destrozó mis vestidos y mi cuerpo, insensible a mis aullidos o enardecido por ellos.

—¡Puta! ¡Degenerada! —gritaba mi madre mientras consolaba a Jacinto, que se adormilaba en sus brazos—. ¡Lo provocaste cuando te quedaste sola con él!

Jacinto movió afirmativamente su cabezota inmunda.

—¡Mira cómo llora! —señaló mi madre las lágrimas que le chorreaban por sus mejillas, que era puro sudor de caballo.

—No tolera la enfermedad de Inoc —explicó a los vecinos—. Huye de su dolor emborrachándose. Se pasó la noche entera bebiendo, tratando de apagar su pena. Al volver, en vez de hacerlo descansar, mi hija —¡hija de mierda! ¡ojalá te hubiera abortado!—, en vez de consolarlo lo provocó, lo obligó a realizar inmundicias. ¡Te voy a matar! ¡Desaparece de mis ojos! ¡Sáquenla de aquí, que no respondo! ¡Sáquenla! ¡Fuera! ¡Fuera!

9

ECLESIASTÉS

SALIÓ A CAMINAR. Descendió rápidamente la breve escalinata de la modesta iglesia y enfiló hacia el parque Bolívar. Sus zapatos avanzaban rítmicamente como manecillas de un péndulo. Su movimiento se trabó al enfrentarse con un pozo en plena acera. Los zapatos se detuvieron sobre el borde, miraron hacia el fondo, calcularon la distancia y, reconociéndose fatigados, descendieron a la calle de tierra para obviarlo. En seguida reanudaron el ritmo, absorbiendo la tensión que chorreaba desde arriba, desde la cabeza. Uno, dos. Uno, dos. Parecía una marcha voluntariamente forzada. La calle se curvaba hacia el cielo. Uno, dos. Uno, dos. Los músculos se abultaban bajo las telas. La respiración adquiría sonoridad. Uno, dos. Uno... dos. Las manecillas del péndulo se asomaban con más lentitud, pero sin detenerse, con inflexible obstinación. El parque está en lo alto del barrio, como una verde cabellera; para alcanzarlo hay que pasear cerca de la boca y de las orejas de esas casuchas atiborradas de comadres. La boca hablaba con centenares de bocas. ¡Ahí va el padre! ¡Hoy no saluda! ¡Qué joven es! Las orejas oían y transmitían el sonido hacia los interiores. ¡Está pálido y tenso! ¡Qué buen mozo, me hubiera gustado para mi hija!

—¡Adiós, padre!

—¡Adiós, hija!

—¡Adiós, padre!

—¡Adiós, padre!

—¡Adiós, adiós!

Sus ojos no se curvaban, como si se hubieran roto sus resortes. Miraba fijamente hacia los árboles asomados en lo alto de la miserable calle y se impacientaba por llegar. Es decir, por salir de ese hervidero.

Todo lo que atareis sobre la tierra, será atado en el cielo y todo lo que desatareis en la tierra será desatado en el cielo. El confesonario se llena de pecados como una cloaca. Es necesario juzgar; para juzgar se debe escuchar, comprender, interpretar. (*Mateo,* capítulo XVIII, versículo 18.)

El sacerdote es responsable del castigo o del perdón. *Si perdonareis a alguno sus pecados, se le perdonarán; y si se los retuviereis, le serán retenidos.* (*Juan,* capítulo XX, versículo 23.) Perversiones, maldad, hambre, sexo, pobreza, ignorancia. ¡Rece, rece! ¡Qué más les puedo decir?

Lo desalojaron impacientemente, arrastraron sus muebles a la calle quebrando la pata de una mesa, rompiendo el respaldo de la cama y haciendo añicos la luna del ropero. Gritó y le hicieron callar a la fuerza. Los vecinos rodearon el excitante espectáculo. El oficial, molesto, le zarandeó un brazo. El miserable tropezó contra un ladrillo y cayó de boca sobre la calle. Sintió la sangre de sus labios y encías. Se abalanzó sobre el policía y despertó en la cárcel. Esperó semanas y semanas la absolución que nunca llegaba. Huyó. *¿Cómo?* No sé. *¿Hiciste más daño?* No sé: vine aquí para que usted me proteja, padre. *Ésta es una iglesia, hijo: sólo puedo salvar tu alma.* ¡Ayúdeme, padre, ayúdeme! *Yo te absuelvo de tus pecados.*

Una mujer en auto la vino a buscar. Dijo que la atenderían como a una hija. Volvía a casa los domingos por la tarde. Después no volvió más. La mandaron a otra parte, la despidieron con dinero y con el sucio hijo que él le hizo. ¡Yo lo mataré, padre! *Yo te absuelvo de tus pecados.*

Tenía hambre, padre, y robé. *Debes trabajar, hijo.* No me alcanza, padre; además tienen tanto que no se darán cuenta. *¡Robar es pecar!* Siempre fui honrado, pero le juro que tenemos hambre, que no alcanza. *¡No jures!* ¿Sólo eso manda la Iglesia? *¡Mi Obispo no quiere que me mezcle con los sindicatos!*

¡Reza, reza! Mentiras, promiscuidad, pereza, trampa. Los pecados se reproducen en el confesonario. Ese barrio es Sodoma. Será purificado sólo con azufre y fuego. *¡Recen, recen!* Homicidio, hurto, violación. En

lo alto de la calle crece el follaje. Un aire fresco empieza a frotar el rostro como si fuera el agua limpia de las montañas. Atrás queda el tufo.

—¡Recen, recen!

—Ya rezamos mucho, padre.

10

EL CORONEL PÉREZ se reclinó en el sillón giratorio. Sostuvo con cuidado el platillo y elevó lentamente hasta sus labios el café. Estaba contento. Por fin le habían dado el lugar que correspondía. Ésta era su oficina, éste el cargo hecho a su medida. Desde aquí podía extender su red de influencia hasta los más remotos escondrijos de la Patria para limpiarlos de la infección marxista.

Contempló gozoso su amplio escritorio, con cuatro teléfonos a su izquierda y un tablero lleno de botones que lo ponía en comunicación directa con unidades móviles, dependencias internas y externas, centros de información, el Ministerio del Interior y la Presidencia de la República.

Su carrera avanzó ininterrumpidamente hacia este objetivo. Tenía a su disposición una mesa bien servida: debía empezar a devorar. A él no le enredarán con subterfugios legales ni rótulos que llevan a equívocos.

Limpiará la ciudad y el país de comunistas, entrará en sus madrigueras, quebrará sus medios de enlace internos y bloqueará sus contactos con el exterior. Les amputará pies y manos. Cortará sus cabezas y les arrancará los vestidos con que gustan disfrazarse. Ésta es una guerra: si a él lo pusieron por fin aquí es porque el Gobierno y las Fuerzas Armadas comenzaron a tener conciencia de ella. La guerra significa echar mano a los recursos extremos para ganar y ¡ganar cuanto antes! Así la practican ellos empleando en varias partes la guerrilla campesina, en otras la guerrilla urbana, los comités por los derechos humanos, los sindicatos, los estudiantes; aprovechan cualquier excusa justa o injusta, lógica o ilógica, para atentar contra los poderes constituidos y contra la sociedad, para descomponerla, fragmentarla, corroerla y dar entrada a sus pestilentes vanguardias que acechan día y noche en todas partes.

Les responderé del mismo modo, descalificándolos, mintiendo, calumniando, allanándolos, encerrándolos con malhechores comunes (en fin de cuentas son lo mismo) y si se presenta la ocasión, metiéndoles garrote, fuego y cuchillo.

Siempre sostuve lo mismo. La Patria no puede tolerar el latido de ideologías foráneas que amenazan la integridad de sus instituciones, conduciendo primero a un enfrentamiento clasista, luego a la guerra civil y por último a una caótica desintegración de la nacionalidad. La anarquía permite que los extremistas fanáticamente aglutinados tomen el poder. Y esa anarquía es estimulada de maneras distintas. Mi enemigo, en realidad, es un monstruo con mil cabezas. Una de las cabezas más temibles es la juventud, porque sus actividades suelen despertar simpatías, la creen sana o, por lo menos, bienintencionada. Entonces clavan hondo el puñal. Desatan manifestaciones borrascosas, estimulan las huelgas, conmueven las bases castrenses. Los comunistas la usan porque goza de cierta inmunidad. La policía suele ser duramente criticada si replica como debe. La opinión pública es neurótica: quiere paz, protesta cuando se la altera y vuelve a protestar cuando silencian al que la alteró.

A mí no me confunde esa juventud infiltrada de comunistas que se reúne en la iglesia de la Encarnación. Cuando se presente la oportunidad, limpiaré también ese foco, aunque se escandalicen la opinión pública, la prensa y el Obispo. Después me lo agradecerán, porque sacaré a relucir las pruebas, frondosas, categóricas, sensacionales. En la guerra todo vale menos darle ventaja al enemigo.

El coronel depositó el pocillo sobre el grueso cristal del escritorio.

—La iglesia de la Encarnación... y su padre Torres... —recordaba algo que no le era grato.

11

—¡Donato! —le llamó un coro de voces.

Donato miró hacia el grupo de muchachos tendidos en la hierba.

—¡Hola! —respondió—. ¿Qué hacen?

—Nada. Contando chistes.

—Entro. ¿Cuál es el último?

—Carlos Samuel no cree que violaste a Eloísa —dijo Hormiguita.

—¿Ése es el chiste?

—No, eso lo dijo antes. Yo creo en tu versión, Donato.

—No necesito que me creas —replicó con suficiencia.

—¡Cuéntalo de nuevo! ¡Cuéntalo! —insistió Hormiguita.

—¿Para que después vayas al baño y lo embadurnes con tu leche? —lo puso en ridículo.

Hormiguita enrojeció.

—Así no sabrás nunca lo que es una hembra. A una hembra hay que darle ¿entiendes? Hay que darle duro con todo, para que sufra y se desespere. No se trata de darle duro a la propia verga: eso debilita, idiota. En cuanto a Eloísa... Bueno... —se recostó sobre la hierba y cruzó las manos bajo la nuca, sonriente.

—¡No hables más de Eloísa! —advirtió Ricardo, que había estado crujiendo los dientes desde que vio a Donato.

—Es una puta —sentenció Donato con naturalidad.

—¡No te permito!

—Será tu prima segunda, o tercera, o no sé qué, Chueco —Donato arrancó un tallito de hierba y lo puso en su boca—. Pero es una puta.

—¡Cállate, que te haré tragar las palabras!

—No levantes tu voz. Me fastidia —hizo bailar al tallito con los dientes.

—¡Levántate!

—No quiero, Chueco.

—¡Levántate, que te doy patadas! —Ricardo parecía un tomate que estalla.

—No tengo ganas de romperte los huesos. Así que siéntate, Chueco...

—¡Retira lo dicho respecto a Eloísa!

—Chueco: eres un maricón. Yo en tu lugar en vez de sulfurarme por sus virtudes la habría tirado de una vez —acompañó sus palabras con un gesto obsceno.

Ricardo se arrojó sobre Donato y empezó a descargarle puñetazos. Los cuerpos se enroscaron. Los demás se apartaron rápidamente para ampliar el ring. Carlos

Samuel intentó separarlos, pero fue rechazado como por una hélice en movimiento. Donato peleaba bien, pero Ricardo extraía fuerzas de una indignación largamente contenida.

—Me ahogas, Chueco —gimió Donato al fin.

—¡Retira lo dicho! —exigió Ricardo, ajustando sus tenazas en la garganta del contrincante.

—No seas tonto, Chueco. ¡Suelta ya!

—¡Retira lo dicho!

—No puedo hablar... Afloja.

—¿Retiras lo dicho?

—A...floj.

—¡Retirarás lo dicho, carajo!

—S...sí.

—¡Dilo!

—Retiro lo dicho... Déjame levantar.

Ricardo se apartó. Donato se incorporó lentamente, sacudió su ropa, se frotó el rostro, miró tranquilamente la ronda de muchachos que le contemplaban. Armándose de todas sus fuerzas, simuló indiferencia y se puso a efectuar ejercicios respiratorios. Cuando la tensión disminuyó, se acercó a Ricardo y le palmeó la espalda.

—Me agarraste desprevenido. Eso no es de machos.

Esa noche, indignado, no pudo conciliar el sueño. Su mente trataba de compensar la afrenta recibida. Decidió empezar con diez. No, mejor con veinte. Usaría un traje especial, ceñido, brilloso, destacable. Los reunirá para hablarles desde una tarima, enhiesto, sacando levemente el pecho con las piernas algo separadas, como hace su padre al reprenderlo. Desde su mano colgará un látigo. Será un símbolo de poder, su cetro. La guarida tendrá suficiente amplitud como para disponer de varias habitaciones. En una descansará él cuando regrese de una campaña. En las otras descansarán sus subordinados. El acceso deberá estar inteligentemente protegido y disimulado. Algo así como el fondo de una huerta. No será fácil sospechar que por allí se va a sus magníficos aposentos secretos. Habrá que separar hojas y arbustos hasta dar con una argolla en el suelo. Tironeándola no producirá ningún efecto. Habrá que hacerle girar: dos vueltas hacia la derecha, cinco hacia la izquierda, una hacia la derecha y dos hacia la izquierda. Tras esa combinación se hundirá suavemente el piso. La escalera será suficientemente cómoda para que todos puedan descender con rapidez en caso de persecución. Tras el último en entrar, la tapa se cerrará automáticamente de nuevo.

La sala de tortura ocupará casi la mitad de la guarida. No tendrá divisiones. Será conveniente que los prisioneros contemplen recíprocamente sus sufrimientos. Su terror será doble. Tendré mi rostro enmascarado y personalmente castigaré a los más perversos. A Ricardo y a Carlos Samuel los ataré de pies y manos, totalmente desnudos, y les arrojaré baldazos de agua hirviendo. Cuando la piel roja y ampollada adquiera el máximo de sensibilidad, entonces los azotaré con mi látigo. ¿Creen o no que me la tiré a Eloísa?, les gritaré en sus rostros desfigurados. ¡Y me creerán! Vaya si me creerán.

También lo juzgaré a papá. Lo merece. Haré traerlo inmovilizado en una silla. Lo instalarán en el centro de la sala. Aún no me habré presentado. Mirará en todas direcciones y sólo verá un montón de chicos sangrando por las heridas que les roturó mi látigo invicto. Oirá gemidos, gritos y aullidos de dolor. Pensará: ¡qué poderoso debe ser el jefe! Le sentará frío en el cuerpo. Él, que es tan fuerte, vigoroso y agresivo, tendrá miedo por primera vez en su vida. Se pondrá ansioso por conocerme. El suspenso le hará transpirar, cada minuto le parecerá un día, un año. Mis soldados, por fin, lanzarán el terrible anuncio: ¡Atención, que entra el Jefe! Mi padre abrirá grandes los ojos, se estremecerá en su silla, y se pondrán más tensas las cuerdas que lo inmovilizan. Los prisioneros callarán de golpe, como si una pelota se les hubiera metido en la garganta.

El miedo, miedo atroz, un miedo que hace volver loco, sacudirá a todos. Las paredes se iluminarán intermitentemente, como electrificadas. Sonará un clarín y, rompiendo esa inaguantable tensión, apareceré yo.

Mis pasos firmes y sonoros retumbarán en el suelo como golpes de tambor, como martillazos en la cabeza. Los ojos desorbitados de los prisioneros me seguirán hasta el estrado, donde me pararé con las piernas abiertas. Haré que mi látigo pellizque al aire. Y una larga exclamación brotará de todos los labios ante mi figura impresionante.

—¡Quisiera ser como él! —deseará mi padre.

12

EPÍSTOLA

QUERIDA HERMANA:

Ayer llegué a este familiar paraje serrano. Durante el viaje pensé mucho en ti y en Carlos Samuel. Analicé las circunstancias que precedieron su nacimiento; repasé sus cualidades, tendencias y defectos, enfoqué cada una de tus preocupaciones. A medida que me iba aproximando a estas sierras e inhalaba su olor vegetal, se imponían en el centro de mi atención los recuerdos de días muy gratos vividos aquí con tu hijo. Creo que debes enviármelo, para que converse libremente con él, para que sus pensamientos se lancen al espacio como pájaros, sin ataduras o reconvenciones. Si existe una vocación latente en Carlos Samuel, tendrá que evidenciarse.

13

LLEVABA CINCO MESES de embarazo. Ni el luto ni el vientre le importaron a Jacinto. Permaneció con ella en la pieza y habló hasta que la ropa negra no se diferenció de las paredes claras. No tuvo necesidad de cerrar la puerta ni correr la sucia cortina. Le tomó una mano, en seguida le rodeó el cuello y ella protestó, se resistió, no se resistió tanto, y él la besó en la cara, en la boca, en el cuello, y ella se olvidó del difunto y del hijo que le dejó en el vientre.

Jacinto se quedó a vivir con Isabel, pero la nena que nació no era suya y así lo comentó a todos. Después empezaron los abortos provocados.

Magdalena solía acompañar a su madre al hospital y escuchaba las conversaciones. Un día le previno a su madre que no levantara el fuentón cargado de ropa, porque eso la hacía sangrar. Isabel rió: Oyes muy bien el cuento que le hago a los médicos. Pero la niña no entendió hasta el día en que Jacinto inició una escena violentísima porque su madre no aceptaba intentar cierta maniobra. El vientre empezó a crecer y Jacinto se tornó sombrío. ¡No tenemos comida para otro! —le increpó. Pero su madre replicó furiosa: ¡Si trabajaras algo, alcanzaría para diez más! Jacinto no cedía: «Yo no trabajaré y tú, con esa panza, tampoco; así que nos moriremos todos de hambre».

La luz despertó a Magdalena. La comadrona se dio cuenta y la invitó a salir. El patio estaba oscuro, era plena noche. Dio unas vueltas, mareada por el sueño, sin saber qué hacer. Los gritos de su madre la asustaron. Buscó a Jacinto, pero se había ido a un bar; necesitaba tranquilizarse con un poco de vino. Caminó sola ida y vuelta por el largo corredor de tierra. Algunos vecinos encendieron la luz, otros empezaron a murmurar en la oscuridad. Nació un varoncito, su medio hermano. La comadrona miró al almanaque para fijarse en el nombre de su santo. Se llamará Santos Inoc, sentenció. Y aunque después se supo que Inoc era abreviatura de Inocentes le quedó nomás el nombre, amputado y grotesco.

Jacinto se enfureció un mes después, cuando le aclararon el equívoco, porque tampoco se dio cuenta, pero la comadrona lo consoló relatándole el caso de un pariente que nació el día de la Independencia y lo bautizaron Fiesta Cívica, apodándole Fies y otros Fis, cariñosamente. Para desgracia del chico, los malintencionados impusieron Pis como sobrenombre y ya nadie lo reconoce de otro modo.

Cada vez que Inoc se enfermaba, Jacinto reiniciaba sus reproches. Y cuando debían comprar medicamentos, los escándalos llegaban al máximo. Inoc vivía más en el hospital que en casa.

Su madre descuidaba con frecuencia su trabajo y Jacinto aumentaba sistemáticamente sus raciones de vino. Cuando Magdalena cumplió quince años, Inoc se enfermó más gravemente que nunca. Decían los médicos que se le infectó el cerebro. Isabel estaba arrepentida de no haberlo abortado. Jacinto tenía razón. Pero ya no había nada que hacer. Eso la descorazonaba. La oprimía un sentimiento de culpa. Lloraba en silencio y jamás volvió a protestar por la ociosidad ni borrachera de Jacinto. Hasta se atribuyó a ella misma la causa de su alcoholismo, porque ella quiso tener a Inoc, ella se obstinó en traer al mundo ese pedazo de animal, mentalmente amputado como su nombre, que apenas se sostiene, habla ladrando y se caga encima.

Y mientras Isabel cuidaba a Inoc en el hospital, regresó Jacinto sudando vino. Puso sus ojos inflamados en el cuerpo de Magdalena y la comenzó a perseguir. Total, no era su hija y estaba muy bien la mocosa.

14

PAPÁ HUBIERA PREFERIDO *tener menos sucursales y conservar algún mínimo rastro de la admiración que mamá le profesó en el barco, cuando en un vórtice de saltos y gañidos le refería sus hazañas guerrilleras. En el fondo, lo que añoraba era su autoridad de antes, porque no sólo le fue prohibido visitar amigotes republicanos, sino que debía olvidar su pasado y callarse la boca cuando en una reunión surgía el tema de la Guerra Civil.*

Las amistades eran de nuevo cuño. No resultaba difícil amoldarse. Los temas giraban fundamentalmente en torno a los negocios o los hijos. Por ahí un empresario con sentido del humor narraba las privaciones de sus comienzos y papá se tentaba por contar sus heroicas aventuras, pero un discreto puntapié o una mirada no tan discreta le hacían recuperar el control. Se asociaron a un club, concurrían al teatro, visitaban exposiciones, ingresaron en la liga de Padres de Fami-

lia, en la Sociedad de Beneficencia y en las Cooperadoras de tres hospitales. Pero no era suficiente. Nuestros hijos estudiarán —decidió mamá. Lo había decidido antes que naciéramos.

Me contaron que cuando niño yo era débil y enfermizo. En una de las tantas noches que les obligué a permanecer despiertos, mamá pensó que yo debería estudiar farmacia.

—¿Por qué? —preguntó mi padre.

—Porque es más fácil, no creo que pueda seguir otra carrera.

—¡Pero si un farmacéutico es igual a un comerciante!

—¡Es un comerciante con título, es un universitario, no como tú!

Se preocuparon que fuera bien educado. Que saludara a las visitas, que no me hiciera rogar en treparme a una silla (que previamente debía cubrir con un papel o trapo para no ensuciarla) y recitar un versito, andar siempre limpio (para lo cual debía privarme de jugar en el suelo) y no repetir jamás una de esas palabrotas que se oyen en cualquier parte (casi me arrancaron la oreja por preguntarles inocentemente el significado de una).

No me dejaban divertir con cualquiera, excepto cuando mamá me llevaba a casa de señoras que consideraba más encumbradas y con quienes se desesperaba por estrechar amistad. Allí se conducía con estudiado fruncimiento y me empujaba maternalmente a ser como los hijos de ellas.

Me mandaron a una escuela de salesianos y a mi hermana a una de monjas, porque así estilaban sus «amigas» de la Liga de Madres Católicas. Tenía la obsesión de que fuéramos los mejores alumnos. Mensualmente iba a informarse directamente sobre nuestra conducta y aprovechaba para deslizar obsequios a maestros y directores. Aquéllos solían incidir favorablemente sobre nuestras calificaciones.

Eurídice, además, tuvo que estudiar piano. La pobre no tenía oído, ni gusto, ni ganas. Golpeaba las teclas como si sus dedos calzaran guantes de boxeo. A pesar de los años que estudió, nunca pudo tocar nada audible. Mamá le compró una pieza de moda. Su descalabrado ritmo de vals me sonaba hasta en sueños. Mamá se lo hizo ejecutar delante de las visitas. Al principio Eurídice enrojeció, pero al cabo de varios meses ya se transformó en una acción automática, como dar la mano; se sentaba al instrumento, castigaba monótonamente durante cuatro minutos las teclas, se ponía de pie y bajaba la cabeza para recibir los aplausos. Mi madre gozaba el elogioso comentario de rigor, o si no surgía de ninguna boca, refería los comentarios que habían hecho las visitas anteriores.

Sin embargo, Eurídice fue la única persona que logró ejercer dominio sobre mamá porque ésta se identificaba y reflejaba en ella. Desde pequeña se acostumbró a gritarle por cualquier cosa y obtener la satisfacción de sus caprichos. Despertaba preguntando qué ropa se pondría y después que mamá le sugería una, empezaba a protestar. No entiendo cómo ese episodio podía repetirse durante todos los días. Eurídice preguntaba, mamá respondía, Eurídice gritaba, mamá salía a buscarle otra ropa. Era casi un rito, la oración matutina.

Cuando entró en la adolescencia fue preciso «presentarla en sociedad». Hicieron una fiesta en casa, invitaron a la «gente bien» del barrio (nuestro barrio era residencial y, consecuentemente, «bien» por antonomasia). Llegaron un montón de chicas y muchachos que conocía por primera vez. Mi madre invitó a sus presuntas «amigas». No entiendo cómo tantos copetudos se dignaron venir. Yo se lo dije: Papá, no te engañes: aprovechan la fiesta, pero no nos han aceptado. Saben que fuiste un vulgar miliciano y que mamá trabajó de sirvienta.

—¡Tendrán que aceptarnos! —me contestó.

Entonces le tuve lástima al viejo, porque ni siquiera le quedaba la dignidad.

Me gustó una chiquilla y empecé a frecuentarla. Mis padres averiguaron pronto quién era y quiénes sus padres. Arribaron a la conclusión de que no me convenía. Pero se me había prendido su carita luminosa y no les hice caso. Arreciaron las tormentas, sermones, amenazas, profecías catastróficas, ejemplos apocalípticos. El aire se tornaba espeso. Una fuerza nueva crecía en mi interior ayudándome a enfrentarlos, como no me lo hubiera imaginado. Seguí visitando a la muchacha en forma disimulada y otras veces no tanto. Mis padres seguían mis rastros y cada vez que me encontraba con ella, armaban una escena. Una vez respondí con vio-

lencia y mamá cayó postrada con una jaqueca terrible. El médico aconsejó reposo psicofísico. En el segundo ataque, después de conversar a solas con mamá, el médico pidió que por un tiempo abandonara a esa chica, si quería evitar una agravación. Asustado, accedí.

15

EPÍSTOLA

QUERIDA HERMANA:

He reflexionado sobre tus palabras. He revisado cuidadosamente todos los factores. Los volví a analizar con tu hijo. Anoche él me dio a conocer su última palabra y yo alabé al Señor.

Cuando nació Carlos Samuel después de largos años de espera, tuve la impresión de vivir una página de la historia sagrada. Si te sugerí que le bautizaras «Samuel», es porque me recordabas a «Ana». Eres como Ana de la Biblia, a quien su amante esposo no podía alegrar ni con cariños ni atenciones porque se había cerrado su matriz. Te lamentabas igual que Ana y pretendías colmar al cielo con votos y plegarias. Te encontré una noche en la iglesia, sola, perdida en medio de la nave. Te habías abstraído de este mundo. No podías verme ni oírme. Parecías temulenta de santidad, como Ana en el santuario de Siló. Y yo rogué al Señor. Sumé mis oraciones a las tuyas para que se produjera el milagro que tú clamabas desgarradoramente. Y el milagro se produjo. Nació tu hijo a quien, como Ana, prometiste para el servicio de Dios.

Ahora temes haberte excedido, haber enajenado su felicidad antes mismo de concebirlo. Sufres creyendo que has torcido su vocación y malogrado su personalidad. He pensado mucho en esto, hermana, y te comprendo. Pero Dios es justo, omnisciente y misericordioso: tu promesa fue formulada en instante de desesperación, de evidente desequilibrio emocional. Y Dios sabe cómo ahora tu corazón se agita en tumultuoso sentimiento de culpa.

Hablé con Carlos Samuel en este paraje serrano como si éste fuera el desierto donde fluye más pródigamente la inspiración divina. Carlos Samuel preguntó mucho. Su curiosidad ya no se limita a los pájaros. Tiene una agudeza hirsuta que necesita ser pulida y brillará como el diamante. Escalamos collados, bordeamos arroyos, visitamos a sus amiguitos del otro viaje, interesándonos por sus vidas y problemas, asombrándonos por su resignación. Hablamos tanto, que se me secaba la garganta. Porque Carlos Samuel, querida hermana, tiene una vocación auténtica. Su amor se vuelca hacia Dios y sus criaturas como el agua de una cascada. Quiere ser sacerdote, está firmemente decidido.

¡No produzcas más lágrimas! ¡Que tu corazón se llene de gozo! Dios no podía haber sido más misericordioso contigo, pues allanó los caminos para que tu promesa se cumpliera en circunstancias dichosas. Tu hijo se sentirá realizado como sacerdote y tú no sólo tendrás alivio por haber cumplido con Dios, sino por haber conducido a tu hijo hacia su genuina felicidad.

En Latinoamérica ralean las vocaciones auténticas. Es una paradoja lamentable. Con su inmensa mayoría de católicos, aún se deben importar religiosos de Europa. Creo que tenemos buena parte de culpa. Pero esto es harina de otro costal. Lo cierto es que la decisión definitiva de Carlos Samuel, que él me transmitió anoche, casi con solemnidad, me ha inundado de júbilo.

16

DEUTERONOMIO

CARLOS SAMUEL abrazó la almohada. Frotó su rostro sobre la tela ya húmeda y cuando el nudo de su garganta empezó a cerrarse de nuevo, la mordió con rabia. Su dormitorio era una caja de ladrillos delgados y sin techo, porque el techo, muy alto y común, servía para veinte de esas celdas.

Tenía una puerta con cerrojo externo. El prefecto pasaba a la noche y la cerraba. Era un prisionero de ese tabuco hasta la mañana siguiente, a menos que los deseos de ir al baño le impulsaran a dar golpes, hasta que el prefecto oyera, despertara y viniera. Su cabeza hacía un hueco en la lana y en él desagotó por sus dientes y por sus ojos la enorme desazón que lo acongojaba. Hacía tres meses que había ingresado en el Seminario. Sus pórticos se abrieron como las alas doradas de un ángel. Contempló los pabellones y los patios y esa cantidad de muchachos como si fueran un anticipo del Edén. Allí se encontraba la porción selecta del mundo —como le explicó su tío—: era un oasis de salvación. De allí saldría apto para el sacerdocio, para servir a Dios y a sus criaturas con fuerza, con conocimiento y con pasión eficaces. Se despidió de su madre y de su tío con los ojos llenos de luz. Con esos ojos felices siguió contemplando ese universo nuevo que había tratado de imaginarse muchas veces, sacando y añadiendo detalles que ahora resultaban fatuos. Porque la realidad siempre es distinta, por más que la pensemos anticipadamente de una forma u otra. En pocas horas se enteró que ese Edén difería del que conoció Adán, que llegar a ministro de Dios no era fácil ni grato.

Mordisqueando la almohada, recordó vagamente aquel primer día como si perteneciera a un pasado lejano. El pórtico del Seminario era hermético y oscuro. ¿Por qué le parecieron alas de un ángel? *Él* decidió ser cura: su vocación no fue impuesta sino, a lo sumo, *descubierta* por su tío. Con plena libertad vino al Seminario. Quería aprender y entrenarse. Tenía fuertes ansias de ser útil a Dios. ¿Por qué entonces eran tan severos los prefectos, tratándolo como a un sujeto extraño, peligroso, lleno de malas intenciones? ¿Por qué lo obligaban a mantenerse distante de sus condiscípulos prohibiéndosele consolar a los tristes?

¡Qué extraño era el camino que llevaba al servicio de Dios! Carlos Samuel empezó a temer que no llegaría a sacerdote. Que se iría transformando en una persona diferente, desconocida. Esto le preocupaba mucho, porque no podía formarse una idea clara sobre la situación que vivía. Pero no debía preguntar. Le regañaron duramente. ¡Las preguntas revelan dudas, espíritu débil! ¡Cada interrogante es una finta del diablo! ¡No hay que preguntar! ¡No hay que preguntar!

Carlos Samuel extrañaba mucho a su buen tío Fermín. Los estudiantes mayores podrían allanarle esas dificultades iniciales como seguramente lo hubiera hecho su tío. Pero estaba vedado conversar con los muchachos de otros cursos. En el patio, una tapia de ladrillos reforzaba las divisiones.

Temió que sonara el timbre. Sonaba de noche. Siempre igual, despiadadamente. Se encendían las luces y el demoníaco aparato eléctrico continuaba emitiendo sus taladrantes agujas de acero. Cuerpos, cobijas y almohadas se ponían en movimiento. Había que vestirse rápido, correr al baño medio dormido, abrirse paso entre una multitud temulenta. El agua estaba fría y cada vez se tornaba más fría. El grifo, con sólo ser tocado, lanzaba su máximo chorro, como si pretendiera borrar drásticamente los resabios del sueño. Los muchachos le temían a esos chorros feroces. Algunos sólo aproximaban dos deditos y se llevaban unas gotas a los párpados. Otros, más endurecidos, se lavaban los dientes con velocidad increíble, enjuagándose con fracciones de centímetro cúbico y escupiendo el agua como si pinchara las encías. El tiempo nunca alcanzaba. Tenían que avanzar hacia la capilla, disciplinadamente formados. Los seminaristas de todos los cursos penetraban en orden, ubicándose en las primeras filas los más pequeños, de once años, siguiéndoles las divisiones sucesivas, en progresión, hasta los mayores, los teólogos. Tampoco aquí, donde no había tapia, podían intercambiarse frases ni saludos entre estudiantes de distintos cursos, aunque fueran hermanos, bajo pena de expulsión.

Los seminaristas colmaban el templo. Era una caja de resonancia que vibraba sísmicamente. Algunos jóvenes aún no habían abierto bien sus ojos y de sus gargantas ya brotaban coléricos *mea culpa*. Las oraciones se memorizaban paulatinamente hasta la automatización. Nadie necesitaba más de un mes para recordarlas —sin entenderlas claramente— y repetirlas a gritos durante la noche como parte de sus pesadillas. Carlos Samuel apretó los extremos de su almohada contra las orejas para no oírlas, para ahogar su angustia, sus lágrimas y su perplejidad.

La prolongada genuflexión producía dolor. Ayudaba a despabilar en cierto modo. Un seminarista de los últimos cursos dirigía la meditación. Pero no se podía meditar con ese puñado de alfileres que se incrustaban en las rodillas. Había que apoyarse más sobre un lado para que descansara el otro. Eso imprimía un leve movimiento a todo el cuerpo. Y ese movimiento se transmitía como una onda caprichosa y zigzagueante. El seminarista proseguía su monótona melopeya, impasible, bajo la severa mirada de sus superiores y no terminaba nunca.

Por fin podían sentarse. ¡Ah!... ¡Qué alivio!... La

relajación dormía a los más débiles, pero manteniendo la cabeza erecta, sacudiéndola bruscamente cuando se inclinaba hacia un lado.

La meditación terminaba con un propósito: generalmente privarse de la mitad de la comida. Carlos Samuel no entendía por qué la salud espiritual exigía enemistarse siempre con los alimentos.

La noche proseguía. Caminaban por un corredor iluminado artificialmente hasta el refectorio. Desayunaban. Allí, cada mesa, cubierta con un hule, estaba destinada a una división específica. A medida que avanzaban los cursos, la mesa se tornaba más pequeña; por las deserciones.

Aún continuaba oscuro. Se regresaba a los dormitorios para tender las camas. El timbre acechaba para comenzar a bailotear en su estridente caparazón de bronce apenas se insinuaba una pausa. ¡Empezar a estudiar! Había que estudiar o, por lo menos, inclinarse sobre los libros, abrir cuadernos y carpetas, escribir y calcular, borrar, memorizar. Sobre todo memorizar. Repetir una frase dos, tres, cinco veces. Repetirla una vez más. Estudiar la frase siguiente. Repetirla aún. Decir ahora la primera y segunda frase de corrido, como si fueran versos de un poema. El conocimiento crece como una casa: ladrillos sobre ladrillos. Cada frase es un verso, un ladrillo, y cada lección una pared, un poema. Memorizar y recitar como un poema era la clave del éxito.

Las clases corrían de a dos seguidas, separadas por un recreo. Al finalizar, otra vez ir a la capilla, para contabilizar la mañana. El examen de conciencia era metódico. Un seminarista formulaba en voz alta la pregunta y seguía un silencio constrictor para reflexionar. Otra pregunta. Silencio, reflexión. Pregunta. Silencio. Pregunta. Silencio. Pecados, pecados, pecados. La mañana transcurría infectada de pecados que se metían en el cuerpo, flotaban en el aire; no había manera de librarse, aunque uno se lo propusiera con todas las fuerzas.

Luego iban al comedor. El mismo comedor, las mismas mesas, la misma separación de cursos. En la cabecera se sentaban los superiores. Esa cabecera estaba bien tendida, con mantel blanco y vajilla reluciente. No había que contemplarla con envidia porque eso era pecado. En el centro de la sala, sobre una modesta cátedra, un seminarista efectuaba la lectura. Sus palabras corrían monótonas e iguales como el chorro de una canilla, pero, aunque no se le prestase atención, servía para impedir la conversación. La comida era mala y escasa: garbanzos hervidos casi siempre. El hambre acepta cualquier cosa. Las religiosas cocinaban tras una puerta clausurada con cuatro cerrojos, uno debajo del otro. Se comunicaban con los empleados de este lado, a través de un giratorio opaco llamado «torno», acudiendo cada vez que se hacía sonar una pequeña campanilla. Estas monjas se esforzaban en aumentar la santidad de los seminaristas, castigando sin misericordia las apetencias animales de sus estómagos, manteniendo el régimen de garbanzos, sopas grasosas y carne muchas veces azulina y putrefacta.

Cediendo a la tentación, los seminaristas más jóvenes cometían el pecado de mirar con envidia las fuentes humeantes que llegaban a la mesa de los superiores. Carlos Samuel no le sacó sus ojos de encima al director espiritual que ordenó entregar las sobras de su plato a José Tardini, filósofo que ganó su benevolencia. Tardini agradeció con una reverencia y devoró el magnífico obsequio.

La almohada absorbió sus lágrimas como una esponja. Carlos Samuel quedó dormido de bruces, con los dientes y los ojos hundidos en esa blanda gelatina confidente.

Domingo. Por la tarde vendrían los familiares a visitar el Seminario, de cuatro a seis. Había que estar aseados y la ducha era obligatoria. Ya Carlos Samuel se había acostumbrado a ciertas curiosidades como la de bañarse con un pantaloncito que le llegaba a las rodillas. Al principio le molestaba sentir que su cuerpo se mojaba a través de la ropa, que no podía enjabonarse ciertas partes, pero después le pareció natural, llegando a sentirse incómodo los escasos segundos que le llevaba sacarse sus prendas interiores y calzar ese pantalón. De tanto repetirlo, sus superiores lograron hacerle comprender cuán impúdico era permanecer desnudo y exponerse a las miradas de sus condiscípulos. Además, las duchas estaban separadas en compartimientos individuales, con una puerta cuyo gancho se prendía por fuera, para evitar las tentaciones. Sin embargo, en pleno invierno, cuando de los baños brotaban aullidos salvajes por el frío, algunos seminaristas desafiaban las ordenanzas, apresuradamente se sacaban los pantalones, los mojaban extendiendo su brazo para que los flechazos helados del agua no tocaran el resto del cuerpo y regresaban al dormitorio simulando haberse duchado. Luego había que extender al sol los pantalones, pues serían usados para jugar al *foot-ball.*

Antes del examen de conciencia, cada uno escondía bajo sus ropas un trozo de la comida que sus familiares les traían semanalmente. El domingo ya los paquetes se habían terminado, de modo que en el día del Señor almorzaban más frugalmente que nunca. Después de la comida volvían a la capilla para rezar seis padrenuestros. En el espacio de tiempo que faltaba hasta la llegada de las visitas, tenían que jugar al *football.* Carlos Samuel le dijo a su prefecto que no se sentía bien y prefería no jugar. El prefecto accedió, pero a condición de que regara una porción del jardín.

—Algo tienes que hacer —explicó su ergasiomanía—: la ociosidad es aliada del vicio.

17

EPÍSTOLA

QUERIDA HERMANA:

Me aseguras en tu carta que no dejaste traslucir tus pensamientos a Carlos Samuel. Me reconforta. El muchacho no debe ser afectado por tus dudas y tus pecados. Hablo de pecados, hermana. Aún no llegaste a entender cuán difícil es alcanzar el ministerio de Dios. Prefieres para tu hijo un sendero lleno de confort y tentaciones, en vez de una formación sólida y estoica. ¡Cuánta sensiblería e insensatez!

Permíteme algunas explicaciones. Espero que ellas te hagan reflexionar. El ochenta por ciento de nuestros obispos tienen formación jesuítica. Han bebido en las reglas que nos legó San Ignacio de Loyola, las mismas que fortalecieron nuestra Iglesia y le permitieron capear horribles temporales. Las mismas que forman ahora a Carlos Samuel. ¿Hacia dónde apuntan? Hacia el espíritu. Lo templan, lo hacen más duro que el corindón. Para elevarlo, hay que valerse de la voluntad y someterse a la ascesis. Para acercarse a Dios debemos abandonar nuestras egoístas y limitadas ambiciones personales, surgidas de la caduca materia, que pide comida y sólo sacia al hambre por algunas horas y que pide descanso y nuestras fuerzas se renuevan para una jornada más, solamente.

Nuestro cuerpo, expresión de lo finito e imperfecto, nos aleja del Cielo. Le molesta el frío, le molesta el calor, es un «continuum» de quejas al Creador. Carlos Samuel debe aprender a controlar ese cuerpo y no oírlo más. Si le prohíben quejarse, es para que aprenda a ser indiferente.

La vida inmortal no depende de unos kilos de carne y huesos, sino de la majestad que desplieguen las alas de nuestro espíritu. Y mientras menos lastre personal las fije a la tierra, más alto podrán llegar en su vuelo. Tu hijo debe borrar el amor a sí mismo para engrandecer su amor a Dios y su Santa Iglesia: en cierta medida debe despersonalizarse, para convertirse en una voluntad metálica e inquebrantable. Si escribió versos y su prefecto lo mandó a lavar los baños, era para que no le perdiera su vanidad. Si tuvo iniciativas y fue ridiculizado, era para que no excediera su autoestima. La humildad, la obediencia, la disciplina y no la arrogancia son los alimentos que le convienen.

18

¡QUÉ EXTRAÑO! Quería volver. Durante meses y meses acarició con impaciencia esos días de vacaciones, esos escasos días para descansar de la disciplina, del horario, de la comida y de los pecados mortales. Hasta ese momento sólo le habían concedido un mísero anticipo de esas vacaciones: los jueves. Ese día, por la tarde, vestido impecablemente con sotana limpia, sombrero negro y faja azul, los llevaban a pasear al parque Bolívar. En fila perfecta seguían a un superior —y eran a su vez seguidos por otros—. Solían caminar por los rosedales, entrar en el jardín Zoológico y descansar en las escalinatas de un pintoresco teatro griego. Antes de cada salida se renovaban las recomendaciones. El padre espiritual insistía con énfasis en la tentación de la mujer. «¡Nunca la miréis a los ojos!», exclamaba enrojeciéndose, como si en vez de advertir, ya lo estuviera reprochando.

Al aproximarse el tiempo de vacaciones, aumentaron los consejos. El padre espiritual les hablaba con mayor frecuencia y sus discursos se dilataban. En las aulas fueron colocados lemas, cuyas letras de fuego los prefectos hacían repetir en voz alta: «¡Vacaciones, pérdida de vocaciones!»

No abandonar jamás la sotana, símbolo de la investidura sagrada del ministerio, era más que una recomendación. Diariamente, desde su acceso al Seminario, aprendieron a venerarla, besándola al vestir y besándola al guardarla durante la noche. Permanecer sin ella era como sentirse desnudo, desamparado. La sotana era una coraza contra las agresiones del mundo, un verdadero amuleto. Ella imponía a los hombres respeto y alejaba a las mujeres con sus tentaciones.

Las advertencias fueron repetidas al entregarse los premios a los mejores estudiantes: premio a la conducta y premio al estudio. Los más aguerridos memoristas ganaban los premios al estudio. Los seminaristas más obsecuentes y dóciles, generalmente aquellos que ya sobrepasaron los veinte años y lograron reprimir por completo los gérmenes de rebeldía, eran galardonados con una medallita por su conducta. Estos premios señalaban los modelos en el estudio (nada de problemas, sólo acumular las enseñanzas) y en la conducta (impasibilidad merced a la represión de pasiones, afectos y dudas).

Carlos Samuel creyó que durante sus vacaciones volvería al tiempo pasado. Pero no fue posible. Él no se atrevió a quitarse la sotana y sus amiguitos a tutearle. Se abrió un abismo. La metamorfosis se evidenció definitiva e irreversible. Por donde iba, le saludaban como el «curita»; era un personaje. Le sorprendió notar tanto cambio. Cómo, en efecto, el Seminario lograba hacer de él un ser nuevo y distinto. Se despertaba temprano y decía sus oraciones sin que se lo recordaran, desviaba los ojos de cualquier mujer. Y cuando por fin reinició sus juegos con los viejos amigos, casi al final de la semana, fue tan torpe que los chicos empezaron a evitarlo otra vez. Carlos Samuel extrañaba los recreos del Seminario, donde aprendió a golpear, empujar y gritar con ferocidad. Y quiso volver.

19

—¡ADÓNDE VAS!

—A misa. ¿Me acompañas?

—Tendría que arreglarme un poco.

—Te espero. Apúrate.

Inés corrió la sucia cortina floreada que protegía la entrada de su cuarto. Magdalena sopló sobre la piedra del umbral y se sentó. Oía los ruidos que venían de atrás de la cortina, revelando la actividad de Inés, sacándose su pollera y calzándose un vestido.

—¡En seguida estoy! —gritó.

Magdalena hacía mucho que no iba a misa. La solía llevar su madre cuando estaba embarazada con Inoc, para obtener la gracia de Cristo. Como Dios la defraudó, no volvió a pisar una iglesia. Cuando podía, blasfemaba. Su lengua panfletaria hasta consiguió restarle feligreses a la parroquia del barrio. El padre Torres la habló en varias ocasiones.

Una vez entró en su casa, sin llamar. Saludó amablemente, eligió una silla y se sentó. Isabel apenas contestó a su saludo.

—Tiene que volver a la iglesia —aconsejó dulcemente, por decir algo de rutina.

Isabel estaba ocupada en terminar de encender el brasero. Jacinto, echado en un catre, roncaba.

—No es bueno encenderlo dentro del cuarto —observó el cura.

La madre giró su cabeza y le clavó una mirada torva.

—El óxido de carbono les hará mal a todos.

—Para eso están ustedes, para protegernos del mal —replicó agresivamente.

—Hija. Dios dice que nos cuidemos y Él nos cuidará.

—Me cuido bastante. Lo mío está cumplido. De Él no he recibido nada todavía.

—No sabe cuáles son sus designios. No trate de saber más que Él. Quizá está en víspera de una bendición.

—¡Sí...! ¡Bendición! No será otra como la que me encajó con Inoc... ¡Flor de bendición!

El cura no sabía qué decirle.

—No lo sana Él ni los médicos —siguió protestando—. Todo es farsa. Promesas vanas, gratuitas. ¡Yo lo curaré! ¿Entiende? ¡YO lo curaré! —se puso de pie, en actitud amenazante.

El sacerdote se echó atrás, contra el respaldo, sorprendido por esa inesperada reacción. Su cara formulaba la pregunta que sus labios no se atrevían a articular.

—¿Sabe cómo lo curaré? ¿Quiere saberlo? —gritó ella—. Como lo hacían los indios: bebiendo la sangre caliente de las reses recién carneadas, de cara al sol. Aunque chille de asco las primeras veces le haré tragar esa sangre y le haré masticar los corazones chorreando grasa y palpitando vivos. ¡Eso lo curará!

Le dio la espalda y continuó avivando las brasas.

El cura tenía paralizadas sus manos sobre el borde de la mesa. Magdalena lo contempló con lástima. No merecía ese agravio. Era un cura distinto que se interesaba de verdad por los pobres, que trataba de ayudar.

Magdalena quiso hablar con él, porque su madre sólo sabía decirle que era una puta desde que la violó Jacinto. Y decidió hablarle. Era una forma de restañar ese agravio y cobrarse un desquite. Consiguió desahogarse. Le contó que a su Juan no lo querían porque era vago. ¡Como si Jacinto fuera el monumento al trabajador! Y cada vez que se enteraba que había salido con él, le torcía la cara de una bofetada. Pero ella siguió buscando al muchacho. Iban al parque Bolívar, elegían los caminos sinuosos y oscuros que se pierden entre el follaje y donde se siente el olor de plantas mojadas y el alboroto de los pájaros jugando al amor. Le dijo que no se podía quedar en casa sabiendo que Juan la esperaba. Huía de su madre amargada y de Jacinto borracho y de Inoc, que olía a excrementos, y cuando divisaba a su Juan, el corazón le trincaba de alegría, porque era el muchacho más hermoso del mundo. Él la convenció de que obraba como una tonta impidiéndole que metiera la mano bajo el escote. Pero eso la ponía fuera de sí, era capaz de aceptarle cualquier cosa menos lo último. Juan se animaba de más en más, casi no había centímetro de su piel que no acariciara. Le dijo: ¡eso no, cuando nos casemos! Pero no podía resistir, era imposible, su cuerpo temblaba y transpiraba y Juan lo quiso repetir a la semana y después cada vez que se veían. Y si ella se resistía, él sabía ya por dónde empezar y cómo seguir hasta que ella le mordía la boca y le rogaba que continuara hasta ese final maravilloso.

A Magdalena nada le importaba más que Juan, daba todo por Juan. Estaba convencida de que no conseguía trabajo porque pronto lo llevaban al servicio militar. Entonces él le pidió que por una sola vez le consiguiera como las grandes mujeres lo han hecho por sus amantes. Y la llevó a casa de don Francisco. ¡No se quería acordar! Y después fue otro y otro más. Nunca le alcanzó. Pero ella lo amaba, sin él no tenía para qué vivir, aunque su madre insistiera que era un vago empedernido y la aprovechaba como un rufián. Ella cierra los ojos frente a Jacinto, que es peor.

El padre Torres no le respondió. Empezó a rezar y ella le imitó, aliviada.

—¡Lista! —apareció Inés.

Caminaron hacia la iglesia. Decían que era la última misa de Carlos Samuel Torres, porque lo trasladaban a otro barrio.

—¿Qué te dijo el padre cuando le contaste? —preguntó Inés.

—¡Ah! —recordó Magdalena—. ¿Aquella vez?... Nada.

—¿Nada?

—No. Me escuchó del principio al fin solamente.

—Pero ¿no te dijo nada?

20

EPÍSTOLA

QUERIDO SOBRINO:

He recibido el hermoso libro sobre el Museo del Vaticano que me enviaste. Contemplo maravillado sus láminas. No podías haberme hecho un regalo mejor, y te lo agradezco profundamente.

A través de tus cartas me impongo de lo provechosa que ha sido tu estadía en el Viejo Mundo. Has estudiado, has oído y has visto. Bebiste en las fuentes de nuestra cultura occidental. Pisaste la tierra donde predicaron mártires y santos, donde peligró y se consolidó la Iglesia. Europa ha sido —creo que aún lo es— el centro cultural del Universo. Lo que no fue conocido por Europa, ha permanecido en las sombras. Así ocurrió con Asia, con África, con América, con Australia. Era necesario que un brazo de Europa tocara esas tierras para que perdieran el mote de «desconocidas» y las iluminara el reflector de la historia.

Por eso apoyé entusiastamente tu viaje. Deseaba que por lo menos tú fueras, si a mí Dios no me brindó esa oportunidad. Confío que Dios suplirá en ti mis limitaciones y que llenará tu alma de sabiduría.

Tus cartas han sido siempre jugosas, desbordando cifras, conceptos y anécdotas. En ti bulle un espíritu científico que se ha puesto al servicio de la Fe. Hasta pienso que la vocación religiosa se impuso en tu corazón para permitirte volar hacia la ciencia. ¡Sorprendentes son los caminos que traza el Señor!

Cuando regreses, munido de los sólidos conocimientos que adquiriste en Innsbruck y Roma, analizarás la situación latinoamericana. Hace cuatro años que te fuiste y la memoria no siempre es fiel. Por eso me permito sugerirte que no aventures juicios, ni siquiera en lo más profundo de tu intelecto, hasta que enfrentes a nuestra realidad y la toques sin intermediarios. Durante dos mil años la Iglesia ha sufrido muchos sacudones, pero de todos emergió enhiesta y fortalecida. Casi siempre la tempestad soplaba por fuera y solía bastar con levar los puentes y clausurar las ventanas. Los furiosos aldabonazos de los intrusos no pudieron quebrar la resistencia interior. Pero últimamente los intrusos lograron infiltrarse en ese interior sagrado. El Demonio elaboró una estrategia inédita y contra ella debemos aguzar nuestra inteligencia.

Las urgencias sociales, las envidias desenfrenadas, las ambiciones sin límite, han trastocado el sereno devenir de la existencia en América, otrora sabiamente regulada por las tradiciones católicas e hispánicas, con una limpia escala de valores, un orden interno y externo en la vida y una sana devoción por la Iglesia, su doctrina y sus ministros.

El comunismo penetró como un virus, circulando por todo el árbol arterial de nuestra sociedad. De su contacto no se libera el cerebro ni el corazón. ¡Ha penetrado en nuestra Santa Iglesia! Algunos sacerdotes sucumben a su infección provocando una consternación lógica entre los fieles. ¡Dios nos proteja de ese mal! Porque ése es el pináculo de la desventura. El Señor nos está poniendo a prueba. Cristo es nuevamente tentado por el Demonio. Y esta vez no han sido levados los puentes ni cerradas las ventanas. El aire pestilente sopla en las salas y corredores, atraviesa de parte a parte la Casa del Señor.

Cuídate de los impacientes y de los fogosos. Ellos exigen cambios sin haber cultivado la virtud de la prudencia. Son hábiles para demoler pero torpes para construir. Se construye con paciencia. Las manos nerviosas y apuradas sólo rompen, deforman y confunden. Cuídate, mi querido Carlos Samuel, de los que piden a la Iglesia un cambio de marcha. No olvides que con esa marcha segura, muchas veces lenta pero nunca tardía, la Iglesia atravesó matanzas y persecuciones y llegó a la gloria de hoy.

Cuídate de los cientificistas. Ellos anteponen los sentidos a la Fe, dan más crédito a las limitadas lucubraciones de los hombres y sus relativos cartabones que a la Palabra de Dios. Recuerda que el Demonio puede convertirse en una probeta y simular un teorema, pero nunca macular la Revelación.

Cuídate de los rebeldes. Ellos no cultivaron la virtud de la obediencia y tienen vedado el camino hacia la santidad. El primer rebelde fue un ángel hermoso y querido por Dios. Otros ángeles se dejaron encandilar por su brillo. ¡Cuánta penetración debería tener un ojo humano para descubrir tras ese brillo la repulsiva faz del Mal!

Cuídate de los ambiciosos. Aprende a rasgar los antifaces tras los cuales se esconden. Simulan bondad, afán docente, prodigalidad, comprensión para todos. Son demagogos y simuladores. Digitan los sentimientos ajenos con habilidad. Sorprenden con iniciativas destinadas a concentrar la atención, hasta que los rodeen legiones de hombres agradecidos y admirados que inconscientemente los ayudarán a tomar por asalto el poder y la riqueza.

Cuando regreses a nuestra Patria, te cruzarás con todos ellos. Tendrás que calmar al impaciente, refutar al cientificista, condenar al rebelde y denunciar al ambicioso. Es preciso retomar el ancho camino de Dios, seguir su bíblica nube de fuego, porque ella —y sólo ella— nos conduce hacia la Tierra Prometida.

21

NO SÉ POR QUÉ *elegí Derecho y Ciencias Sociales. Tal vez porque me parecía la carrera más fácil o tal vez porque no tenía ganas de contrariar a los viejos. Ya me daba lo mismo.*

Mamá se ocupó de comprarme un traje nuevo para esa ocasión. «¡Tengo un montón, más lindo que éste», protesté. «No importa —replicó exultante—, hoy es tu primer día de Universidad, entras en otro mundo.»

—¡Bah!

Me persiguió con el cepillo hasta la puerta, como si fuera a un desfile de modelos. Papá esperaba con el automóvil para llevarme. Noté que él también se había acicalado más que de costumbre. El acontecimiento no era sólo mío, por supuesto. Papá frenó frente a la Facultad, donde ya se habían aglomerado muchos jóvenes.

—Suerte, hijo, y... ¡valor!

—Gracias, viejo.

Pasé por entre los primeros grupos hasta el amplio hall *de acceso. Me era familiar, pues lo recorrí deteni-*

damente cuando estuve a matricularme. Busqué algún conocido, sin éxito, y me apoyé contra una columna. De ahí podía escuchar algunas conversaciones. Estaban los estudiantes de cursos superiores, desinhibidos, dicharacheros y los que recién llegaban, medrosos, desconfiados, inocentes. Las voces más sonoras eran aquellas que se desenrollaban contando anécdotas sobre los profesores. Ridiculizarlos era la mejor y única lícita manera de tomarse algún desquite. Un muchacho me descubrió. Habíamos estado juntos en alguna reunión social. No recordaba su nombre. Le confesé que recién ingresaba. Me dijo que iba a segundo año y empezó a darme categóricos consejos. Al profesor Fulano tienes que asistirle a clase y sentarte en primera fila para que te vea. A Zutano jamás le hagas preguntas: lo exasperan y es capaz de hundirte sin asco. En cambio, a Mengano le encanta que le interrumpas, que se actúe en clase: el que permanece callado va derecho a la muerte; yo le preguntaba siempre, aunque fueran tonterías, y aprobé sin dificultad.

Sonó un timbre y empezamos a circular buscando nuestra respectiva aula. Tardé bastante en encontrar la mía, casi al final de un corredor. Estaba de bote en bote. Descubrí una butaca vacía y la ocupé.

Mi vecina inició la conversación.

—¿Primer año?

—Sí, primer año.

—Entonces seremos compañeros —sonrió—. Me llamo Olga Bello.

—Yo, Néstor Fuentes.

22

ÉXODO

LOVAINA, ROMA, INNSBRUCK. Se enhebran en la memoria como una tricota de lana blanda y tibia. Los recuerdos vienen y van por los pliegues del cerebro como esas ondas que cabrillean sobre la infinita bóveda del mar. El pasado, aún tan fresco, es presente. Pasado y presente son siempre presente cuando la memoria funciona bien. Ahora es necesario aplicar lo aprendido, ver con esos «poderosos» lentes nuevos que han sido pulidos por el *aggiornamento.*

En mi patria las condiciones sociales son distintas. No se pueden aplicar los moldes de países altamente industrializados a sociedades que recién se desperezan de un letargo semifeudal. Pero sí se deben aplicar los instrumentos que se encuentran en otras partes, para avanzar más rápido. En fin de cuentas Africa ha dado un salto mucho más gigantesco que cualquier nación latinoamericana. Los africanos en sólo dos o tres generaciones atravesaron el tiempo que empieza en el canibalismo y llega a la Academia de Ciencias. El padre impuso al hijo las cicatrices faciales de un salvaje paganismo y ese hijo, con las cicatrices del pasado en su presente, deslumbra con su educación, su habilidad y su cultura. África nos enseña mucho, especialmente a saltar. Pero ellos tienen una ventaja sobre nosotros. Los grillos que el colonialismo sujetó a sus pies pesan un siglo y en Latinoamérica, cuatro siglos.

América Latina es terreno fértil para nuevas experiencias sociales. No, América Latina duerme para el mundo, excepto cuando rompe con su pasado, como ocurrió en Cuba, América Latina es el depósito de la reacción eclesiástica. No, América Latina tiene capacidad para revolucionar a la Iglesia y apoyar su retorno a las fuentes. No, América Latina duerme. No, América Latina despierta. No, América Latina seguirá igual, agitándose en debates impotentes, dando la impresión de movimiento, pero continuando en el mismo sitio. No, América Latina cambia día a día y se gesta una sociedad inédita en su seno. No, América Latina merece ser ignorada, está al margen del mundo. No, América Latina puede llegar a rutilar como Sión. Las olas del mar ruedan sin cesar, atropellándose unas con otras, rompiéndose en espuma como esos pensamientos paralelos o encontrados que nacieron en Roma o Lovaina durante los debates o el estudio.

Fue enviado a Europa con los promedios más altos

(aprendió a memorizar) y una conducta ejemplar (su rebeldía había logrado la suficiente profundización anestésica). En la Universidad Gregoriana se puso en contacto por primera vez con un ambiente internacional. De junio a octubre viajó con libertad absoluta, una libertad que había olvidado, que no sabía consumir. Se abrió al mundo, sintió sus contrastes, su electricidad, vio sus miserias, compartió su jocundidad. La vieja anestesia se empezó a diluir. Su conocimiento emergía de las aguas profundas y vio otra vez al cielo y a sus nubes ruborizadas por el sol. De la católica Roma pasó a Innsbruck, donde la Iglesia había adquirido aún mayor liberalización.

Por primera vez se quitó la sotana. Le pareció haber ingresado en un club de nudistas, donde la regla, por ser común, devino tolerable. Al principio extrañó ese amuleto que le protegía de las tentaciones mundanas. Aprendió a estudiar de otra manera, conoció un pensamiento teológico crítico y compatible con este mundo que recién asumía. Por primera vez se rió de los viejos manuales y supo lo que es un ejercicio auténtico para la inteligencia. Abandonó los métodos perimidos y encaró estudios serios, profundos, sin soflamería declamatoria ni pueriles fuegos de artificio. En sus nuevos libros intercaló con lápiz los viejos lemas para uso de la militancia que le habían enseñado en el Seminario. Parecían la historia del lobo feroz contada por Descartes.

La nave partía el océano rumbo a su tierra, una extraña Tierra Prometida. Abrió un profundo surco de espuma. Carlos Samuel contempló el espeso y lácteo encaje que emergía del agua. Latinoamérica no se deja roturar. Así se lo demostraron. Sus *élites* desean la inmovilidad. Conservan el *statu quo* violentamente. La Iglesia debería ser como la quilla de ese barco. Tendría que partir la espesa costra como un diamante al vidrio para liberar la fuerza y belleza sumergidas. La Iglesia es una nave. Y la oligarquía esa escasa cantidad de agua que forma la superficie, que se colorea de azul o de verde, que se espejea en el cielo, pero que oculta con terca opacidad a las enormes masas oceánicas y su infinita vida interior. La nave tiene la ilusión de estar sostenida por la superficie y con ella se compromete. Pero, en realidad, navega sobre el mar y es todo el mar, no sólo la zafírica y arrogante superficie quien la sostiene.

23

DECIDIMOS CON OLGA *preparar juntos una materia. Me convenía, porque ella era metódica y consecuente, atributos que no integran mi personalidad. Yo estaba ya algo atrasado, lo cual provocaba una creciente alarma en casa. Con rendir esa materia lograría que me dejaran en paz un tiempo. Y para conseguir un adelanto de esa paz, les anuncié mis planes. Desde luego que se interesaron en saber quién era ella, y su familia. El doctor Arturo Bello tenía reputación de buen abogado y eso les agradó. Que yo fuera diariamente a su casa para estudiar unas horas les parecía altamente positivo, pues imaginaban que el Derecho me entraría por inhalación y ósmosis. Cuando insistían demasiado en su burgués interrogatorio y yo tenía ganas, inventaba de lo lindo sobre las maravillas que veía en casa de los Bello. Y mis pobres viejos soñaban que su hijo —yo— llegaría a constituir un hogar de iguales condiciones, donde flotaría una dorada nube de superioridad académica.*

Mamá ampliaba algunos de mis comentarios, especialmente en lo que se refería a la limpieza y buenas costumbres, como si alguna vez hubiera estado allí.

Con el doctor Bello y su señora apenas si había cruzado un saludo, porque nunca se asomaban al cuarto de Olga. Yo entraba y salía como en mi casa. No existía ni el control ni la limpieza que se imaginaba mamá. Ese relativo desorden producía un resolano calor. Incluso perdí mi aversión al piso de parquet, al que rayaba con el borde de mis suelas mientras estudiaba, como si dibujara garabatos en la arena.

También me acostumbré a que las ventanas permanecieran abiertas dejando que los cuadros de luz se proyectaran en el piso y en los muebles, sin temer que éstos se destiñeran ni que la habitación se llenara de polvo.

Una tarde, para concluir el tema, decidimos estudiar un par de horas extras. Me quedé a cenar. Por primera vez compartí dos horas de charla con el doctor Bello y su esposa. Tanto me martillaron en casa sobre lo que era el hogar de un «profesional bien», que el contraste con la realidad me deparó una grata sorpresa. La misma naturalidad y desorden que aprecié desde que empecé a estudiar con Olga, reinó en la cena. Nada de amaneramientos, ni reglas de puntilla almidonada, ni acosamiento de sirvientes en legión. Comida simple y vajilla simple. Todo simple, natural, cómodo. Pocos platos, poco vino y mucha charla. En la comida es cuando los padres y su hija discutían de todo, especialmente de política.

La señora Bello era dulce, porque callaba cuando hablaba su marido. Creo que lo mismo hubiera opinado papá... El doctor Bello era también amable, pero se aproximaba al borde del fastidio cuando empuñaba un asunto que despertaba sus pasiones. Entonces su verborragia se hacía incontenible. Debo reconocer que se expresaba bien y que sus ideas eran claras, armónicas y categóricas. Sospeché que eran marxistas. Se lo pregunté a Olga.

—Somos comunistas —precisó.

El doctor Bello aplicaba su marxismo por doquier, con tremenda facilidad, pero Olga encontraba aspectos que le permitían discutirle con rigor. Entonces distinguí dos marxismos: el del viejo y el de la joven, como dos tipos de arterias: las escleróticas y las sanas. El marxismo joven es flexible, elegante y atractivo. El marxismo viejo es duro, seco y antipático. Yo mismo me asombré cuando de golpe se plantaron ante mí estas dos formas ideológicas, como se asombró Roentgen al descubrir los rayos X.

Esa noche regresé tarde y mis padres me recibieron afligidos. Temían que me hubiera ocurrido algo. Era su primer hijo, su hijo varón único y el depositario de sus ilusiones.

Ya conocía bien a mis viejos y los entendía y hasta toleraba. Los pobres querían «ser más» mediante el «tener más» y mientras más tenían, en vez de liberarse más se esclavizaban. Sus limitaciones afectivas, ideatorias y visuales aumentaban de manera proporcional a su fortuna.

Así que, ya harto, decidí contarles la verdad: que cené en casa de Olga porque se nos hizo tarde, que conversé largamente con sus padres y que —en eso fui algo brutal— el doctor Bello y su familia, eran comunistas.

Papá y mamá no reaccionaron en seguida, sino que adelantaron al unísono un poco sus cuerpos, abriendo más los párpados. No lograban encajar mis palabras en su concepción sobre el doctor Bello. Les repetí lo último, para que de una vez comprendieran bien. La sangre se les fue de la cabeza. Mamá retrocedió hasta tocar una silla y se sentó.

—Esa chica no te conviene —dijo—: puede arruinarte la carrera.

—Pero si con ella estudio muy bien esta materia, mamá.

—No te conviene, Néstor; será tu ruina.

24

EPÍSTOLA

Querido sobrino:

Comprendo la angustia que amarga tu vigilia y agita tus sueños. La injusticia, las perversiones, el mal en sus formas más grotescas han desfilado por tu confesonario. Pero tú elegiste la Parroquia de San José.

Apenas desembarcaste, en el mismo día, decidiste solicitar ese destino. Te fue concedida la petición. Alternaste tus horas de actividad en la iglesia con recorridos por el barrio. Fuiste en busca de tus feligreses y de sus pecados. Te metiste en las madrigueras donde hiede la inmoralidad. ¿Es virtud? Sí, no lo puedo negar. Pero creo que hubo apresuramiento de tu parte. Tu sensibilidad de cristiano y de sacerdote te impulsaron a volcarte de inmediato hacia quienes más te necesitaban. Pero eres joven. Tu experiencia europea ha sido teórica, no te pudieron endurecer para los fuertes golpes que te daría nuestra realidad. Confío que saldrás airoso de la prueba, porque a medida que ganas ovejas para el rebaño de Dios, tu corazón se alegrará y fortalecerá. Soportarás todo lo que me cuentas con tanta vehemencia.

Para cumplir mejor tu cometido, sigue este consejo e interpreta bien mis palabras: evita identificarte con los obreros. Si lo haces, perderás ecuanimidad. Tu visión se estrechará y pensarás tan limitadamente como ellos. Entonces atribuirás sus males a las penurias económicas. De ahí caerás en la tentación de atribuir los males del espíritu a las insatisfacciones de la carne. Llegarás, como algunos sacerdotes incautos, a desviaciones de tinte marxista. Querrás combatir el Mal dando la riqueza a los que no la tienen, como si entre los ricos no hubiera pecados. La santidad no corre pareja con la riqueza y son muchos menos los santos que han vivido en la opulencia que aquellos que encontraron justamente en la pobreza y en las privaciones el incentivo para elevar sus almas. Estos santos nos enseñaron que en las miserias más espantosas puede brillar la virtud como un diamante. El santo lo es en todas partes y bajo cualquier circunstancia, así como el brillante sigue brillante aunque yazga en un lodazal.

Hay una familia de tu parroquia que vive en una cueva y cuyos placeres terrenales se limitan a la fornicación y la bebida. Hazla poseedora de una acaudalada fortuna y obtendrás la caricatura de la justicia, como si a un homicida vistieras con toga de juez y lo sentaras en su estrado.

Dios es infinitamente sabio y justo; la Divina Providencia traza el curso de nuestras vidas y pone orden en nuestra sociedad. Variados y contrastantes son los caminos que llevan al Señor. Si pretendes elegir un solo camino para toda la humanidad, caerás en el mismo error que cometieron los descendientes de Noé construyendo la torre de Babel. Dios la destruyó, confundió a las gentes, porque desdeña la uniformidad. Dios nos brindó libertad para que sólo con nuestro esfuerzo y nuestra voluntad obtengamos los premios de la vida eterna. La propiedad —contra la que centran sus críticas los marxistas, pero que ningún Estado comunista aún pudo abolir por completo— es un derecho natural. Dios lo sancionó en el séptimo mandamiento. Responde a una inclinación de la naturaleza humana que ya se revela en el niño de tierna edad. Responde también a una necesidad, porque estimula el trabajo y el progreso.

Volviendo entonces al primer asunto, si atribuyes el Mal a la pobreza, tendrías que quitar la propiedad a quienes la tienen —violando la Ley de Dios—, uniformarías a todos en igual nivel de riqueza —violando la Ley de Dios—, quitando a los hombres la oportunidad para hacer méritos gracias a su libertad —violando la Ley de Dios— llevando a los pobres que serán bienaventurados a ser los ricos que difícilmente entrarán en el reino de los cielos...

Nuestro tiempo peca por atribuir demasiado valor al confort y el boato exterior. Ello va en desmedro de la riqueza interior. El cuerpo y el alma se balancean en sendos platillos. Cuanto pesa más el cuerpo, se minimiza el alma. Por eso tantos santos mortificaban su cuerpo para inundar de luz y pureza su alma.

No niego que para la salud del alma se requiere también la salud del cuerpo. Todo cristiano debe llevar una vida digna. Y en nuestro país nadie, si se lo propone, puede justificar plenamente no llevar una vida digna. ¡Que trabaje en vez de beber, que perfeccione un oficio en vez de fornicar! En poco tiempo su nivel subirá como la marea del océano. Para ser hábil y diestro, es necesario que la conciencia esté tranquila y la mente despejada. La bebida y la fornicación no contribuyen a mejorar el rendimiento.

Por eso el tratamiento debe ser racional. Es preciso curar la herida de adentro para afuera. Porque si suturas la piel y no limpias el fondo de la úlcera, corres el peligro de dejar en el interior una severa infección que llevará pronto ese individuo hacia la muerte. El fondo de la herida es el alma.

Tu tarea, pues, no consiste en desesperar para que ingrese más dinero en los hogares humildes, enardecerte por tardanzas en los pagos y exigir mayor justicia social: como ministro de Dios, que vela por la porción eterna del hombre, debes limpiar a tus feligreses de pecados, enseñarles el amor y las prácticas ascéticas.

La Divina Providencia allanará lo demás. El Señor es misericordioso y no olvida a sus criaturas.

25

AL FINALIZAR LA REUNIÓN, *Víctor, Horacio, José Miguel, Adrián y yo cruzamos al bar. Don Ignacio se acercó blandiendo su reluciente bandeja.*

—¿Qué tal, muchachos? —saludó con su simpático acento andaluz mientras empezaba a sacudir las migajas con su servilleta—. ¿Habrá huelga o no? Recuerdo la huelga de hace cinco años. Empezó con una manifestación... ¡Qué gresca, mi Dios, qué gresca! En la puerta del bar, ahí, en el umbral mismo, le partieron la cabeza a Udaondo. ¿Se acuerdan de Udaondo? Era un estudiante de ingeniería. ¡Qué muchacho! ¡Joven, apuesto, inteligente! ¡Lo estoy viendo! Se arrojó por la puerta. Dos policías lo sujetaron en el aire. Pisaron sobre su cuerpo. Yo estaba paralizado tras el mostrador. Les aseguro que por primera vez en mi vida supe lo que es el horror, el pánico. Ni siquiera pude moverme, ni para ayudar ni para escapar. El machete caía sobre la cabeza del muchacho como sobre una alfombra

para sacarle el polvo. La sangre se mezclaba con el cabello y se pegaba al bastón. ¡Qué espanto! —hizo una pausa; tragó saliva—. La policía ya no respeta a nadie ni se detiene cuando cantan el himno... ¿Qué van a tomar?

José Miguel arrojó hacia atrás su cuerpo, hamacando la silla sobre las patas traseras. Cuando don Ignacio estuvo bastante lejos dio unos golpecitos en el borde de la mesa.

—Les dije: hay que pensarlo bien. No es cuestión de crear mártires al pedo.

—Pero no vamos a hacerle una reverencia a la arbitrariedad simplemente porque tenga un machete en la mano —replicó Víctor.

—No demos carne al tigre ¿entiendes? No seamos presa fácil.

—Quedándonos quietos somos presa fácil. Cada noche ese coronel Pérez encierra otro estudiante.

—Dice que limpiará de malhechores a la ciudad —intervino Horacio—. Pronto habrá limpiado a la Universidad de estudiantes.

—La protesta, cualquier protesta, si es justa, pone en ebullición a la sociedad —insistió Víctor.

Adrián empezó a mover sus manos como si sostuviera dos pesas.

—¿No están un poco hartos de este asunto? Ya hemos discutido cuatro horas. Es suficiente por hoy, ¿eh?

—¿Qué se sabe del plenario? —preguntó entonces Horacio.

—¿Qué plenario? —me extrañé.

—El plenario... en lo de Víctor.

—Néstor no sabe... —aclaró Víctor—. Nosotros acostumbramos a denominar así las sesiones que nos ofrecen algunas chicas. A veces no se puede hablar con claridad: hay profesores, compañeras... Esta noche habrá plenario, en efecto. Vendrá una hermosa puta. Podrías concurrir, Néstor.

Me subió la sangre a la cabeza.

—Así te desvirgas, varón —añadió José Miguel.

—¡Pobre de ti! —repliqué.

—¿Eres virgen? —se asombró Víctor, pero sin malicia.

—¡Yo virgen! —me defendí—. Sí, miren mi aureola —tracé un círculo sobre mi cabeza.

—¿Con quién tuviste relaciones antes? —insistió José Miguel, tratando de hacerme confesar la verdad.

—Con tu hermanita.

—¡Bien hecho! —se rió Víctor—. ¡Por jodido!

—¡Te apuesto que Néstor es virgen! —se enardeció José Miguel.

Me miraron tratando de descubrir lo que pasaba por mi cerebro.

—Apuéstenle —aconsejé—. Para defender la honestidad de su hermana es capaz de perder hasta los calcetines. A mí no me quitará lo bailado.

—¿Vendrás a casa? —dijo Víctor.

—Si me invitas...

—Estás invitado. Esta noche a las diez.

26

SABIDURÍA

¿QUÉ DEBÍA HACER? ¿Recomendarles paciencia? ¿Que se alimenten con hostias? Tengo que ingeniarme, claro. Así lo exige mi Obispo.

Asegurarles que con hambre, lágrimas y mansedumbre ganarán el cielo. Que el Directorio de esa fábrica actuó en base a serios estudios y no tenía más alternativa que dejar cesante al veinte por ciento del personal. Las finanzas. Ellas no hacen milagros. Milagros hace la fe. Si se quejan de que no pueden pagar el alquiler, ni comprar medicamentos, ni conseguir leche para sus niños... entonces que organicen la ayuda mutua, que hagan colectas en el barrio, porque un cristiano debe ayudar a otro cristiano, aunque en este barrio sean todos pobres. Las fábricas no pueden hacer milagros: ellas se manejan con otros índices.

Quisieron ir a la huelga. Yo los apoyé. Quisieron recurrir a la violencia. Yo los apoyé. Están desesperados e indignados. Monseñor Tardini me recriminó. Debería calmarlos, narcotizarlos. Para eso está la Iglesia, para estimular la mansedumbre, la paciencia... de los oprimidos.

El evangelio de San Marcos cuenta la historia de un loco al que nadie podía contener, «porque muchas veces había sido atado con grillos y cadenas, pero las cadenas fueron hechas pedazos y los grillos desmenuzados. Siempre, de día y de noche, andaba dando voces en los montes y en los sepulcros, e hiriéndose con piedras». Era un ser marginado de la sociedad, que se autodestruía, cuya violencia exasperada no conseguía liberarlo. El pueblo lo dejaba hacer mientras no molestara a los demás. Pasó Jesús y decidió curarlo. Para curarlo, para «liberarlo», como dice la Biblia, necesitó sacrificar dos mil cerdos. «La manada cayó por un despeñadero en la mar y en la mar se ahogó. Y los que apacentaban los puercos huyeron y dieron aviso en la ciudad y en los campos.» Vinieron los chacareros y comprobaron el milagro. Al hombre que durante tanto tiempo había estado atormentado por el demonio, «lo encontraron sentado y vestido y en su juicio cabal». Entonces dice San Marcos que «tuvieron miedo». Jesús les había destruido una hacienda. Para curar un solo loco arrojó al mar una fortuna demasiado importante. «Y comenzaron a rogarle que se fuese.» Las finanzas no están para hacer milagros. Ellas se manejan con otros índices. Los milagros tienen que ser muy baratos. O no son milagros.

Pero el «hombre» fue hecho a imagen y semejanza de Dios, no las empresas. El hombre es persona, goza de libre albedrío, participa en la obra de la Creación. Tiene palabra, manos e inteligencia. Ya domina a la naturaleza y ha empezado su marcha triunfal hacia el cosmos. El hombre asciende sin pausa, haciéndose cada vez más digno y merecedor de los atributos con que el Señor le dotó. La historia es la historia del ascenso del hombre hacia Dios. La escala fue soñada por Jacob. Es preciso conquistar peldaño por peldaño: cada uno de ellos implica un grado de liberación mayor. Liberación de la naturaleza salvaje y liberación de la sociedad, también salvaje. En su marcha por el tiempo y el espacio el hombre ha conquistado numerosos peldaños de su liberación frente a la naturaleza, desde que se ocultaba en las cavernas huyendo de los monstruos prediluvianos, hasta nuestra era tecnológica. Pero si esa liberación frente a la naturaleza no se acompaña de grados paralelos en la liberación social, caerá en un pozo de esclavitud y miseria, donde la mayoría del género humano será domada y explotada por unos pocos privilegiados. Por consiguiente, oponerse a ambos procesos liberadores o solamente a uno de ellos es atacar el plan divino. Hubo épocas en que personalidades retrógradas controlaron a la Iglesia y ésta se opuso a los dos procesos. Pero la oposición se ha centrado fundamentalmente contra el segundo, que es más difícil de entender. Una forma de oposición es limitar el cristianismo al terreno espiritual: «Salva tu alma, olvida tu cuerpo». Sin embargo, es al hombre «íntegro» a quien quiere Dios —porque en hombre íntegro, de músculos, nervios y vísceras se encarnó Cristo y no en un espíritu nefeloide—. Postergar al cuerpo y sus necesidades significa consentir las diferencias sociales y la explotación de un hombre por otro. Este panorama injusto, nada cristiano, impulsó a buscar la evasión. Los sacerdotes y santos huían a los monasterios y los menos santos se lavaban simplemente las manos: el resto entraba en componendas con el poder de turno. La religión era aliada de los esclavistas, porque condenaba a los rebeldes y narcotizaba a los impacientes. Sus promesas de comprensión en el más allá por los sinsabores de la vida, demorando los impulsos de liberación, favorecía a los regímenes de oprobio. La Iglesia aparecía como una defensora de las minorías y sus privilegios. La Iglesia, en vez de condenar a los señores y volcarse en favor de las justas reivindicaciones exigidas en forma inculta y animal por la plebe hambrienta, acariciaba con respeto y blandura a los príncipes y amonestaba con dureza a los pobres.

La Iglesia condenó al monofisismo, que niega las dos naturalezas de Jesús. Pero en la práctica, muchos dignatarios la apoyaron olvidando el profundo sentido de la Encarnación. Jesús fue hombre y Dios. Fue hombre como todos los hombres, señalando así la infinita dignidad que posee su cuerpo, aunque es mortal, aunque sufre, tiene apetitos, ambiciones y terror. Ese cuerpo fue el cuerpo de Dios. A ese cuerpo Jesús lo curó de llagas, de parálisis, de ceguera. Ese cuerpo, digno hasta el infinito como Dios mismo, no debe ser postergado. Las empresas están después y no antes que él. ¿Estoy equivocado, tío?

27

CANTARES

VÍCTOR Y ADRIÁN *compartían la casa en el barrio Arboleda, donde se concentraban numerosos estudiantes del interior. Se dice que en un tiempo el barrio era intransitable para una mujer, porque en la primera puerta la cogían de un brazo y metían adentro. Esa fama redujo la demanda de viviendas por familias y el precio de los alquileres descendió. Los estudiantes la transformaron en su ciudadela.*

Las prostitutas solían pasearse libremente por sus calles llamando en cualquier casa, con la posibilidad de encontrar techo y comida a cambio de realizar tareas domésticas y prestar gratuitamente sus servicios personales.

La puerta estaba entornada, de modo que entré sin llamar. Encontré sentados en la cocina a Víctor, Horacio y Adrián, charlando con una mujer que batía el café.

—¡Hola, Néstor! ¡Adelante!

—¡Hola!

—Te presento a Magdalena. Nuestro amigo Néstor.

—Mucho gusto —le extendí la mano.

Ella tendría de 20 a 25 años, rostro moreno, pelo largo y lacio, cuerpo esbelto. Me senté en un banquito y la contemplé mientras cimbraba levemente al ritmo del batido.

—¿Qué tal, Néstor?, ¿contento? —preguntó Víctor con insinuación picaresca.

—Sí, porque espero tomar un buen café —le guiñé un ojo.

—¡Vaya si será bueno! Será formidable, propio de los dioses. ¿Verdad, Magdalena?

—No se apresuren, no se apresuren.

—El apurado es Néstor.

—Bueno, ya está listo —llenó cinco tazas y nos las extendió.

—Como ves, Néstor —explicó Adrián—, el servicio es completo.

—Ya veremos... —simulé expectativa.

Al rato, Víctor dio una sonora palmada en las nalgas de Magdalena.

—¡Eh, loco! —protestó ella.

—Anda con Néstor, que él vino por un café más personal...

Magdalena se frotó la zona del golpe, me miró y fue esbozando una sonrisa. Con súbita ternura extendió ambas manos y me hizo incorporar.

—¡Métanse en mi dormitorio! —ofreció Adrián.

Ella entró primero y encendió la luz. Cuando estuvo adentro, cerró la puerta y dio una vuelta a la llave. Se acercó a la cama y apretó el botón del velador.

—Apaga la luz alta, ¿quieres?

Se quitó su saquito color tierra y se sentó al borde del lecho levantándose como al descuido su pollera hasta cerca de la ingle.

Permanecí rígido junto a la puerta. Durante las horas precedentes ardí de deseo imaginándome lo que estaba por ocurrir. José Miguel tenía razón: yo era virgen. Era virgen a pesar mío, por controles paternales y por inhibición. Me resultaba fácil simular desenvoltura y hasta un poco de desfachatez cuando estaba en un grupo, porque lo dicho e insinuado permanece en el nivel de la chanza, no compromete en absoluto. Pero nunca pude llegar a la intimidad con ninguna muchacha. Quizá hubiera ocurrido con María Luisa, a quien tuve que abandonar cuando mamá enfermó.

De golpe, en ese cubo hermético donde estábamos solos, donde podía hacer cualquier cosa, se evaneció mi deseo. Mi cuerpo se aflojó, agotado por la tensión previa.

—Ven, siéntate a mi lado —invitó amablemente Magdalena.

Me quité el pullover, lo deposité sobre una silla y me acerqué.

—Quiero que me veas con tus dedos. Así —tomó mis manos y las puso sobre su cara—. Ahora cierra los ojos. ¿Me ves con el tacto? Desplaza suavemente tus dedos... ¿Sientes mis mejillas, la parte alta, ahora hacia abajo: el mentón... mis labios?... Así, así... Sígueme viendo... Observa con tus manos mi cuello, por aquí, detrás de las orejas, el límite del cabello, métete por debajo, sigue por la nuca... ¿Me ves? ¿Me ves bien?... No te apures, no te apures... ¡Ya llegas al hombro! ¡No tan rápido!... ¡Néstor!

Le clavé mi boca en su cuello y la abracé con fuerza, deslizando mis manos con precipitación de un extremo al otro de su cuerpo, en un afán de poseerla toda. La mínima brecha a mi inhibición rompió los diques y mi pasión se desbordó con fuerza incontenible. La volteé sobre el lecho, intenté quitarle la ropa, aflojándome la mía. Sentí que iba demasiado rápido, que estaba al final de la partida, que no podía dominarme. Ella intentó colaborar y su mano rozó mi bajo vientre. No pude resistir ese cosquilleo terrible que pretendía escapar, romper y penetrar. Mis músculos se contraían hasta el dolor. De pronto empecé a descontracturarme a golpes, como una rueda dentada, sintiendo que mojaba mi ropa y la de ella, con terrible frustración. Nos quedamos inmóviles, sin saber qué hacer. Torcí mi cabeza y la hundí en la almohada, avergonzado.

Magdalena arregló mi situación con pocas palabras. Me hizo quedar ante los demás muchachos como un ser de virilidad asombrosa, desbordante, que en pocos minutos la llevó, trajo y volvió a llevar hacia los pla-

ceres de la intimidad; que más de una explotaría de envidia.

Yo le estaba realmente agradecido, porque temía que esta mujer, una puta, al fin y al cabo, me usara de hazmerreír. Esa nobleza me sorprendió y, como no la esperaba, me conmovió algo. Cuando me despedí susurró tiernamente.

—La próxima vez saldrá estupendo, no lo dudo.

Días más tarde esa frase empezó a cambiar de resonancia. En vez de sentirla amistosa, le encontraba un giro burlón, vengativo. A medida que mi deseo prendía, más me dañaban esas palabras. Le encargué a Víctor que no dejara de avisarme cuando ella fuera a su casa nuevamente.

—Esta noche tendremos «plenario» —me dijo por fin.

Cené apurado y salí en seguida. Mamá quedó con su pregunta en la garganta.

Me llevé el auto del viejo, que ya me lo prestaba con más frecuencia.

Los encontré en la cocina, ella preparando café. Me pareció estar viviendo en el pasado.

—Llegas el último, como la otra vez —advirtió Adrián—, pero querrás ser el primero.

—Lógico —repuse.

—Esta vez no, hijito. Ya no eres un «iniciado».

—Pero lo hizo menos veces que ustedes —intervino Magdalena—. Así que le toca, nomás.

—¿Qué tal? —les desafié—. Parece que la doncella tiene sus preferencias muy claritas.

—¿Vamos, Néstor? —invitó Magdalena portando dos tazas de café.

—¿Piensan tomarlo en el dormitorio?

—Si la dama desea... —les hice una higa.

Cerró la puerta.

—Tómate el café mientras me desvisto —propuso.

Se desnudó completamente y metió en el lecho. La sangre me hervía por la boca y por los ojos, parecía que sus burbujas se me escapaban.

—Desvístete también. No miro.

Me arranqué las ropas y me pegué a ella. Sentí su piel cálida y tersa a lo largo de toda mi extensión. Crucé mis piernas con las suyas, sentí con fastidio que las sábanas se enredaban entre nuestros cuerpos y las rechacé con furia. Mi deseo subía como la columna de mercurio de un termómetro puesto sobre una llama. Su cuerpo estaba listo para recibirme, sin obstáculo de ropas: era una flor que se ofrecía a la abeja zumbante y desquiciada por la ambrosía que apetece. Y en esa locura de brazos que suben y bajan y cuerpos que se revuelcan y piernas que se cruzan y descruzan sin más objetivo que el roce cilíndrico y total, mis compuertas se quebraron y quise aún terminar bien y se mojaba todo y pedí que ella me ayudara, pero estaba desinflándome como un globo pinchado y metía las manos y resbalaban y me dio asco y rabia y desesperación... Quedé inmóvil.

Magdalena me abrazó.

—Permaneceremos un ratito en cama y verás que saldrá bien.

No le contesté. Entonces ella dijo que a muchísimos les ocurre lo mismo la primera vez. Que no tenía importancia, porque revelaba únicamente una carga de deseos muy grande, que explotaba en seguida. Pero que después de esos fracasos, estando un poco más tranquila mi virilidad tan fuerte, lograría plena satisfacción.

Nos corrimos al borde de la cama, sobre la pared, para no sentir las sábanas humedecidas. Permanecimos abrazados. Le pregunté sobre mis amigos, a quienes ella frecuenta cada mes, aproximadamente, cuando su novio baja la guardia creyéndola aún menstruante. A él no le gusta que se acueste con los estudiantes, porque nunca pagan. Pero entre los estudiantes Magdalena encuentra, ¿cómo decirlo?..., otro tipo de trato, cierta relación familiar, como si fuera hija y madre a la vez u otra cosa..., pero muy distinto al resto de sus clientes, de los cuales ninguno le ha gustado, aunque tampoco le han causado repulsión.

A lo mejor le gustaban los estudiantes porque fue impresionada por uno de ellos. Apareció de repente; en una siesta solitaria; era un muchacho joven y hermoso, casi afeminado. Miraba con ojos salvajes, mezcla de excitación y de susto, devorándola. Se desprendió la bragueta y extrajo su miembro. La sorprendió esa actitud y quizá él lo interpretó como miedo. Se envalentonó y dijo algunas frases obscenas, invitándola a tomar lo que le ofrecía. Lo vio tan tierno y desesperado que empezó a acercarse. Entonces fue él el sorprendido. No daba crédito a su reacción. La ha-

bía tomado por una inocente; en realidad, no esperaba obtener respuesta. Gritó otras obscenidades, pero viendo que ella se acercaba en serio, se arregló precipitadamente la ropa y huyó despavorido... Después lo encontró en la cárcel, cuando la arrastraron en una de las tantas corridas que les hacen para decirle al pueblo que cuidan la moral. Allí se enteró que el pobre fue criado como una nena, que embarazó a su novia y que sus padres lo echaron a la calle. Andaba enloquecido, mostrando su sexo a chicas asustadizas para sentirse fuerte, capaz de aterrorizar. Encontró refugio en este barrio, aunque ya lo habían expulsado de la Universidad. Le dio mucha lástima.

Nos movimos un poco. Empecé a acariciarla otra vez y sentí que en mi cuerpo renacía el vigor.

—Lo hubiera querido acariciar, consolar. Enseñarle que no necesitaba hacer el amor a distancia, mirando y haciendo ver. Intenté acercármelo en la cárcel, pero me descubrieron esos hijos de puta y salió para el diablo, porque se desesperó más todavía. Si me hubieran visto y por lo menos se hubieran hecho los estúpidos hasta que terminara... Lo quería tocar así... suavemente... Nada más que esto, ¿te das cuenta? Rozarle el pecho con mis labios, dibujarle cosas con las yemas de mis dedos en su vientre... en sus muslos... acercarme y alejarme... Relajarlo, tranquilizarlo, acariciándolo siempre, con ternura, con la ternura que una mujer puede dar a un hombre, que el hombre pretende de la mujer.

Sus palabras se hacían susurrantes, como parte de

sus caricias. Y yo sentí que me erguía y estaba lozano y fuerte. Los minutos se extraviaron mientras navegábamos hacia lo más profundo del placer, casi al unísono. Y por primera vez sentí que el gozo de una mujer acentuaba el mío y nunca imaginé que podía ser tan grande.

Continué abrazándola muchos minutos. Y le estaba tan agradecido, que la besé en una mejilla.

28

La sotana todavía se abre paso en las cárceles, aún es la aliada que adecenta sus excesos. Cuando también sea metida tras las rejas —no como excepción increíble sino con la misma frecuencia que un dirigente sindical insobornable, es decir, cuando no sea sino denuncia, cuando abandone las doradas ornamentaciones de Caifás y se vista con las sucias pieles de Bautista—, entonces los guardias aguzarán sus ojos y harán oír sus armas. Entonces la sotana no entrará y saldrá de las mazmorras con tanta holgura.

Carlos Samuel Torres siguió al uniformado por una oscura galería que amplificaba el ruido de sus pasos. Entraron en una sala amplia que comunicaba con numerosas celdas. Se produjo un murmullo de voces, como una ola que adquiere volumen y luego se desinfla sobre la playa. Sonaron los metales y el guardia abrió la puerta, permaneciendo con su espalda apoyada sobre los goznes, para dar paso al cura.

—Déjenos solos, por favor —pidió el sacerdote.

El guardia cerró la puerta, hizo gemir los cerrojos y se alejó con paso quieto e igual, sordo desde hacía años a las infinitas variaciones de voces, interjecciones, silbidos e insultos que le descargaban como metralla desde todas las rejas. Se supo cuando había abandonado el recinto, porque la brutal gritería se contrajo a su primitivo murmullo.

El doctor Bello se incorporó al reconocerlo. Torres avanzó y se estrecharon las manos.

—Hace un par de horas que me enteré de su arresto. Me contó Olga.

—Casi ni le reconozco con sotana.

—Conservo una para ocasiones como ésta.

—Es usted previsor... ¿Por qué no se sienta? —recorrió con la cabeza el estrecho calabozo—. No tengo muchas comodidades. Usted disculpará.

—Le queda humor, por lo visto.

—Para un comunista la cárcel es como un segundo hogar. Esta vez me trajeron hace... dos días y tres noches. Cuando llegaron a casa Olga leía en mi estudio y yo estaba acostado. Sonó el timbre. Apenas ella entreabrió la puerta, penetró casi una docena de policías. Se infiltraron por toda la casa con una rapidez propia de tiempos de guerra. Me hicieron saltar del lecho. Uno palpó mi pijama buscando armas... ¡hay que ser! Otro metía un atado de folletos debajo del colchón. Cuando entró el oficial que adrede se entretuvo en otras habitaciones, dos policías empezaron a deshacer febrilmente mi cama, como perros que han olfateado su presa. Levantaron el colchón y «descubrieron» los folletos. Por cierto que de nada valió que yo hubiera visto la maniobra. Tampoco sé para qué tenían que justificar mi arresto con ese montaje histriónico. Quizá para autoconvencerse de los cargos «concretos» levantados contra mí. Bueno, aquí me tiene, en este miserable ergástulo sin saber por cuánto tiempo.

—Vengo a devolverle su visita, doctor. Pero, fundamentalmente, a ofrecerle mi ayuda.

—Gracias. Temo que no pueda hacer nada importante. Como religioso no lo necesito. Y en cuanto a gestionar mi liberación, no le harán caso.

—¿Le harán más caso al abogado de su partido?

—¡Por supuesto! Si usted ya no estuviera marcado como un cura... digamos «peculiar», tendría peso en alguna oficina del gobierno. En el mejor de los casos le prometerían clemencia, buena comida y cierto trato especial, como «cristiana concesión» a su «cristiana súplica», pero no mi libertad, que se calcula con metros políticos.

—Le admiro el pesimismo.

—Se llama experiencia o... serenidad.

—Las cárceles están repletas. A usted le dieron una individual. ¡Tiene suerte! —bromeó el cura.

—Porque es más chica. ¿Cree que entran dos?

—Sí. Otro bajo el catre.

Bello se inclinó, miró bajo su precario lecho y asintió, simulando asombro.

—El coronel Pérez debería pedirle asesoramiento ¡caramba!

Torres se rió. Bello quedó pensativo. Sus ideas se reflejaban en la creciente gravedad de su semblante.

—Ese hombre precipitará la crisis —dijo—. Ha encerrado a centenares de personas.

—Usted es uno de ellos. La prensa habla de «la noche blanca».

—¿Sí? —se extrañó Bello—. Curioso apodo.

—«Blanca» por lo de limpiar, purificar.

—Comprendo —se pasó los dedos por los ojos, tratando de excluir algunos pensamientos y dejar pasar otros nuevos—. En la celda de la derecha, enfrente, están apiñadas por lo menos veinte mujeres. Seguramente que las han maltratado porque llegaron sosteniéndose de las paredes o de los hombros de los guardianes.

—¿Son prostitutas?

—Estimo que sí.

—¡Pérez es diabólicamente inteligente! —murmuró cabizbajo.

—¡Ya lo creo! —coincidió Bello—. Su «blanqueo» es un magnífico disfraz para encerrar a todos los comunistas. Persigue delincuentes: prostitutas, usureros. Para él es lo mismo.

—Sí, persigue a las prostitutas y usureros de baja monta, no a las hetairas de los ejecutivos, ni a los estafadores millonarios. Está bien orientado. Nadie se ocupará en defender a estos miserables. Al contrario: la sociedad entera contará loas a su mano fuerte, que la limpia de molestas llagas.

—Es la táctica de la contaminación —precisó el abogado—. Usa la propaganda política moderna que aconseja mezclar elementos heterogéneos, para ensuciar al verdadero enemigo con el muladar de fobias tradicionales. Se odiará al comunista porque yace junto al usurero.

—No es tan moderno el método —observó Torres—. Los romanos ya lo aplicaban muy bien.

Bello lo miró, curioso.

—El molesto y rebelde Jesús —le recordó— fue crucificado entre dos bandidos. Era una manera de hacerlo bandido también a Él.

29

HECHOS

TORRES SALIÓ DE LA CELDA y esperó hasta que el carcelero asegurara el cerrojo. Un fuerte clamor se encendió en el vacío recinto, cuyas paredes eran rejas de otros innumerables calabozos. El guardia, con una inclinación de cabeza, lo invitó a seguirlo, despreciando los gritos. Avanzaron lentamente sobre un embaldosado que retumbaría si el aire no estuviera tan cargado de voces.

El sacerdote miró hacia donde mantenían encerradas a las prostitutas. Vio en ese ahigarrado y denso conjunto puños que se estiraban amenazándole. Giró hacia ellas. Se les aproximó. Algunos puños desaparecieron y otros se transformaron en manos nerviosas que hacían gestos obscenos. Distinguió algunas voces, como si se estuviera junto a uno de los parlantes de un aparato estereofónico. Oía insultos, terminachos y blasfemias.

El doctor Bello se acercó a los barrotes de su celda

y se apoyó con ambas manos. Viendo los gestos de esas prostitutas, podía entender qué decían. Torres no parecía sentirse el destinatario de las injurias y siguió avanzando cachazudamente.

Llegó a escasos centímetros de las manos impúdicas. Si su marcha simuló indiferencia, su rostro delataba amargura. El guardia, a su lado, agitó el manojo de llaves; era la costumbre de todos los cancerberos. Le daba superioridad y arrogancia, lucía el símbolo del poder.

Las mujeres, detenidas por los barrotes, se aplastaron entre ellas intentando alcanzar a esos hombres y despedazarlos como si fueran los únicos culpables de su desgracia.

Carlos Samuel contempló la jauría de rostros desencajados y sucios que se contorsionaban histéricamente. Por un instante creyó hallarse en la caverna de una pesadilla. Las cabezas se movían mezclándose las greñas de una con los ojos de otra. De pronto, una de las mujeres más robustas empujó a sus vecinas para inspirar profundamente y se desgarró la blusa. Con sus manos abiertas alzó los voluminosos pechos y los proyectó descaradamente hacia el cura.

—¡Toma! ¡Agarra! —aulló.

Un hachazo de perplejidad suprimió la vocinglería. La mujer, con furia salvaje, rompió su vestido y empezó a quitarse la ropa interior. Una exclamación cóncava empezó a inflarse. Todos los presos se amontonaron sobre sus rejas para poder gozar el insólito espectáculo.

Torres le asió una mano. Ella intentó liberarse, la sacudió, pellizcó con la otra, asomó un puntapié. Pero él no la soltó. Se mantuvo firme como un poste. El guardia, boquiabierto, sostenía en el aire su gigantesco llavero inmóvil. Carlos Samuel le cogió la otra mano. Como respuesta, la mujer le lanzó un espeso gargajo a pleno rostro.

Otras prostitutas se abalanzaron sobre él. Lo tenían pegado a las rejas y podían golpearlo, rasguñarle y morderle. Empezó a brotar sangre de las escoriaciones que le produjeron sobre el dorso de su mano. El salivazo se alargaba como una gota por su mejilla. Lo zangoloteaban ya como si el poste se hubiera aflojado en su base. Pero las tenazas de sus dedos no se rendían.

El doctor Bello no entendía la escena. Vio cómo Torres se aproximaba desafiando las amenazas y se adhirió estúpidamente a esos barrotes, como una mosca a la sustancia venenosa que la destruirá. Quiso intervenir, presentía que esa tempestad de puntapiés y puñetazos lo iban a demoler. Le gritó al guardia que hiciera algo. El carcelero vacilaba desde antes, miró los presos que le insultaban y, cediendo a las imposiciones de su orgullo, llevó el silbato a la boca y sopló pidiendo ayuda.

La enorme mujer, llamaba a la realidad por los inexorables grillos de Torres que estrangulaban sus muñecas, empezó a transformar sus gritos en llanto. El cura aflojó sus manos y ella apoyó su cara sobre las escoriaciones sangrantes. Su obeso cuerpo se iba descontracturando. Y empezaron a doblársele las rodillas. Los insultos amainaron.

Se oía con más estridencia el silbato del guardia. Llegaron varios policías a la carrera, con sus armas desenfundadas. Rodearon en hemiciclo a Torres, nerviosamente, dispuestos a enfrentarse con el peor amotinamiento.

La gritería se apagó. La mujer, semidesnuda, se agitaba en un incontrolable zollhipismo, como una criatura desamparada e indefensa, sujetando ahora ella, como a un madero de salvación, las manos sucias, abiertas y cansadas del sacerdote.

30

RUTH

DESDE NIÑA DIRIGIÓ mis lecturas. Con aparente espontaneidad caían en mis manos revistas y libros de complejidad progresiva, siempre acordes con mi desarrollo intelectual, que no sólo ampliaban mis conocimientos, sino mi amor por el hombre, por la libertad y la ciencia purificada de mitos. Encendieron mi aversión por la injusticia y la esclavitud, especialmente la contemporánea, encubierta y eufémica. Avanzaba sobre una espiral, girando alrededor del mismo fundamento, aunque en niveles más altos e intrincados. El tío Tom y Espartaco, el 1 de mayo y el 7 de noviembre actuaban como hontanares caudalosos. Papá me hablaba de los pobres como de la gente más limpia y sana, con quienes debíamos identificarnos porque su liberación nos liberaría a todos. En ellos estaba el futuro, en ellos se acumulaban las potencias de una sociedad superior. Los pobres adquirieron en mi imaginación el carácter de seres maravillosos, parecidos a los de los cuentos, como si fueran una versión colectiva de la Cenicienta. Trataba de identificarlos en las ilustraciones de mis libros, habitando en casitas de chocolate junto a hermosos bosques donde acechaban los ogros.

Mamá me empezó a llevar a ciertos mítines partidarios. Allí se comía y rifaban objetos para recaudar fondos. A veces papá presentaba a una descollante figura y otras veces la figura descollante era él. Yo oía con embeleso sus discursos y admiraba la temible fuerza que se proyectaba desde su puño enardecido.

Tanto insistí, que consintió en hacerme conocer las villas miserias. Allí nos sentamos en bancos destartalados y malolientes para conversar y compartir un poco de vino, algunas galletas e incluso una sopa espesa y asquerosa. Los pobres se alegraban con nuestra visita porque papá les demostraba que se sentía muy a gusto con ellos. Me atendían con esmero, formulándome preguntas, alabando mi dorada cabellera, celebrando cualquier frase de circunstancias que pronunciara. Yo era «la hija del Doctor». Papá era «el Doctor», infundía respeto, le oían mirándole a la boca, dispuestos a atrapar cada sonido como si fuera una joya. Resultaba una hermosa aventura pasarse dos o tres horas en esas chozas: era como jugar a los expedicionarios, arriesgarse a convivir un rato con caníbales amigos. Porque después volvíamos a nuestro departamento, como si pasáramos de un mundo a otro. Nos dábamos un copioso baño, vestíamos ropas limpias y fragantes y nos sentábamos a la mesa, bien decorada y bien servida.

Que nuestra conducta en las villas miserias era forzada y artificial resultaba evidente, aunque aún no hubiera adquirido conciencia de ello. No eran lo mismo, por cierto, las reuniones en esas chozas, con galletas de grasa y vino ordinario, que las veladas en nuestro departamento o en la regia mansión de don Joaquín Sáenz de la Mallorca. Aquí se recitaban los últimos poemas llegados de los países socialistas, se hablaba de política, se criticaba al Gobierno o se escuchaban las impresiones de viajes que traía algún camarada al regresar de una gira, en un ambiente confortable, bebiendo licores importados o saboreando *délicatesses.*

En ciertas ocasiones se reunían solamente los mayores, rodeándose del más enigmático hermetismo. Otras veces, cuando se trataba más bien de encuentros sociales, participábamos los chicos. Jugaba entonces con los hijos de ese afortunado industrial que era don Joaquín Sáenz de la Mallorca o con los hijos de otros distinguidos camaradas médicos, abogados o comerciantes. Todos ellos habían sido pobres en tiempo pasado, pero a diferencia de muchos —me explicaron—, continuaron fieles a sus ideales de juventud. Contribuían con el Partido, económica y personalmente, terminando incluso en la cárcel. Formaban un círculo íntimo y cómplice, no sólo de camaradas, sino de amigos. Solían concurrir juntos a las recepciones en las embajadas socialistas y las mujeres se consultaban sobre las ropas que debían vestir.

A medida que tomaba conciencia del ideal que impulsaba a mi padre y a medida que ese ideal iba haciéndose carne en mí, comencé a ser más exigente. La admiración y el amor que le profesaba, no me impidieron colocarlo en aprietos, ponerlo seriamente a prueba y disfrutar de sus vacilaciones.

Visitación, nuestra buena, gorda y renegrida cocinera, provenía de una villa miseria que solíamos visitar. Allí nos atendían con máxima cordialidad y afecto. Pregunté a papá qué diferencia había entre una sirvienta y los proletarios.

—Ninguna —respondió con extrañeza.

—Entonces ¿por qué Visitación no come en la misma mesa con nosotros?

Tuvo que pensar la respuesta y habló más de una hora para explicarse.

31

HECHOS

El padre Agustín Buenaventura aflojó sus músculos. Se sentía cansado y viejo, más viejo que su Obispo. Estiró pesadamente las piernas y dejó caer los brazos. La silla crujió: de ella colgaba su cuerpo, como una enorme y oscura marioneta abandonada. Cejijunto, se concentró en un grupo de manchas que se destacaban sobre el embaldosado. Repasaba los acontecimientos del día. «El Gran Día», como solía anunciarlo solemnemente monseñor Constanzo. Había llegado gracias a los mensajeros y mensajes que le enviaba con creciente insistencia. «La peregrinación está lista: apúrese.» «He depositado en sus manos el santuario de la diócesis.» «Van demasiado lentos, acelere, termine de una vez.» El santuario de la diócesis... Su obra magna... La inolvidable peregrinación inaugural... Desde que llegó a la Villa del Milagro no le dejaron pensar en otra cosa.

Hasta allí deambuló un grupo de niños. Se los buscó infructuosamente durante angustiosas semanas. Seguro que los asesinaron los indios o devoraron las fieras. En el mejor de los casos murieron de hambre y sed. Una columna de exploradores, ya sin esperanzas, continuó avanzando hacia el oeste, impulsada por una extraña intuición. La tierra árida y el sol inclemente tornaron ilusorio un rescate. Pero la columna no se detuvo. La Virgen protegió a los niños: abrió un manantial entre las rocas y los alimentó. Fueron encontrados sanos y salvos. Sus familias dieron gracias al Cielo y construyeron una iglesia junto al prodigioso manantial. Las generaciones sucesivas veneraron los muros gruesos y añosos del santuario. Los remodelaron, mejoraron, fortificaron y ampliaron. A la vera del templo nació una población: Villa del Milagro. Los campos fueron arados. Estalló el júbilo del trigo y el maíz. Era una comarca bendita. Y los que hicieron fortuna emigraron a la capital, conservando las tierras por devoción.

El padre Buenaventura llegó a la Villa del Milagro para cumplir una tarea específica. Toda su vida fue un cura de campaña, medio indio y medio diablo, que sabía tratar con los salvajes y los blasfemos. Llevó el Evangelio hasta donde no se atrevían a penetrar los soldados. Enseñó y aprendió. Decía que, fundamentalmente, aprendió, porque lo que enseñaba no era suyo, sino de Cristo.

Su piel negra se tornó más negra. Los indígenas le aceptaron como uno de los suyos. Fue trasladado a diversas «zonas difíciles», sin que trascendiera demasiado su obra. Sólo Dios conoció sus sinsabores y sus llagas. Cuando recibía la orden de partir, alzaba sus escasas pertenencias y algunos recuerdos inútiles, montaba sus cien kilos en un caballo o una mula y partía otra vez.

Monseñor Constanzo, consciente del vigor espiritual y físico que se concentraba en Buenaventura, decidió confiarle la conclusión de la obra que coronaría su episcopado. En una breve entrevista le transmitió sus instrucciones. El curtido sacerdote, que pasó más de treinta años en zonas apartadas de la civilización, opinó humildemente que esa tarea desbordaba su capacidad. Rápidamente, le explicó que sabía tratar con analfabetos y delincuentes, pero no entendía una letra de arquitectura. El Obispo le tranquilizó y despachó.

En Villa del Milagro vivían 800 personas. Buenaventura caminó por sus cortas calles polvorientas. De las miserables chozas se asomaron niños semidesnudos y perros, alborotándose. A cada paso crecía la mole del templo. Ya se le veía desde todas partes, como un monstruo prediluviano que intentaba eclipsar al sol. La aparición del nuevo párroco sacudió a la aldea. Mujeres andrajosas y hombres con calzados rotos siguieron a los niños y a los huesudos cuzcos. Una espontánea procesión se organizó tras el sacerdote. Pronto fueron muchas docenas de personas las que se compactaron a sus espaldas, como una capa gigantesca y bulliciosa. El sacerdote se detuvo frente a la majestuosa escalinata. Elevó sus ojos lentamente, como acariciando el labrado pórtico de bronce, la imponente fachada y, más arriba, la efigie colosal de la Virgen. De ambos costados le llegaban exclamaciones sobre la belleza del templo. El pueblo estaba orgulloso de su joya y se la mostraba exaltado, a gritos. El cura asintió varias veces con la cabeza y empezó a subir la escalinata. El pueblo le siguió, silenciándose espontáneamente a medida que llegaba a la nave.

En el interior, varios hombres trepados en andamios reparaban altares, columnas e imágenes. La amplitud de la iglesia sobrecogía. Los obreros dejaron de trabajar. La multitud empujó a Buenaventura hacia el púlpito de madera, con incrustaciones de marfil y oro. Desde allí contempló la enorme cúpula, sostenida por sólidas columnas corintias que dividían ventanales desde donde se derramaba una lluvia de luz coloreada. La espaciosa nave era un juego exuberante de curvas, contracurvas y volados. Una profusión de mármol, madera y bronce enmarcaban gigantescos frescos que relataban los prodigios de la Virgen. Imágenes, capillas, guirnaldas de plata, estucados y mosaicos mezclaban sus estilos para lograr una abigarrada y densa atmósfera de poder y riqueza.

Buenaventura se sentía contraído por esa grandeza palaciega. Bajo su piel temblaban finamente los músculos. Miró al pueblo concentrado respetuosamente y le pareció reencontrarse con sus antiguos feligreses, en alejados valles. Eran tan pobres y desmedrados como aquéllos. Y también muy niños, con esas miradas párvulas y sin malicia. Entonces empezó a hablarles. Les dijo que venía como un simple amigo, para ayudarles. Que Dios desea la felicidad de sus criaturas, como un padre la felicidad de sus hijos.

Las manchas del embaldosado parecían adquirir la forma de un yelmo. Extraño yelmo con plumas en su parte posterior, como los que había en el santuario. Junto a lanzas, espadas y arcabuces del tiempo de la colonia.

Le molestaron esos artículos de guerras en la casa del Señor, mandó a ponerlos en un carro y los vendió. Con esos fondos decidió construir un dispensario. Ésa era su primera obra entre los indios. Y se había automatizado. Como no le alcanzaba, utilizó parte del dinero que le enviaba el Obispo para la iglesia. Aumentó los salarios. Contrató a casi toda la aldea en las obras de ampliación y remodelación. Los ingenieros se disgustaron, los capataces perdían el control. Llamó entonces a los arquitectos y les exigió cambiar ciertos detalles. Se negaron a tocar una línea sin orden escrita del Obispo. Los despidió y llamó a otros por su cuenta y riesgo. El Obispo mandó un observador. Buenaventura era medio diablo y el observador regresó tranquilo. Pero, en realidad, Buenaventura se había encendido como sus antepasados salvajes ante el llamado de la Divinidad. Sobre los planos tachó, volvió a dibujar, borró, corrigió. Sus propios arquitectos hicieron lo que él quería: una iglesia sin paganismo. No en balde se pasó treinta años entre los infieles, evangelizándolos.

Odiaba a los ángeles gorditos que se reían de sus niños macilentos. Odiaba a ese Júpiter con corona y cetro que representaba al Padre. Vendió el oro, los marfiles, las imágenes, los cuadros, las túnicas regias. La casa del Señor debía ser tan humilde como la de sus hijos. Pintó las paredes de blanco, de un blanco reluciente. La atención de los fieles ya no se extraviaría en la contemplación de riquezas vanas, sino en un Cristo crucificado, desnudo y doliente, como los habitantes de Villa del Milagro.

Paradójicamente, esos aldeanos se resistían a entender la higiene del templo. Tuvo que explicarles en sermones, personalmente, una, diez y cien veces. Buenaventura tropezó con prejuicios inconmovibles, con supersticiones pétreas. Le resultaba más duro evangelizar a estos bautizados que a los indios. Enronquecía insistiendo que Dios no se ve, no se palpa, que no necesita casa donde guarecerse de la lluvia ni ser comprado con oro para arrojar su bendición.

Monseñor Constanzo, viejo y enfermo, se impacientaba. Quería ver concluida la obra y conducir personalmente la peregrinación. El gran santuario de su diócesis; el sueño de sus últimos años, el magno homenaje a la Virgen.

Llegó el Gran Día. Desde la capital partió la gigantesca caravana.

El Obispo oía las clarinadas de gloria. Centenares de fieles, algunos con los zapatos en la mano, marcharon jubilosamente para rendir culto a la Madre de Dios. En Villa del Milagro, contemplando la iglesia luminosa y limpia, Buenaventura creyó que arribaba al fin de otra batalla. Con la conciencia en paz, confiado, esperó.

Las manchas del embaldosado se metamorfoseaban. Moviendo algo los ojos se les podía imprimir otro sentido, formar otra imagen. Entre los que engrosaban la godible peregrinación se contaban decenas de ex habitantes del villorrio que se radicaron en la capital y solían volver periódicamente en automóvil para visitar sus tierras cultivadas, pagar los salarios, controlar el trabajo y comerciar las cosechas. Las manchas formaban una nube oscura, como la que se cruzó por los ojos de monseñor Constanzo. Fue un momento terrible. Su cuerpo quedó paralizado súbitamente, en medio de un peldaño, apenas pudo observar a través del pórtico el interior del santuario. Porque no quedaba ornamentación alguna; las paredes parecían rasuradas. Buscó con sus ojos al padre Buenaventura: emitía rayos de indignación como el cielo tumefacto de las tempestades.

Buenaventura sabía que eso iba a ocurrir y miró hacia el crucifijo. El Obispo era el Obispo, pero Dios era Dios. El Obispo vivía en su palacio episcopal y no conocía la huerta del Señor. El Obispo practicaba el turriebumismo y él la caridad. La caridad no es quitar el pan de los pobres para comprarle esmeraldas a la Virgen. La caridad es demoler el Templo, porque en tres días será construido en Cristo, en el hombre, en los hombres. Todos los obispos tendrían que pasarse varios años con los miserables para comprender que un santuario con oro y marfiles es una bofetada al Evangelio.

Buenaventura contempló una vez más el crucifijo sobre el altar. Lo había exaltado a único objeto de culto en ese recinto enorme y sobrecogedor. Tenía que llegar al final. Y su sermón no pudo ser más vehemente.

«Ésta es una peregrinación. Debemos entonces preguntarnos qué es una peregrinación. ¿Cuál es su alta significación cristiana? Abraham peregrinó a la Tierra Prometida abandonando las riquezas de Ur y a su padre, que se aferraba a ellas. Los cristianos también marchamos hacia la Tierra Prometida. Abraham prefiguró nuestra marcha, abandonando a Ur, a sus riquezas y a quienes nos obligan a conservarlas. Moisés hizo peregrinar a su pueblo cuarenta años por el desierto para limpiarlo de su mentalidad esclavista y transformarlo en un pueblo nuevo, apto para un inédito rol histórico. Peregrinar es prescindir de la propiedad, de nuestros intereses egoístas, de nuestro apego a la riqueza. Quien se desplaza de un lugar a otro piensa en Dios y en sus semejantes, olvidándose de sus tesoros.»

El Obispo le contempló con ojos desorbitados. Su cara era una tormenta. Pálido como los muros de la iglesia, trataba con disimulados gestos de influir sobre el enloquecido párroco. Buscaba una comunicación telekinética para ordenarle moderar su discurso. Pero Buenaventura no lo miraba.

«Muchos peregrinos nacieron aquí. Vienen con frecuencia para controlar sus propiedades. Y hoy vienen a este santuario. Hoy no deben pensar en sus propiedades, sino en los hermanos que se quedaron en esta Villa para hacerlas producir. Hoy no deben preguntar cómo van los cultivos sino cómo crecen los niños de sus peones. Así como aquí repartimos el Cuerpo de Cristo sin que nadie quede olvidado, así en el mundo, que es el Gran Templo del Señor, a nadie le puede faltar el pan ni quedar postergado.»

Agustín Buenaventura entornó los ojos para no mirar más esa fantasmagórica mancha del piso que le reproducía cada instante del día. El Obispo se fue sin saludarlo. Jamás comprenderá el sentido que lo movió a cambiar la pompa del santuario por algunas mejoras imprescindibles en el villorrio. Se fue brutalmente herido.

El cura recogió sus pesados miembros, se incorporó y avanzó lentamente hacia el altar.

32

No le importaban mis moretones, ni los coágulos de las cicatrices, ni mis ojos hinchados, ni las rayas que tatuó el látigo de esa bestia... Estaba furioso... Su furia empezó con mi arresto y aumentó a medida que se achicaba su fajo de dinero... Juan, Juan, no tengo la culpa, le dije sin que salieran lágrimas de mis ojos secos y cansados... Pero no quería oírme, no quería perdonarme, sólo pretendía librarse de su rabia de muchos días, desde que me prendieron en la Arboleda una noche horrible que le dicen blanca... Violaron la puerta, revolvieron los dormitorios, los cajones, los libros deslomados y hasta la cocina...

Me sacaron a patadas, junto con varios estudiantes, como si fuéramos bolsas de desperdicios... A Juan siempre le reventó que fuera a ese barrio, porque dice que los estudiantes en el fondo son unos aprovechadores hijos de mamá.

Así que en vez de consolarme, me aporreó sin lástima... Sin importarle que en la cárcel me dejaron casi loca... que ese monstruo de Pérez me encerró para torturarme a gusto... para que confesara no sé qué cosas o simplemente para hacerme sufrir, porque a lo último vomité y, como estaba acostada boca arriba, con cada contracción de mi estómago saltaba un chorro inmundo y ácido que se desparramaba por mi cara y mis ojos y mi nariz y, volviendo a la boca, estimulaba mi última capacidad de asco, aunque ya estaba más ciega y despavorida que en la muerte.

Después me encontré en una jaula llena de mujeres que se molestaban unas a otras día y noche hasta que apareció el curita que estuvo en mi barrio, pero no pude acercarme a él porque me sentía muy débil para abrirme camino a través de esa marabunta que se aplasta contra las rejas y lo insultaba y lo insultaba... No me acuerdo bien porque estaba confundida, dolorida, aterrada, perdida, y al cabo de no sé cuánto tiempo me agarraron de un brazo y esperé otra patada, pero no llegó y con varias mujeres —no todas: las que permanecieron tras las rejas nos gritaron putas, desvergonzadas, aunque eran más putas que una; quién lo puede comprobar— y también algunos hombres a quienes decían comunistas porque a todos los que meten en la cárcel los acusan de lo mismo, nos empujaron a la calle... El aire limpio olía a lavanda, recién me daba cuenta, después de tantos años... La calle era como un chorro de agua fresca... como lavanda, mucha lavanda, parecida a la que tiene Víctor en el estante de su baño... A pesar de los dolores que aumentaban al caminar —caminaba, lentamente y con la inseguridad de una borracha—, creo que sonreía a ese sol o esos pájaros, a las bocinas que parecían recibirme y abrazarme... Pero en casa ya no fue lo mismo: mamá me saludó de lejos, con un reproche que no podía guardarse para más tarde, Santos Inoc eructó por la boca y por el culo, ruidosamente, asquerosamente, indiferentemente; Jacinto torció su jeta con un espasmo despreciativo y se fue... En seguida supe adónde, porque llegó Juan... Le abrí los brazos a mi hombre, a mi consuelo, a mi esperanza, a mi protector... Juan me cruzó una cachetada... Aturdida, llevé mis dedos a la cara, donde sentía el relieve de las tumefacciones, como pidiéndole disculpas, como narrándole los horribles padecimientos que acababa de sufrir... Pero Juan arrancó mi mano y de un terrible tirón me hizo levantar... Con algunos sacudones más, como si aferrara una rienda, me arrastró a la calle... El aire ya había perdido su fragancia... Me llevó a su grasiento cuchitril, cerró la puerta y me empujó hacia su cama... La cama donde aprendí a quererlo en todas las formas... Entonces tuve otra vez miedo; parecía que allí, en vez de mi amor, estaba ese coronel salvaje... Mi espanto encendió su rabia, como si confirmara sus monstruosas sospechas... Me insultó bajamente... Me golpeó con los puños y las rodillas... en forma humillante... muy humillante... hasta que dolor y sumisión y amor eran como ese barro maloliente que sale y que entra, ensuciando, impregnando, como otro vómito, doloroso, inmundo... placentero.

33

RUTH

PAPÁ TIENE UNA CALIDAD en el trato que lo hace superior a cualquiera de sus camaradas, por altas que sean las posiciones que hayan alcanzado en el Partido. Su educación, sus modales... ¡qué sé yo! le otorgan una dignidad como la que tal vez lucían los senadores romanos en el apogeo de la República. Tiene una mirada especial cuando escucha aunque su pensamiento vague lejos, que magnetiza al interlocutor. Habla encadenando una frase tras otra con la misma fluidez que Juan Sebastián Bach encadenaba los sonidos de una fuga. Tiene el defecto —se lo reproché— de repetir demasiado, aunque recurra a ingeniosas variaciones. Es como si se enamorara de sus propias ideas y no las quisiera abandonar. Su cultura es tan vasta que le permite opinar sobre cualquier tema con aire de infalibilidad. Lástima que esto lo desmerece: me disgustan los propietarios de verdades absolutas. Ese, sin embargo, es un defecto que tienen muchos camaradas de mi padre. Y también Alejandro, el hijo de Joaquín Sáenz de la Mallorca, que ni siquiera le alcanza a las rodillas.

Un día Alejandro fue a buscarme al club. Estaba jugando al tenis y se sentó en un banco a contemplar el partido. Cuando terminé, me invitó a tomar algo. Fuimos al bar. Opinó sobre mi manera de empuñar la raqueta y me dio algunos consejos. Lo escuché con interés, porque Alejandro también practica deportes. Le gustaba saltar de un tema a otro, citar un apotegma, evocar dos o tres nombres célebres, mencionar una fecha. Era una manera de granjearse la admiración, sin comprometerse con profundizaciones engorrosas. Me llevó hacia *El Capital*, de Marx.

—Hace poco lo terminé de leer —comenté.

—Lo conozco casi de memoria —dijo con orgullo—. Tendrás que releerlo varias veces para captarlo.

—¿Cuántas veces lo leíste tú?

—Eh... La verdad que lo hice por primera vez a los doce años. Después cada dos o tres años le daba una repasada. Se descubren cosas nuevas.

—Has empezado precozmente —mi voz ya dejaba traslucir la ironía.

—No quise perder tiempo con lecturas vanas —respondió categóricamente.

—Los «vanos» Emilio Salgari, Mark Twain, Arthur Conan Doyle, Julio Verne... —enumeré a propósito, porque en un tiempo fueron mis favoritos.

—No. Julio Verne es una excepción. En la Unión Soviética lo leen mucho. Tiene libros proféticos.

—¿No hacen perder el tiempo?

—¡Hay obras fundamentales y obras que no lo son, Olga!

—¿Cómo lo sabes antes de conocerlas?

—Pues... —me miró con superioridad—. Yo tengo cierta intuición.

—A veces la ayudas con modas soviéticas... —hice aparecer mis hoyuelos.

—Hay que estar actualizado.

—¿Y si en la Unión Soviética se descubriera que las obras de Verne son un narcótico burgués?

—Tontita... —quiso pellizcarme la mejilla condescendientemente, como si fuera una colegiala. Me aparté.

En otra ocasión discutimos sobre las revueltas estudiantiles que agitaron Europa, y particularmente Francia, en el año 1968. Los calificó de trotskistas y denigró sin cortapisas. Después recordó que el Partido Comunista no las había apoyado. Alejandro no padecía ningún conflicto: se limitaba a pensar y argüir de acuerdo a la línea. Quienes se oponían a ella marchaban por el error: eran ignorantes o reaccionarios. De ese modo pasó sin angustia de una postura a otra, como si jamás hubiera quebrado una recta impecable y gloriosa.

Cuando Fidel Castro luchaba en Sierra Maestra no le resultó simpático, luego lo hizo su ídolo y finalmente lo dejó en la sala de espera. Respecto a la Argentina, opinó que Perón era un fascista y últimamente dice que es un revolucionario. Checoslovaquia fue invadida para evitar la implantación de un régimen burgués. Los árabes se defienden del «imperialismo» sionista. China está dominada por una pandilla chauvinista irresponsable. Todo tiene su explicación y es adecuadamente rotulado. Puesto el rótulo, se ve con claridad. Los rótulos son variados, pero elocuentes: trotskista, revisionista, anarquista, sionista, maoísta, nacionalista, fascista, revanchista. Las cosas son simples, blancas o negras, aunque lo que antes fue blanco después se torna negro o viceversa.

No me he molestado en demostrarle su falta de criterio personal. Me resulta pedante y aburrido. ¡Pensar que antes me gustaba porque era apuesto e incluso lo veía parecido a papá! Sus ideas aparentan la arrogancia de su físico. Es una personalidad almidonada que algún día una buena lluvia la ablandará, quitándole su fatuo marfil. Mi admiración por papá le dio chance a Alejandro, pero fracasó. A papá, si se le lava a fondo, le queda siempre una estructura de hormigón. De Alejandro, en cambio, sólo quedarían ruinas lastimosas. Salvadas las distancias de edad, Alejandro me permitió hacer una apreciación más justa de papá.

34

TORRES RECIBIÓ el paquete y le extendió un billete a la mujer.

—Gracias, padre, gracias —exclamó efectuando zalemas, como si ese dinero, por venir de un cura, tuviera más valor.

Cerró la puerta. Sentía aún en su mano el roce de la piel áspera de la lavandera. Depositó el pequeño bulto sobre la mesa y lo abrió.

Se llama Magdalena —siguió recordando—. Magdalena a secas... o Magdalena de Jesús... Magdalena de la resurrección... María Magdalena.

Contó las prendas, abrió la deslustrada puerta del desvencijado ropero y las acomodó una a una dentro de los estantes torcidos.

Magdalena en busca del amor... El amor de su presunto novio, que le exige dinero; el amor de los estudiantes, que le retribuyen con cierta camaradería; el amor de sus clientes, que desean abandonarla apenas eyaculan; el amor de su madre, que la detesta; el amor de su hermano, que es un idiota... El amor que es compañía, protección, motivación, bálsamo, entrega y que huye de sus manos como un pájaro inasible...

Sentóse en el borde de la cama, con las manos colgando entre sus piernas.

Buscaba mi consejo... buscaba mi amor... —esbozó una sonrisa triste y burlona—. ¿Qué sé del sexo?... Que ella es una ramera, una pecadora... ¡Reza! ¡Apártate del Mal! —extendió su índice contra la luna del ropero—. ¡Reza, Magdalena! ¡Cien padrenuestros! ¡Quinientas avemarías! ¡Recorre de rodillas siete iglesias, hasta que se te pelen las rótulas!

Torres se miraba en el espejo. Su cara se enrojeció levemente. Su dedo amenazaba como una lanza de varios metros.

¡No forniques con Juan! ¡No forniques con nadie! ¡Sé casta, casta, casta! —dejó caer el brazo pesadamente; su cabeza también se dobló, como si fuera de trapo.

Ella busca el amor a su manera, desesperadamente e infructuosamente... como yo. No lo encuentro en la soledad, lejos de la carne, y ella tampoco puede alcanzarlo revolcándose en la carne... Está sola, nadando entre genitales y está sola... como yo estoy solo.

Esta soledad que aprieta el cuello, que muerde el estómago, que llena de arenilla las venas... Sin amigos, sin familia. Sólo con Dios, que tiene oídos enormes, pero no habla... Ella ni siquiera con Dios o... ¡quién sabe!... Ahora acaricia a un cliente, tal vez a su novio... Busca amor, un amor concreto, físico, real, que se sienta en el músculo cardíaco... Yo sólo puedo acariciar el crucifijo, pellizcar el rosario, contemplar imágenes... pedir fuerzas para olvidarme de mi cuerpo, que quiere ser protegido... ¡Solo! ¡Solo en este cuarto! ¡Solo en esta iglesia! ¡Solo en la parroquia! ¡Solo en el mundo! Solo en medio de hermanos que no me pueden transfundir su afecto.

Movió su cabeza, vencida por ideas contradictorias que rodaban confusamente, mezclando su angustia con recuerdos de las evasiones masturbatorias que en el Seminario se reprimían con ferocidad lindante en la vesania, con ilusiones de plenitud, con misticismo, con sublimación, con pesadilla.

El sexo no es del hombre, sino del diablo... Sin embargo, a través del sexo el hombre suele alcanzar su máxima expresión de amor... Puede también, merced al sexo, caricaturizar y deformar al amor, rebajarlo a un brebaje pestilente... cuando hay soledad, como le ocurre a Magdalena, como me ocurre a mí... La soledad descompone al amor del cuerpo... y descompone todo amor... Hablo de un amor que no tengo... que no sé dar ni recibir... Tengo la ilusión del amor... y Magdalena buscó mi consejo sobre el amor. ¡Qué burla más cruel!

Pasó su mano sobre la descolorida colcha. La acarició como si fuera la cabellera rebelde de un niño. Queda bien que un cura acaricie las cabelleras de los niños... *Dejad que los niños vengan a mí...* Por algo le dicen «padre...» ¡Qué ridículo!... Niños que se alborotan a su alrededor, cuando les reparte golosinas o les enseña algún juego o les narra un cuento de maravillas... Niños que no son suyos, que los siente separados de él, circunstanciales, que como afecto son apenas una mezquina limosna. Porque no es un hombre como los otros, está condenado a vivir solo —otra burla cruel— y ofrecer al mundo una imagen triunfal de su soledad desgarradora.

35

INTERTESTAMENTARIO

ME ARRASTRARON *hacia lo alto de la pirámide, mientras infructuosamente intentaba trabar mis pies en los peldaños. Sabía que iba a la muerte, que abrirían mi pecho y arrancarían el corazón palpitante. El gran sacerdote, con los brazos extendidos aferrando el puñal, se asomaba en la cumbre como un triángulo, cuyo vértice era la hoja de acero escintilante. El mundo dependía de mi sacrificio. Las tinieblas amenazaban con la destrucción cósmica. Era necesario el «chalchiuatl», la sangre chorreante de mi corazón desgarrado para que renaciera el sol y volviera la vida. Mi vida por la vida de los demás, del mundo, del universo. Y las manos de esos esbirros comprimían mis brazos y mi garganta y mi cintura y me obligaban a subir hacia ese altar sangriento porque una vez el más pequeño de los dioses se arrojó a un mar de fuego y salió transformado en el sol, caliente, luminoso, fértil, pero inmóvil, sin fuerza para desplazarse, débil, exangüe y por el cual los demás dioses reunidos en Teotihuacán donaron sus vidas para que él bebiera la sangre rutilante y pegajosa de todos. Así el sol adquirió ruedas, expulsó las tinieblas, derritió las escarchas y doró los maizales.*

Cada día necesitaba la sangre de un hombre y otro hombre al día siguiente. Por eso yo era izado, pero no quería morir aunque todo muriera, porque es mejor morir con todos que morir solo, siempre se muere solo aunque sea por el universo, aunque el corazón que a uno le arrancan tenga la dignidad de lo divino, siempre se muere solo, muy solo y es mejor no morir aunque la vida se extinga por doquier. En lo alto está la pira, el altar o el cadalso, no tiene sentido morir para vivir, es mejor seguir viviendo sin morir. Dios le dijo que debía sacrificarme y él está dispuesto a hacerlo. En su mano sostiene el puñal, su mano tiembla y el puñal oscila locamente, ojalá que yerre el golpe, ojalá que aparezca pronto el carnero con sus astas enredadas en los arbustos y Dios le diga «Abraham, Abraham». Sentí frío en mis espaldas y dolor en mis extremidades, firmemente amarradas. Abraham lloraba y sus lágrimas resbalaban por sus mejillas, por su espesa y larga barba y esas lágrimas con sal y dolor golpeaban sobre mi cara y Abraham, desesperado, apuntó el puñal contra su propio pecho y se lo clavó. Entonces supe que yo era el hijo de Dios, que no podía morir, que era inmortal, que tal vez creían que me habían muerto y yo no sentí nada. Estaba contento, era como si todo fuera una simulación teatral. Mi nombre es Jesús, así me decían todos. Esperaba que les hablara en su favor. Entonces dije: «Padre, perdónalos». Pero este altar no es como el Gólgota. ¡Caramba! Comprendí que no era Jesús, sino Haoma, hijo de Dios también, como lo aceptó Zoroastro. Estaba metamorfoseado en una planta y el sacerdote me colocó respetuosamente dentro de un mortero. Empezó a molerme, pero yo no sentía nada, reposaba tranquilamente. El mortero era confortable. El sacerdote hacía bien su trabajo. De mi cuerpo vegetal empezó a brotar jugo, me empapaba la piel, como la sangre de una herida que nos embadurna y ese jugo fue bebido por el sacerdote y por los fieles para que todos me tuvieran a mí en ellos y de ese modo están ellos en mí y en mi Padre. Y mi jugo era vino porque la planta da vino pero era mi líquido vital, cuya ausencia me anemiza y embota.

36

CRÓNICAS

—HEMOS PUESTO nuestra esperanza en usted —empezó, gravemente, monseñor Tardini.

Carlos Samuel juntó sus manos.

—El rector del Seminario eligió los mejores promedios entre los teólogos más disciplinados —le recordó.

Buen promedio, excelente disciplina. Objetivo máximo. Lo alcanzó aunque para ello tuvo que narcotizarse. Le llevó cuatro años decidirse. Cuatro años de llantos, protestas y sufrimientos. A las burlas de sus condiscípulos había respondido con burlas. Y fue castigado. Después, enfurecido a estallar, replicó con un puñetazo en plena nariz al primero que se mofó de ese castigo. No le expulsaron por intervención de su tío, pero le hundieron las calificaciones, le suprimieron todas las salidas y fijaron tareas denigrantes. Poco a poco entendió. Entonces se decidió con firmeza. Se propuso obrar un sortilegio y transformarse en una persona de metal. Hizo de esta elección un motivo de vida o muerte. No oyó más las burlas, no tenía nada que preguntar, todo estaba bien. Se envolvió con una impermeable capa de resignación. Con voluntad terca clausuró sus sentimientos, adquiriendo una pasividad impertérrita. Se dejó llevar como un autómata. Adquirió un nuevo estado y entre las obligaciones de ese nuevo estado figuraba estudiar intensamente, de memoria. Así lo hizo, fijando páginas de los manuales con rapidez y servilismo. Quiso ser lo que *ellos* querían. Lo consiguió. Sus calificaciones empezaron a subir. Y sus méritos a trascender. El nuevo Carlos Samuel irrumpió en las aulas como un ser ferozmente aplicado al estudio, indiferente a sus compañeros y a sí mismo, de obediencia incondicional a sus superiores, que corría como loco en los recreos, porque así se lo mandaban y se detenía de súbito cuando el prefecto empezaba a esbozar otra indicación. Disciplina: «excelente». Promedio: «diez puntos». Resultado: felicitaciones efusivas del Rector, del Vicerrector, del Padre Espiritual, del Ecónomo, del Prefecto de Estudios, del cuerpo docente, de su tío, de su madre. Consecuencia: viaje a Europa. Secuela: «esperanzas» de su Obispo, ahora.

—Su permanencia en Europa ha sido fructífera, según los informes que le precedieron, aunque hubo cierta medida disciplinaria menor —añadió monseñor Tardini.

Fue cuando empezaron a caer los cerrojos de su alma, cuando volvió a formularse preguntas. En la Universidad Gregoriana conoció una masa abigarrada e internacional de estudiantes, porque ella era el compendio del mundo, ese mundo ancho, infinito, variadísimo que el Seminario le había escatimado con terquedad. Se acercó por primera vez a la gente que no usaba sotana, enterándose de sus dificultades y conflictos. Roma no era sólo la Universidad... Tampoco Italia. Llegó hasta la católica Austria y sintió que la piel se le erizaba al contacto con el nuevo cierzo que soplaba en la Iglesia. Aprendió —con dificultades— a dialogar, esto es, a oír, no escandalizarse por nadie ni por nada, sino respetar, respetar, con los oídos alerta, los ojos muy abiertos y la mente serena, desprovista de prejuicios. Profundizó los estudios bíblicos, se acercó con seriedad a la filosofía. Y después de tantos años, sus labios endurecidos volvieron a sonreír.

—Aquí necesitamos gente como usted —el Obispo cerró el entrecejo para hundir su mirada en el rostro de Carlos Samuel—. Los católicos cultos necesitan pastores ilustrados. La cultura que bebió usted en Europa no debería malograrse en una parroquia de barrio. Para eso no necesitaba doctorarse en Sociología, ni haberse pasado cuatro años en Italia, Austria, Bélgica.

Un sacerdote no adquiría un nivel superior si no se acercaba a las fuentes del Viejo Mundo. Allí, en el centro del cristianismo, vivía su Pentecostés personal, recibiendo un copioso baño de sabiduría. Y esa sabiduría era esperada con las bocas abiertas.

—Por lo tanto, he decidido trasladarlo a la iglesia de la Encarnación.

Estaba en el barrio elegante de la ciudad. Allí concurrían los «católicos cultos», es decir, los ricos. El Obispo calló entonces, esperando la reacción del padre Torres. Carlos Samuel bajó los ojos, cavilando, indeciso. En ese silencio flotaban palabras que no se querían pronunciar. El Obispo se reclinó en su sillón, apoyando las yemas de los dedos de una mano contra las otras. El silencio se prolongaba. Era una invitación para que Carlos Samuel dijera algo.

—¿Qué pensó para la parroquia de San José? —preguntó al fin.

A ella lo asignaron apenas regresó de Europa, atendiendo su solicitud. No se la podían denegar, porque venía avalado con títulos y honores de Roma. Quería completar su formación entrando en contacto con los sacerdotes humildes de la comunidad. Hizo sus primeras armas con alegría, con entusiasmo. Ansiaba evangelizar, mejorar, ayudar. Pero sobre todo, quería saciar su curiosidad sobre el pueblo pobre de Latinoamérica, del cual tuvo noticias por primera vez a miles de kilómetros de distancia, en debates y conferencias.

Le conmovieron las pinturas sobre una miseria que él ignoraba, empezó a leer publicaciones sociológicas y económicas, descubrió el mundo del subdesarrollo. Y a medida que se enteraba, más crecía su interés por ese pueblo postergado, que era el tema del mundo entero y que él no conocía.

Llegó a la parroquia de San José, ubicada en una

hondonada geográfica, como el pozo de la ciudad, donde el «estar abajo» tenía todas las significaciones directas o indirectas que se pueden lucubrar. En ese pozo intentó llegar al pueblo, un pueblo que, si bien no lo rechazaba, tampoco tenía interés en seguirlo ni escucharle. Mejoró la iglesia, trató de formar un Consejo de laicos, armó un botiquín para distribuir medicamentos gratuitos, se metió en todos los hogares, siendo recibido con desconfianza y hasta temor. Se impuso la difícil tarea de ayudar pecuniariamente a los necesitados, recaudando fondos en los barrios ricos. Los ricos no le negaron sus dádivas, especialmente cuando las solicitaba en reuniones elegantes, tras ser presentado con los títulos que recibió en Europa. Y en San José se aglomeraban los indigentes, peleándose entre ellos para arrebatarse los donativos. Venían los grandes y los chicos, a veces dos o tres veces, pretendiendo confundir al cura. Eran pecadores, vivían en el pecado, sólo se le acercaban para obtener ventajas materiales, no concurrían a misa ni se confesaban.

Pero Carlos Samuel no cedió, más por amor propio que por convicción. No conseguía una franca respuesta del pueblo. El pueblo no accedía en venir hacia él como lo hubiera deseado: abiertamente, entusiastamente, confiadamente, masivamente. Y Carlos Samuel no se percató del proceso a la inversa, pues él era el que se acercaba a ese pueblo, primero con curiosidad, como un niño a los animales del zoológico, y luego con tolerancia, mucha tolerancia, cada vez más tolerancia, intentando comprenderlo y comprendiéndolo después muchas veces, más de las que hubiera podido calcular en un principio. El proceso no se detenía ya y era irreversible.

Carlos Samuel aconsejaba menos y escuchaba más, la lengua cedió prioridad al oído, el dedo admonitor se encogió tras su corazón más palpitante. Carlos Samuel apareció en una reunión sindical el mismo domingo que en su sermón condenó la violencia. Fue a disuadirla y terminó bendiciendo la huelga. El Obispo le recriminó su falta de prudencia y Carlos Samuel, quizá arrepentido, contestó que ellos le explicaron que sus demandas eran justas, elementales. Pero se reconoció culpable y aceptó la admonición de su Obispo, porque se había identificado con los pecadores, con esa gente ignorante y blasfema. Prometió condenar a los huelguistas que sólo saben exigir ventajas, que no respetan ni siquiera a Dios. Pero no advirtió que era más difícil condenar las demandas de los réprobos que enfrentar a su exigente superior. El domingo siguiente los obreros de su parroquia concurrieron a la iglesia masivamente, entusiastamente y confiadamente como lo deseó desde un principio. Eran ovejas que reconocían a su pastor, acudían a recibir protección y abrigo.

La imagen de José Tardini y su regio despacho desde donde formulaba sus reprimendas, se oscureció tras el resplandor de esos rostros bronceados, simples y atentos. Carlos Samuel dijo entonces que Cristo vino para servir y no para ser servido, vino para ser útil, para ayudar, apoyar y consolar. Nuevos cerrojos caían de su alma, antes eran los de la disciplina de acero, de la indiferencia, del servilismo, ahora eran los del intelecto, los de la cosmovisión.

Sus estudios y lecturas adquirían corporalidad, claridad y significado. Los publicanos y las rameras, los ladrones y los enfermos acudían a Cristo. Carlos Samuel, como su representante, tenía que recibirlos, darles la bienvenida, brindarles su amistad y protegerlos de quienes autotitulándose impolutos, querían lapidarles... Ese pueblo pobre, sucio, enfermo, lábil, era el mismo que recibió el mensaje de Cristo, era el mismo que le siguió y le abandonó, le ovacionó y le negó. Por ese pueblo Cristo dio su vida. En un hombre como cualquiera de ésos —que deben trabajar para comer— se encarnó. Su madre no fue la esposa de un ministro, ni su padre el dueño de un palacio, con carrozas y sirvientes. La Encarnación de Dios es la piedra angular del cristianismo. El hombre tiene un cuerpo que fue del mismo Dios. *Ese cuerpo, digno hasta el infinito como Dios, no puede ser postergado. Las empresas están después y no antes que él.*

—He designado a su sucesor ya —respondió el Obispo—. San José continuará funcionando.

San José no seguirá funcionando como antes, presintió Carlos Samuel. El Obispo se habrá esmerado en la elección del nuevo párroco, prefiriendo uno con menos cultura y más docilidad. Bastantes complicaciones le produjeron sus iniciativas de audacia creciente obligándole a meterse en terrenos ingratos. La feligresía debe encontrar en la iglesia un alimento para su devoción, no una bandera política, le advirtió una vez. Ahora no advertía: comunicaba resoluciones. Su paciencia se había agotado llamando continuamente la atención de Carlos Samuel, que se despeñaba: ¡No se meta con el sindicato! ¡No apoye otra huelga! ¡No vaya a la cárcel, porque los detenidos son comunistas! ¡Cuidado: no manche sus sermones con marxismo!

—Entiendo que la iglesia de la Encarnación ya tiene párroco... —insinuó Carlos Samuel.

—En efecto —asintió el Obispo—. Allí fue traído el padre Agustín Buenaventura. Mi antecesor, monseñor Constanzo, murió poco después de su fatigosa peregrinación a Villa del Milagro. Entre sus últimos deseos figuraba relevar a Buenaventura. Dispuse traerlo entonces a la iglesia de la Encarnación. Está viejo y allí no hay mucho que hacer. Usted será su ayudante.

Carlos Samuel alzó la frente, conturbado.

—Es un ejercicio de humildad... el que le impongo —sonrió maliciosamente monseñor Tardini.

El cura comprimió sus manos y bajó los ojos. El Obispo sabía castigar con ironía sutil. Buenaventura era un viejo sacerdote de campaña traído a un centro civilizado para terminar sus días. Silvestre reliquia encastrada como cuerpo extraño en el barrio elegante de la capital, vaya a saber por qué designios del Obispo... o de Dios. Para Buenaventura era seguramente un premio y para Carlos Samuel una penitencia. Lo separaban de su parroquia cuando al fin había logrado asumirla. No podían sancionarle abiertamente por su complicidad en las huelgas, debido a sus antecedentes europeos. Entonces lo metían en una cárcel de oro.

—La humildad de «espíritu» es la humildad que aprecia el Señor —prosiguió el Obispo.

En el barrio elegante Carlos Samuel no tendrá sindicatos con los cuales embrollarse. Ponerlo bajo las órdenes de un viejo cura, fosilizado y rústico, era una manera de evidenciarle cuánto había perdido con su aventura en San José.

—Cuando usted regresó de Europa —añadió monseñor Tardini—, pecó por soberbia, despreciando a los sectores cultos de nuestra comunidad. Su actitud fue un verdadero insulto. Ahora, para recuperar su legítima humildad de Seminario, deberá ir a vivir con los ricos y predicar a los ilustrados. No le será tan fácil como en San José. Deberá hacer un real esfuerzo para deslumbrar a quienes no son analfabetos...

Carlos Samuel comprendía que para su obispo «humildad» era en esta circunstancia sinónimo de «humillación».

—¿Sabía que ha llegado usted al borde de la herejía maniquea, creyendo que todos los ricos son malos y los pobres buenos? Ve en los pobres a Ormuz y en los ricos a Arimán.

¿Maniqueo? ¿Mazdeísta? ¿Qué extrañas combinaciones hacía este hombre con indiscutible vocación cenobita? Monseñor Tardini era el maniqueo que veía al mundo en pecado y por consiguiente quería aislarse de él, combatirlo, para obtener una recompensa en el otro.

—Nunca se me hubiera ocurrido tal cosa —balbuceó Carlos Samuel.

—Tendrá que aprender a descubrir en todas partes a gentes buenas y gentes malas. El mundo no está compuesto por clases sociales, sino por individuos que pecan menos y pecan más. Los hombres, todos los hombres, son ovejas y nosotros sus pastores. Una oveja no es mala porque viva en el corral ni otra buena porque paste en un prado edénico.

La entrevista había concluido.

Monseñor José Tardini, el otrora seminarista predilecto del padre espiritual que recibía agradecido las sobras de sus platos, en el fondo vacilaba.

37

ESA NOCHE MAGDALENA *quería regresar a su casa contrariamente a lo acostumbrado, pues dormía con Víctor hasta el día siguiente. A él lo quería más que a nadie y lo manifestaba sin cortapisas. Su corazón tenía capacidad para amar a su rufián, a Víctor y aun a mí. Su poliandria era natural, casi un derecho conquistado. Se veía libre en el amor, más libre que las mujeres atadas a un solo hombre por temor al qué dirán. Esa libertad de acostarse con muchos por dinero y sin dinero, era un motivo de orgullo y superioridad. Le daba suficiente distancia como para mofarse del matrimonio, de los hombres y mujeres sojuzgadas por el tirano y exclusivista cónyuge, de todos aquellos que no conocían más que una piel y una sola forma de abrazo. Su libertad de amar la hacía sentirse libre en una sociedad que reprime al amor. Ella estaba liberada del trabajo, había logrado desprenderse de las cadenas que engrillan a todos los hombres en el aparato productivo de hacer siempre las mismas cosas durante las mismas horas. No trabajaba y cuando quería hacerlo era sólo por gusto: limpiaba la casa de Víctor y cocinaba para los estudiantes porque le placía y no porque alguien se lo impusiera. Además, ganaba dinero con relativa facilidad, mucho más que cualquier doméstica, empleada e incluso mujeres calificadas como maestras o enfermeras. Que sus ingresos se los tragara su rufián era un asunto aparte. ¿Acaso no hay maestras y enfermeras que mantienen a sus maridos? ¿Por qué esto sería aceptable y lo otro no?*

Magdalena intervino en nuestro diálogo sobre la posibilidad de provocar una huelga que pusiera en movimiento una cadena de levantamientos en otras partes del país y fuera apoyada por ciertos sectores obreros. Ella dijo que era tanto o más rebelde que nosotros, que estaba liberada de un montón de ataduras que nosotros no pudimos aún romper, y si no, que miráramos la pulcritud de nuestra ropa, la disciplina de nuestra asistencia a clases y prácticas, el respeto a nuestros padres. Ella, en cambio, era una espina atravesada en la garganta de su familia, con la que estaba en guerra hacía ya mucho. Víctor aceptó que ella era el mentís a la gran moral predicada desde púlpitos y tribunas; su comercio era un rechazo a hacer de su cuerpo un instrumento de producción en vez de un instrumento de placer; sus relaciones con hombres de apariencia impoluta, una denuncia contra la hipocresía y una demostración de las frustraciones que reprimen diariamente. Magdalena, cuyo lenguaje era limitado y ríspido, no entendía todo, pero aceptaba aprobatoriamente su sentido.

La profesión de Magdalena era tan vieja como las sociedades basadas en la represión —me explicó Víctor en otra oportunidad—, el síntoma que se manifiesta sin cesar, a lo largo de toda la historia, como una fiebre que no quiere cesar mientras dure la infección. Las minorías dominantes han pretendido suprimir la prostitución como un médico pretende combatir la fiebre: sin curar el mal de fondo. La fiebre es el grito de auxilio que lanza un cuerpo enfermo. Ella no es el mal sino su denuncia. La fiebre podrá descender durante algunas horas gracias al efecto de oportunos medicamentos —oportunas persecuciones en la sociedad—, pero volverá a remontarse apenas se baje la guardia.

El concepto de Magdalena respecto a nuestra rebeldía estaba muy simplificado. Ella creía que deseábamos en primer lugar desquitarnos del Rector y de algunos profesores por cuestiones personales. Si quería mirar más lejos, impresionada por nuestras ilusiones de provocar un gran movimiento que arrastrara a todo el país, veía como objetivo de nuestra lucha moler a palos ese gran hijo de puta: el Presidente de la República.

No podía abstraer sociedad de persona. En cada caso veía un objetivo individual. Su oído tenía una escala cuya base asentaba en lo visible e inmediato; de tener que proceder a hacer correr sangre, lo haría con el almacenero de su esquina, que nunca le quiso vender al fiado, o con algunas familias de su barrio que le profesaban un odio animal porque sus hombres logra-

ron puestos «decentes» y querían, los muy cochinos, olvidar viejas y penosas historias comunes.

La llevé a su casa en el auto del viejo. Se apoltronó en el asiento queriendo gozar su fresco contacto.

Doblé en calle Colón y pronto empezó la bajada: penetrábamos en el sórdido San José. Ella estaba adormilándose. Las calles solitarias se iluminaron con el resplandor de los faros. Irregulares se sucedían las casucas, algunas simplemente chozas, hundidas en el fondo de baldíos.

Magdalena me indicó dónde frenar.

38

El padre Agustín Buenaventura lo llevó a su pequeño estudio. Caminaba adelante bamboleando ligeramente su obeso cuerpo. Carlos Samuel estudió rápidamente a su superior, calva brillante, oscura nuca rolliza y hombros anchos.

Se sentó plegando sotana y pantalones a la altura de las rodillas. Su dilatado abdomen comprimía al tórax. Respiró con dificultad hasta encontrar la posición óptima. Con una mano se dilató la golilla y con la otra golpeó el almohadón vecino del sofá, invitándole a tomar asiento.

—Ya me han informado sobre usted —empezó con voz gruesa y burbujeante.

Carlos Samuel encontró simpática su figura de cacique.

—Primer promedio —continuó—. Viaje a Europa: Roma, Innsbruck, Lovaina. Doctorado en la Universidad Gregoriana... ¡Parroquia de San José! Dicen que es una hermosa parábola —trazó una curva en el aire con su índice, corto y grueso—. Aquí, a la izquierda, bajito, está el Seminario. Luego usted sube, sube, sube... ¿Dónde ubicar a San José? ¿Aquí, a la derecha, otra vez abajo? ¡No! —descargó su manaza sobre el hombro de Carlos Samuel; éste se sobresaltó—. San José está a la derecha, sí, pero arriba. Más alto que Innsbruck, que Lovaina, que la Universidad Gregoriana. Su trayectoria es la de una flecha que aún asciende, que todavía no llegó siquiera a la joroba de una parábola.

Carlos Samuel se apartó un tanto para contemplarlo mejor. ¿Qué insinuaba el hombre?

—Yo esperaba una persona como usted —prosiguió el viejo—. Los años pesan y este maldito derecho a comer cuanto mi salvaje estómago exige, me está hundiendo. Durante muchos años pasé hambre. ¿Entiende lo que es hambre? No se trata del alegre cosquilleo que produce el apetito, sino de una voracidad insatisfecha que produce dolor y angustia. Sufrí en silencio esa hambre con resignación. Aquí, donde sobran los alimentos, mi aparato digestivo pretende saciarse de las brutales privaciones a que lo sometí. Ya me ve: estoy quintuplicando la gordura que tenía antes de viajar a Villa del Milagro.

—¿Cómo fue aquello? —preguntó cautelosamente Carlos Samuel.

—¿Villa del Milagro? Primero una prisión. Luego un paraíso. Pero demasiado breve. Cuando lo empezaba a disfrutar, me trasladaron aquí. En eso tenemos mucho en común. No todo, es claro, porque a San José usted solicitó ir y a Villa del Milagro me enviaron. Pero allí, en esos sitios de privación, de analfabetismo, de pecado, usted y yo, sufriendo también, empezamos a gozar de la auténtica alegría cristiana de servir cristianamente a los demás. Cuando nuestra obra se tornaba peligrosa, exageradamente audaz, entonces nos quitaron las herramientas y nos trasladaron aquí.

La boca de Carlos Samuel se abrió para decir algo, pero no emitió sonidos. La mano izquierda del padre Buenaventura se posó amistosamente sobre la rodilla del joven.

—Me trasladaron aquí porque defraudé a monseñor Constanzo en Villa del Milagro... —confesó mohínamente—. Metiéndome aquí entre gente adinerada, culta, de modales refinados, me inhiben y me torturan. Estoy obligado a pulirme ahora, a esta edad, después de pasarme lustros hundido entre salvajes. Fíjese: a poco de llegar, una familia me invitó a comer. Yo tomo la sopa como puedo y también tenía derecho a comentar que le faltaba sal. Un muchacho burlón me replicó: «No le falta sal: le falta ensayo». Tardé en comprender que hacía referencia a mi sonoridad de sorbo, pero apenas capté su burla, levanté el plato dispuesto a transformarlo en su careta. Fui detenido en el aire, el muchacho expulsado de la mesa, yo inundado de disculpas, pero..., no me invitaron más. ¿Qué hacía ahora? Esperaba. Sabía que aquí aterrizaría otro parecido a mí. Debemos hacer un brindis.

Buenaventura se incorporó ayudándose con las manos, resoplando. Se aproximó a una puertecilla en un rincón de la biblioteca, sacó una botella de vino y dos copas.

—Esta iglesia se llena de ricachos los domingos y los sábados se casan las parejas de gran sociedad; el resto de la semana concurren mis queridas gordas. No sé qué atractivo tengo para las gordas, pero vienen, se me arraciman y me proveen de todo, este vino, vajilla, dinero. Son el pilar financiero de la parroquia —llenó las copas y le extendió una a Carlos Samuel—. ¡Por nuestro futuro!

—¡Por sus gordas! —respondió sonriente, elevando la mano.

—¡Por mis gordas! —asintió Buenaventura.

39

El coronel Pérez descendió rápidamente por la escalera para dar la bienvenida al Obispo, que acababa de llegar en su automóvil.

Monseñor Tardini, sonriente, le tendió ambas manos. El jefe de Policía, luego de estrechárselas, le invitó a entrar. Caminaron juntos, con esa lentitud que inventaron los reyes para hacer creer que dominan al tiempo y a sus conciencias. A ambos lados del trayecto les hacían guardia de honor. El coronel hablaba, como lo recomienda el protocolo, orientando la mirada del Obispo hacia uno u otro detalle intrascendente. No tenía mucho que decir, pero sí la necesidad de captarse su afecto.

Penetraron en el amplio salón dorado que meses atrás fue escenario de la asunción a la Jefatura del coronel Pérez. Tomaron asiento en los sillones centrales. Podían contemplar la vasta platea, integrada por oficiales de la repartición, que hacían los últimos movimientos para acomodar sus cuerpos, antes que empezara el solemne acto.

Monseñor Tardini contempló la decoración rococó de la sala, tan poco armónica con las funciones viriles de la Policía. Era quizás una manera de humanizar a la fuerza o de embellecer a la represión. «El león pacerá con el cordero.» Los opuestos suelen convenir, se ayudan mutuamente para acercarse al punto medio que ensalzó el Estagirita.

El locutor invitó a ponerse de pie para entonar el Himno Nacional. El coronel Donato Francisco Pérez adoptó una magnífica actitud marcial; sus músculos se contrajeron con reciedumbre, sabiéndose observado por centenares de subordinados. Era el jefe admirado y temido. Monseñor Tardini, a su diestra, alcanzaba a percibir la imponencia del hombre.

Hablaron varios oradores. Le correspondió por último al coronel Pérez. Se acercó al micrófono y leyó su discurso.

Señaló las nuevas formas de la delincuencia, destacando su característica preponderantemente juvenil, el aprovechamiento de los avances científicos y tecnológicos y su provisión anticipada de la defensa legal. Estos tres factores tornaban difícil combatirla con los métodos tradicionales. Para ello era necesario aplicar una nueva estrategia que se basara en una acendrada capacitación profesional, adecuados equipos en materias de comunicaciones y movilidad y un armamento moderno que pueda enfrentar con éxito a los renovados procedimientos delictivos. Pero sobre todo —enfatizó el coronel Pérez—, es necesario clarificar nuestros objetivos, atacar todas las formas de delincuencia aunque se encubran tras móviles políticos y no detenernos tras barreras convencionales o trasnochadamente románticas, ofreciéndoles a los enemigos de la sociedad las ventajas de la iniciativa.

Luego el jefe de Policía señaló las misiones que corresponden a cada Dirección, al Estado Mayor y Consejo de Directores, explicando cómo deberán actuar en el futuro de acuerdo con las instrucciones emanadas directamente del Comando General. La Policía —concluyó— ha iniciado una nueva y gloriosa etapa en la historia de la Patria.

Monseñor Tardini se levantó para felicitarlo. Pérez, iluminado intermitentemente por los relámpagos de los *flashs*, abrazó al Obispo. La confraternidad entre los guardianes de la moral era un hecho en el país. Ambos, sonrientes, volvieron a ubicarse en sus sillones.

El locutor invitó al público a visitar la exposición de los nuevos equipos adquiridos. El Jefe de Policía se puso de pie y lo imitaron todos. Hizo pasar delante al Obispo: era una gentileza, equivalía a decir «primero las damas». Caminaron hacia el amplio patio, seguidos por el brillante cortejo de oficiales uniformados.

En fila, impecablemente ordenados según jerarquías estratégicas, fueron apareciendo los gendarmes con armas nuevas, ametralladoras livianas, máscaras para gases lacrimógenos, carros de asalto, camiones Neptuno, vehículos blindados, equipos móviles. Los policías asignados a cada arma o vehículo posaban enhiestos, como niños a quienes se ha confiado un nuevo juguete.

El coronel Pérez abrió la puerta de un carro de asalto, miró su interior y luego invitó al Obispo para que hiciera lo mismo. Siguieron caminando mientras el oficial comentaba la calidad de los equipos, muchos de ellos montados en el país. Era un orgullo. Pérez tomó delicadamente una ametralladora, movió sus diferentes piezas, comprobó la correcta lubricación y enseñó al Obispo cómo la debería calzar el agente. Una ronda de oficiales seguía con inquieta atención su palabra. La ametralladora era realmente liviana, se la podía alzar y acomodar con un solo brazo. Esbozó un movimiento que tal vez se podía interpretar como que ofrecía el arma al Obispo para que constatara sus virtudes. El sacerdote la rechazó violentamente. Pérez, con gentileza, repitió el ofrecimiento como si se tratara de un paquete de cigarrillos. El Obispo volvió a negarse. Pérez sonrió. El Obispo, con dignidad, por tácita obligación de su investidura, no debía tocar ese instrumento de la muerte. Sin embargo, en medio de los oficiales que amaban las armas como el coleccionista sus estampillas, disonaba su actitud, era la de un sujeto afeminado. Pérez le invitó en seguida a contemplar el equipo de comunicaciones móviles. Algunos uniformados quedaron atrás para comentar el apuro sutil al que lo condujo.

Pérez demostró habilidad diplomática. Ponerla en evidencia nada menos que con un representante de la Iglesia, enorgullecía a sus hombres y afianzaba su monolítica autoridad.

Las burlas suaves, casi inocentes, causan dolor. Es un dolor para el alma como el que producía con la fusta, cuando niño, sobre el lomo de los animales. Hiriendo al alma se doma a los hombres. El Obispo tenía que empezar a comprender que tras los gestos educados, protocolarios, aparentemente afectuosos del coronel Pérez, se levantaba imponentemente su fortaleza y su poder.

Cuando terminaron la recorrida, monseñor Tardini se dirigió hacia un ángulo del amplio campo que le permitía dominar la nutrida exposición de armamentos. El Jefe de Policía cruzó las manos sobre el vientre, en posición de descanso. El obispo dijo algunas palabras y solemnemente bendijo esos instrumentos que no quiso tocar, en nombre del Padre y del Hijo y del Espíritu Santo.

40

ISAÍAS

—LAS GORDAS ESTÁN CONTENTAS. ¡Pobres gordas mías! Me insinuaron, sí, que tantos muchachos y chicas juntos, que el humo del cigarrillo, que siempre se trata de una iglesia aunque hayamos retirado el Santísimo, que demasiado bullicio, que esto y que estotro. Pero están contentas. Nunca han visto tanta gente.

El padre Buenaventura parloteaba satisfecho. Tantos meses de análisis, de proyectos borroneados, tachados y hechos un bollo. Se lanzaron a una nueva empresa con entusiasmo, con la esperanza limpia y juvenil de servir a Dios. Decidieron hacer del viejo solar oligárquico el centro del estudiantado. Se lo propusieron al Obispo y éste, después de reflexionar un instante, aceptó. Pero ellos iban más lejos de lo que el Obispo sospechaba, porque no sólo querían atraer al estudiantado católico, politizado ya y militante de la Acción Católica, sino que pretendían transformar ese templo enmohecido en un campo abierto al diálogo más amplio.

La primera reunión fue poco concurrida. Los estudiantes desconfiaban aún. Estaban cansados de personajes aconsejadores, petulantes, de asentadoras anchas para tronos anchos.

Los jóvenes que asistieron —algunos por devotos, otros por curiosidad, otros en fin, por no tener mejor cosa que hacer— oyeron a un cura culto, inteligente y didacta que hacía planteos novedosos sobre la Iglesia en ese bastión de la aristocracia capitalina. Torres se esforzó por dejar categóricamente clara la diferencia entre la Iglesia que pertenece al tiempo y aquella que lo trasciende por su eternidad. La que está sujeta al tiempo es objeto de la ciencia histórica: abunda en altibajos, errores y contramarchas. La Iglesia en este sentido, es una «comunidad de hombres» que acepta el Don Divino, es el reino de Dios que se va haciendo, que no es santo aún hasta el momento de la Parusía, que no es plenamente universal tanto en el espacio geográfico como en la profundidad anímica de cada miembro, que marcha por el desierto rumbo a la tierra prometida haciendo becerros de oro y quejándose de los riesgos de la libertad, porque espiritualmente aún se siente esclava. A esa Iglesia los cristianos deberían estudiar, criticar y mejorar, porque es perfectible.

Las «gordas» sintieron un escozor. Por primera vez oían autocríticas en boca de un cura. Pero era un cura... No podía hablar mal de la Iglesia... En efecto, Carlos Samuel Torres dirigió hacia ellas su mirada y añadió:

—La Iglesia como institución divina en cambio, que no depende del tiempo ni del espacio, que no está sujeta a ninguna civilización porque no se nutre de ellas ni debilita por ellas, es santa y absolutamente perfecta. Esta Iglesia no debe ser identificada con las vestimentas que nos legó una época, ni con una arquitectura caduca, ni con enriquecimientos culturales o folklóricos intrascendentes.

Las damas se tranquilizaron. Este cura sabe lo que dice. Es un buen ministro de Dios.

—La Iglesia, eterna y perfecta, debe manifestarse. Lo hace a través de signos. Un signo debe ser comprendido. Y la comprensión exige una comunidad cultural: lenguaje, tradiciones, historia comunes. Aquí se ligan entonces las dos Iglesias: la histórica y la eterna. Para transmitir sus signos, la Iglesia ha debido adaptarse, flexiblemente, a sucesivas civilizaciones, adoptando ritos y tradiciones nuevas. La Iglesia en España, la que más nos concierne, llegó a tal grado de consubstanciación en la vida cotidiana, con todas las estructuras del país, que durante mucho tiempo se identificó «hispanismo» y «cristianismo». Esta identificación, sin embargo, fue negativa para la cristianización de América, pues no son iguales los intereses y motivaciones de la Iglesia que los de una potencia dada, por más que ésta se considere su máximo baluarte.

Carlos Samuel hizo una pausa. Ahora entraba en

el meollo de su exposición, que había titulado «Gloria, aciertos y errores de la Iglesia latinoamericana». Su introducción le había permitido atrapar al público, hastiado de digerir una versión uniforme, simple y apologética.

Agustín Buenaventura acomodó los pliegues de su sotana. Estaba sentado en una de las primeras filas. Su ancha presencia era una garantía de la cristiana corrección que tendría el acto. El viejo cura no aparecía nunca sin los hábitos, aunque estaba autorizado a hacerlo, porque hay un tiempo en la vida que se torna muy engorroso cambiar.

Miró a Torres y quizá le guiñó un ojo. Sonreía satisfecho.

—¡Este muchacho es una joya!

—Cuando se produjo el Descubrimiento, la distancia cultural entre el español y los indios más desarrollados era de casi cinco mil años. Se estima que los incas y aztecas tenían una civilización comparable a la del Egipto de la primera dinastía. En cambio, la estructura mental del conquistador era una síntesis entre elementos medievales e islámicos. Uno de los rasgos de la civilización islámica que perduró en España, era la tendencia a ligar los fines del Estado con los de la religión. La doctrina islámica del Califato exigía dicha unidad, un monismo religioso-político tan fuerte como el impuesto por Constantino. La unificación religiosa del país lograda tras la expulsión de árabes y judíos, exacerbó el «mesianismo temporal» de España. España se consideró a sí misma como el instrumento elegido por Dios para limpiar al mundo de infieles... Lamentablemente, este equívoco obtuvo el apoyo de Roma.

Los estudiantes se movieron en sus asientos. No querían otra lección de historia, pero esta historia parecía diferente, iconoclasta, temeraria.

—La Santa Sede primero reconoció la *possessio* de Portugal sobre las tierras descubiertas o por descubrir, que fundamenta al colonialismo naciente y le otorga, además, el deber de la «propagación de la Fe entre los pueblos descubiertos o arrebatados a los infieles». Por primera vez la Iglesia confirió a una nación el doble poder de colonizar y misionar, mezclar lo temporal y lo eterno, lo político y lo religioso, lo económico y lo evangélico, produciendo algo así como una teocracia expansiva y militar. Los organismos ejecutivos del «Patronato» que después obtuvo España, se agruparon en el Supremo Consejo de Indias, con plena autoridad en todos los asuntos de la colonia: eclesiales, económicos y guerreros.

»A la conquista económica se la vistió con sentido misional. Este sentido figuraba en la «intención» de los monarcas y de las leyes, pero desde los comienzos se abundó en transgresiones a la letra y el espíritu de esas intenciones. Latinoamérica quedó marcada por el «legalismo perfecto» en teoría, y la injusticia y la inadecuación de la ley, en la práctica.

»La evangelización, lejos de recorrer el camino europeo, adaptándose a las culturas locales para establecer diálogos y hacer comprensibles los signos, siguió la política de *tábula rasa* efectuando una catecumenización masiva y superficial. Las *élites* indias fueron llevadas a una encrucijada mortal: aceptaban la «visión hispánica del mundo» o eran relegadas a un puesto secundario de la sociedad; dejaron de ser *élites* de todas maneras y se transformaron en sectores marginados. Los indios, como raza y como pueblo, pasaron a constituir una clase, un pueblo-clase que el conquistador no dejó penetrar en los círculos dirigentes. El indio llegó a coincidir con el conquistador (aunque en tono de reproche) que ser español y cristiano es lo mismo. Sólo los misioneros —y tampoco todos los misioneros— fueron descubriendo la necesidad de diferenciar entre los intereses del Estado que utiliza a la Iglesia como un «medio» de expansión y los intereses de la Iglesia misma.

Los muros del templo parecían haberse lividizado. Era la primera vez que en su interior retumbaban acusaciones. Las señoras que frecuentemente miraban a Buenaventura esperando descubrir un gesto de reprobación, se sentían confundidas. El padre Torres hablaba demasiado rápido, decía muchas cosas nuevas y difíciles, tenía algo de irrespetuoso. Pero... venía de Europa, estudió en Roma. No había qué temer. Es demasiado profundo, simplemente —decían para tranquilizarse.

Buenaventura estaba feliz. Él predicó en zonas de indios donde la evangelización fue superficial y se enfrentó con delincuentes blancos que se creían propietarios del cristianismo. ¡Este muchacho lo dice con todas las letras!

—La Iglesia en su mayor parte, corrió el destino de

España. Apoyó la economía colonial de corte mercantilista, que terminó por hundir a España y mantiene hasta hoy en el subdesarrollo a Latinoamérica. Cuando llegó el movimiento emancipador, la Iglesia buscó defender sus antiguos privilegios. El episcopado, con rarísimas excepciones, apoyó a la Corona. El clero, vinculado al pueblo, apoyó a la Revolución. Roma estaba comprometida con Madrid y la Santa Alianza.

Buenaventura volvió a arreglar su sotana, se sentía ligeramente excitado. El padre Torres se expresaba como lo hubiera hecho él mismo, si fuera tan buen orador. Monseñor Constanza ayer, monseñor Tardini hoy, casi todo el episcopado y Roma misma, son lentos para captar situaciones y para expedirse. Hay lentitud, excesiva prudencia, salidas ambivalentes. Los que se juegan por la Iglesia están abajo, en contacto con las masas, como ocurrió en los años de la Emancipación. En cambio, los que viven enclaustrados, en conventos y palacios, se han solidarizado con la Corona y después con las oligarquías.

Sus «gordas» seguían escuchando, pero cada vez entendían menos.

—La Iglesia luchó mucho tiempo aún por recuperar antiguos derechos —aunque los privilegios eclesiásticos contradicen los principios evangélicos de servicio y pobreza: son incompatibles con ellos—. Se soñaba con épocas pretéritas. No obstante, la historia siguió avanzando y con ella esa comunidad de hombres que construyen el reino de Dios, que yerra el camino, que se extravía en el desierto. El Patronato pasó de España a manos de los nuevos gobiernos nacionales y, por fin, a un sistema que le permitió recuperar su libertad de acción, modificar ciertas estructuras injustas y recobrar la audiencia del pueblo que confiaba en la Iglesia, que la esperaba. De este modo, después de haber practicado la tabla rasa con los indios, confundido sus fines con los de la España colonial, resistido a la emancipación, comprometido con las aristocracias criollas, aliado a los conservadores se acerca otra vez al pueblo, libre, solícita y servicial.

»La Iglesia abrió los ojos en Latinoamérica. Más de un tercio del catolicismo mundial se concentra aquí. Existe un movimiento de unidad católica continental que Europa perdió después de la Reforma. Latinoamérica es una experiencia nueva en la historia de la Iglesia. Latinoamérica es un pueblo evangelizado a medias. Queda mucho por hacer. Una minoría concientizada debe evangelizar con los «signos» de nuestro tiempo. El signo comprensible para este pueblo ignorante, hambriento y postergado, es la justicia. Por esta justicia debe comprometerse la Iglesia, reparar errores de antaño y hacer de la cristianización una obra acabada, con sentido, que aporte caudalosamente al reino de Dios.

Las palabras del padre Torres penetraron con fuerza de arietes e iniciaron un movimiento de transmisión infinita. El estudiantado recibió el impacto, lo abrazó, lo comentó. La siguiente reunión concentró más estudiantes, incluso algunos no católicos. Las «gordas» de Buenaventura redoblaron sus esfuerzos, aumentaron las recaudaciones, distribuyeron volantes. Estaban seguras de que doña Encarnación Lagos, viuda de Santillán Mendoza, les arrojaba su bendición desde el cielo, infinitamente agradecida por el enorme éxito que adquirió la nueva actividad en su iglesia.

41

—Esto es distinto, te lo aseguro.

—¡Bah! Son trampas. Nadie mejor que los frailes para armarlas.

—No es una trampa. Se están jugando. Hay honestidad, valentía.

—¿Qué te ha prendado, Olga?

—La consecuencia, la integridad —reflexionó farfullando, como si pensara en otra cosa.

—¿Cuántas veces los has oído?

—Cuatro, cinco veces. Pero no fue sólo eso. Me quedé y conversé personalmente con ellos.

—¿Con el gordo o con el flaco? —burlóse Néstor.

—Con ambos —continuó ella seria.

—¿Les preguntaste mucho?

—Sí. Y contestaron sin rodeos, sin hipocresías, sin ocultamiento.

—¿Al unísono? —Néstor seguía irónico.

—El padre Torres es el cerebro, se expresa mejor.

—Y Buenaventura el estómago.

—¿No quieres oírme?

—¡Pero sí, Olga! Sólo que causa gracia tu adhesión.

—¡Entiende que están en una actitud radical, comprometida, que pisan en la tierra!

—¡Entonces son marxistas!

—No. Son cristianos que han recuperado el sentido de Cristo.

—Pero Olga... No me puedes venir ahora con eso. ¿Te has vuelto creyente?

—Es distinto, Néstor. Es distinto —movió las manos con gesto suplicante.

—Si hablas de Cristo, estás al borde de la conversión. No me digas que lo haces porque ha sido un revolucionario. Para ejemplo tenemos muchos bastante más eficaces que Él, o por lo menos que no fueron empleados como banderas de agresión. A Espartaco no lo pasean en procesiones ni en su nombre colonizaron nuevas tierras.

—Si no estás dispuesto a oírme, es mejor que hablemos de otra cosa.

—Estoy harto de iglesia, misas, obras de caridad y curas gordos ¿entiendes? Estoy tan harto que no soporto ni a los curas flacos, ni a las iglesias sin misa ni las misas sin iglesia. No me importa la forma en que lo sirvan. Esa comida me produce vómitos.

—Está bien...

—Santos, vírgenes, limosnas, confesión, bautismo, sacramentos...

—No sigas.

—Extremaunción, orden sagrado, «Magníficat», adviento, *Et cum spíritu tuo.*

—¿Piensas recitarte el diccionario católico?

—Eso es lo que no quiero más.

—Muy bien.

Hicieron una pausa. Sus ojos vagaron en direcciones opuestas hasta que, voluntariamente, se enfrentaron.

—Y... ¿en qué se diferencian estos curas? —preguntó él.

Olga sonrió.

—En el aspecto exterior, como sabes, uno es gordo y otro flaco, uno viejo y el otro joven, uno viste sotana y el otro no.

—¿En lo interior?

—Lo captarás personalmente. Mañana iremos a misa.

—¿A qué?... No, gracias; ya mi madre me hizo tragar bastantes hostias. No me caen bien: constipan.

42

LEVÍTICO

UNA MULTITUD *elegante, que exultaba perfumes y lucía ropas de fiesta, se aglomeraba frente a la iglesia de Cristo Rey, la única, además de la Catedral, a la que solíamos concurrir. Aparcamos el auto a una cuadra, en una playa de estacionamiento, y caminamos lentamente por esa vereda sombreada con tilos. A derecha e izquierda repartíamos saludos. A veces mis padres continuaban saludando en el interior de la nave, moviendo la cabeza, bajando los ojos o, si era alguien importante, agitando muy suave y elegantemente la mano para darle más acento al contacto.*

Mamá abrió sobre mis rodillas el Misal bilingüe, con tapas plateadas y una cruz de oro, que me regaló en un cumpleaños.

Consiguió que me interesara más en el culto. Por ahí me perdía: es difícil seguir la lectura en latín. Pero los gestos del celebrante, las intervenciones del diácono, la lectura bíblica, el sermón, me servían de hitos. A veces el sermón se tornaba interesante, cuando aumentando el volumen de su voz, el sacerdote descargaba amenazas contra los pecadores. Eran estampidos que emitía desde el púlpito como un cañón, anunciando posibles castigos, mucho más dolorosos y sangrientos que los descritos en mis libros sobre pieles rojas y corsarios. Otras veces el sermón era muy complicado, lleno de citas que no tenían nada que ver con lo que deseaba explicar. Ese día habló sobre una higuera que se había secado y no daba más frutos. Que así había ocurrido con los judíos y todos aquellos que se mantienen alejados de la Iglesia. Que nadie podía salvarse sin Jesucristo y que sólo los cristianos que concurren a misa, que cumplen devotamente, puntualmente, con los preceptos de la religión, podían lavarse de los pecados que infectan al mundo y conseguir su acceso a la vida eterna.

La Misa prosiguió como de costumbre. Ya no tenía novedades para mí.

El sacerdote levantó la dorada patena sobre la cual, destacando su albura, yacía la Hostia. Súscipe, sancte Páter, omnípotens aeterne Deus, hanc inmaculátam Hóstiam...

Mi madre golpeó suavemente con el codo a papá. Él no se dio cuenta. Ella repitió los golpecitos y papá, vacilando, por fin la miró. Mi madre apuntó con el mentón hacia adelante, en diagonal. Miré también y sólo vi gente, mucha gente.

El sacerdote echó en el Cáliz un poco de vino con unas gotas de agua.

Deus *—se persignó—* qui humanae substantiae dignitátem mirabíliter condidiste...

—¿Qué?... —susurró papá.

—Mírala a ella —indicó cuchicheando.

Ofreció ahora el Cáliz.

Offérimus tibi, Dómine, cálicem salutaris deprecantes dementiam.

—¿Qué tiene? —preguntó papá.

—¡Sssiitt!...

Bajé los ojos al misal bilingüe.

«Recíbenos Señor, animados de un espíritu humilde y de un corazón arrepentido; y tal efecto produzca hoy nuestro sacrificio en tu presencia, que del todo te agrade, ¡oh Señor y Dios nuestro!»

El sacerdote, bendiciendo las ofrendas, continuó.

Veni sanctificátor omnípotens aeterne Deus et bene *—se santiguó—* dic hoc sacrifícium tuo sancto nómini praeparátum.

Bendijo al incienso Per intercessiónem beati Michaeli Archángeli... *y empezó a incensar las ofrendas* Incénsum ístud a te benedíctum... *y una nube olorosa se desplegó. Y luego incensó al Crucifijo y al altar* Dirigátur, Dómine, oratio mea sicut incénsum... *y entregó el incensario al Diácono* Accendat in nobis Dóminus ignem suis amoris... *y el diácono incensó al celebrante y a los ministros: sus ropajes vistosos apagaron el brillo tras la niebla. La niebla se amplió en gigantescos e incorpóreos lóbulos hasta el clero. Por último, con tres golpes, el turiferario incensó a la multitud, para que todos se adhieran entre sí, como partes de un solo cuerpo.*

—¿No la reconoces? —insistió mamá.

El sacerdote besó el altar, se volvió hacia el pueblo y abriendo y cerrando los brazos, invitó a la oración Orate fratres...

Mamá percibió que yo seguía sus gesticulaciones. Simulando indignación, me obligó a leer las palabras que brotaban desde todas partes, como el fragor de una catarata. Moví los labios diciendo sólo ¡aaahhh...! mientras leía en castellano:

El Señor reciba de tus manos este sacrificio, para alabanza y gloria de su nombre y para nuestro provecho y el de toda su Santa Iglesia, Amén.

—Estoy segura... Ese rosado que le brota de las mejillas... ¡Pobre hombre!

—Bueno, cállate. Hablaremos después —se fastidiaba papá.

El celebrante tomó la Hostia con ambas manos. Por la feligresía corrió una oleada de tensión: se llegaba al momento culminante.

Qui pridie quam paterétur. *Elevó la Hostia para adorarla él y ofrecerla a la adoración de todos los presentes. Un profundo y prolongado silencio tensó el aire. Después asió con ambas manos el Cáliz.* Símili modo postquam coenátum est... *para la adoración de todos y mis padres callaron, fijando sus miradas en el milagro inminente.*

HIC EST ENIM CÁLIX SÁNGUINIS MEI, NOVI

ET AETERNI TESTAMENTI. Mystérium Fidei qui pro vobis et pro multis effundétur in remissiónem peccatórum.

Y mientras el sacrificio proseguía, ya en presencia viva y gloriosa de Cristo Haec quotiescumque facéritis, in mei memóriam facietis.

—Fíjate cómo simula contrición.

Súpplice te rogamus, omnípotens Deus...

—No entiendo por qué él no reacciona.

«Por Él y con Él y en Él, a Ti, Dios Padre omnipotente, en unión con el Espíritu Santo, se dirige todo honor y toda gloria.»

«Por todos los siglos de los siglos. Amén.»

—Lo tiene merecido —cuchicheaba mamá.

Corpus tuum, Dómine, *Tu Cuerpo, Señor, que he comido y tu sangre que he bebido, se adhieren a mis entrañas; y haz que ni mancha de pecado quede ya en mí después de haber sido alimentado con un santo y tan puro Sacramento: Tú que vives y reinas por los siglos de los siglos. Así sea.*

—Pero ella no tiene perdón. Es un escándalo de mujer.

Dóminus vobíscum.

Et cum spíritu tuo.

—¡Y qué coraje: presentarse en Misa!

—¡Sssiitt!...

Dóminus vobíscum.

Et cum spíritu tuo.

Ite, missa est.

Deo gratias.

—Vamos a saludarlos.

—¿Ahora?

—Sí, en el atrio.

Me tomaron de la mano, empujamos un poco. Las mujeres se besaron en las mejillas, los hombres estrecharon sus manos. Ella, con esa amable sonrisa que no le gustaba a mamá, revolvió con sus dedos mi cabellera.

43

AMÓS

BUSQUÉ A OLGA *y fuimos a la iglesia de la Encarnación para conocer esa nueva forma de cristianismo. En el pórtico, rodeado por numerosos jóvenes, departía el padre Torres. Al ver a Olga, extendió su mano. Ella me presentó.*

—Es un no creyente —le advirtió.

—¡Bien venido! —exclamó el cura—. En seguida comenzará la misa. Si prefiere, puede esperarme en el estudio hasta que termine; así charlamos.

—No —intervino Olga—. Viene a misa.

El sacerdote calló un instante, asociando ideas. Luego añadió:

—Me halaga entonces.

Otros jóvenes interfirieron con preguntas. Torres miró su reloj:

—Permiso —dijo—. Debo vestirme. Es hora.

Cerca de la salida estaba la pequeña sacristía. El cura se quitó el saco, acomodándolo en el respaldo de una silla. Tomó el amito y se cubrió los hombros y parte de la espalda. Luego plegó el alba, la pasó por su cabeza y extendió a lo largo de su cuerpo, hasta los pies. Con el cíngulo encordado ciñó el alba. Por último alzó la estola de seda y la calzó sobre la nuca, dejando caer su extremo hacia adelante. Mi madre no sólo me obligó a frecuentar las misas sino que contrató un sacerdote para que me catequizara. Tenía bastante bien memorizado el ajuar del celebrante para descubrir que Torres no usaba ciertas prendas ornamentales como el manípulo, que cuelga del brazo izquierdo, la casulla y el bonete.

La iglesia estaba llena. Muchos permanecían en pie detrás de los bancos. El padre Torres avanzó por el centro de la nave.

«En el nombre del Padre, del Hijo y del Espíritu Santo.»

«Yo entraré al altar de Dios.»

«Hasta Dios, que alegra mi juventud.»

Las frases de siempre, la liturgia inconmovible, hipnotizante, que antes oía en latín sin entender, se celebraba en castellano, de frente a los fieles, sin monaguillo, sin abundancia de genuflexiones ni golpes en el pecho, ni olores de incienso.

«Purifica mi corazón y mis labios, oh Dios todopoderoso, Tú que purificaste con una brasa los labios del profeta Isaías, y dígnate por tu misericordia purificarme de tal modo que pueda anunciar dignamente

tu santo Evangelio. Por Jesucristo Nuestro Señor, así sea.»

Los fieles se pusieron de pie.

«Continuación del Santo Evangelio según San Mateo.»

«Glorificado seas, oh Señor.»

«Capítulo 6: Cuídate de hacer tu justicia delante de los hombres, para ser visto por ellos: de lo contrario no tendrás merced de tu Padre que está en los cielos. Cuando haces limosna, no hagas tocar trompeta delante de ti, como hacen los hipócritas en las sinagogas y en las plazas, para ser estimado de los hombres; de cierto digo que ya tienen su recompensa. Mas cuando tú haces limosna, que no sepa tu izquierda lo que hace tu derecha, para que sea tu limosna en secreto; y tu Padre, que ve en secreto, te recompensará en público. Y cuando oras no seas como los hipócritas, porque ellos aman orar en las sinagogas y en los cantones de las calles en pie, para ser vistos por los hombres; de cierto digo que ya tienen su pago. Mas tú, cuando oras, éntrate en tu cámara y, cerrada tu puerta, ora a tu Padre que está en lo secreto; y tu Padre, que ve en secreto, te recompensará en público. Y orando, no seas hastiante como los gentiles que piensan que por su parlería serán oídos. No te hagas, pues, semejante a ellos porque vuestro Padre sabe de qué cosas tienes necesidad antes que pidas.»

«Palabra del Señor.»

Llegó el momento de escuchar al padre Torres. Era lo que realmente me interesaba.

—Cuando nos reunimos en el templo, no es sólo para orar al Señor —empezó comentando al Evangelio—. Para orar al Señor «éntrate en tu cámara y, cerrada tu puerta, ora al Padre, que está en secreto». Nos reunimos para que cada hijo de Dios esté junto a otro hijo de Dios, para solidarizarnos, unirnos y apoyarnos. Dios abomina la justicia estruendosa y la limosna pública porque esa justicia y esa limosna no está motivada por el afán de servicio, sino por la ambición, la vanidad y el egoísmo. ¿Qué sentido tendría aglomerarnos aquí y fijar nuestra mirada en el altar, ajenos al vecino como si estuviéramos en un cine? Para eso hubiéramos permanecido en nuestra cámara. Estamos aquí para recordar que somos iguales ante el Padre, que somos hermanos, que nos debemos mutuamente, que por cada uno que tenemos al lado Cristo derramó su sangre.

El sermón ya destilaba una fuerza genuina. Olga me contemplaba de soslayo para conocer mi impresión. Aún no quería expedirme.

—Dios abomina el boato —prosiguió Torres—. Muchos reyes hicieron labrar una cuna de oro para sus niños, pero el Rey del Universo hizo nacer a su hijo en un corral, proveyéndole de una calefacción a guano. Eligió para su Hijo un pueblo pequeño y oprimido, no una nación poderosa, de fuertes ejércitos e invencible armada. Su venida fue anunciada por profetas inconformistas y rebeldes, que condenaban la opulencia y exigían con voz ignívoma la justicia social. Allanó su camino un hombre que vestía harapos, que

no respetaba la autoridad legítima de Herodes, que se llamó Juan Bautista porque lavaba con agua del río y despreciaba la majestuosidad del Templo y la pompa de sus sacerdotes.

Torres hizo una pausa. Sus labios esbozaron una sonrisa irónica.

—¿En qué familia hizo Dios ingresar a su Hijo? ¿Una familia adinerada que cultivaba relaciones ilustres, practicaba deportes selectos, organizaba magníficas veladas, asistía en dorados carruajes al Templo y era atendida por una legión de sirvientes? ¿Cuando mayor le eligieron amistades honorables, cultas y distinguidas?

No pude contener una velada exclamación.

—¿Cómo honró Cristo a sus apóstoles? ¿Los vistió con sedas, engalanó con púrpuras y dignificó con anillos de zafiro? ¿Cómo entró el Mesías a Jerusalén? ¿Sobre una silla gestatoria, cubierta la calle con alfombras y rodeado de guardias? ¿Qué previsiones adoptó para su muerte? ¿Compró un destacado panteón en la necrópolis y ordenó un entierro de primera clase?

En la mayoría de los presentes reverberaba la alegría de la iluminación.

—Sí —prosiguió el cura—. Semejante Cristo es grotesco. Sin embargo, durante centurias los cristianos nos hemos empeñado en imitar esa caricatura de Cristo. No hemos hecho otra cosa que reeditar el fariseísmo que Él condenó. En vez de adorar un Cristo humilde, solidarizado con los pobres al extremo de ser igual al último de ellos, que murió en una vil cruz de

madera, nos empecinamos en construir pesebres de ensueño, fabricar cruces de oro y ceñir su cabeza con pesadas coronas refulgentes de pedrerías. Dios ejemplarizó claramente con su Hijo, despreciando las riquezas terrenales, comprometiéndose en forma abierta, notable y hasta escandalosa con los réprobos de la sociedad, con los pecadores, los indignos. Jesús dictó su mensaje a los campesinos, a las prostitutas, a los que veían a los grandes sacerdotes desde lejos porque les estaban vedadas las primeras filas. Dios se mezcló con el pueblo para demostrarle que puede conectarse con Él sin necesidad del fastuoso Templo. Dios vivió como el pueblo para demostrarle que puede llegar a Él sin tener que imitar a los poderosos.

44

—NO ENTIENDO, HIJA, cómo puedes aguantar más de cinco minutos ese olor a incienso. En pleno siglo XX, cuando el hombre conquista el cosmos y vence una enfermedad tras otra, a ti, súbitamente, se te da por hacerte beata. Es, en pocas palabras, un escándalo.

—Sólo te fijas en los aspectos exteriores, igual que Néstor.

—No me compares con Néstor, ¡es un anarquista!

—Él es un anarquista, yo una beata. Sólo tú detentas la Verdad. Tú y tus amigos millonarios.

—Son hombres íntegros.

—Por favor, papá, no me obligues a ofenderte...

—¿Crees que es más revolucionario tu famoso padre Torres? —se encrespó el doctor Bello.

—Él vive lo que predica.

—Sí... «Haz lo que yo digo», ¿empieza así sus sermones?

—Asumió ya en estas estructuras injustas al hombre nuevo, porque es apto para la sociedad mejor. En cambio, ustedes se tranquilizan la conciencia haciendo reuniones o firmando manifiestos inoperantes, confabulando alrededor de mesas lujosas, en cenáculos donde el único que merece hablar es el sirviente que les prepara café y al que ustedes hacen salir para que no se entere de los planes que trazan en su bien, pero mientras hay que explotarlo porque «total, vivimos en el capitalismo y usufructuándolo contribuiremos a agudizar sus contradicciones y acercarnos la revolución» —le dijo sin pausa, con las venas del cuello ingurgitadas.

El doctor Bello contrajo sus mandíbulas, hizo chirriar los dientes.

—¿Qué hombre nuevo asumió él? ¿Elige algunos pasajes de la Biblia que piden justicia social para ponerse a la moda y aumentar la concurrencia de sus misas?

—Él escucha y respeta, papá. Es algo que en el Partido han olvidado hace mucho. Cree firmemente en su religión, pero no se cierra a nada ni se escandaliza por nada, si se lo expresan con honestidad. En cambio, ustedes tienen en funcionamiento un mecanismo en la cabeza, que sólo deja pasar por el oído lo que coincide con las últimas versiones de la Enciclopedia Soviética y el resto pasa directamente a los labios para transformarse en sonrisa de suficiencia o en juicios de reprobación y desprecio.

—Los dogmas no los inventamos nosotros, hija...

—No, pero han asimilado bien ciertas enseñanzas.

—Resulta tragicómico —cambió el tono de voz—. La Iglesia, que aún combate al marxismo, que se alió a todos los movimientos reaccionarios de la historia, que condenó la ciencia en favor del oscurantismo, que bendijo guerras de opresión, que se llenó de riquezas y de poder, que ahora cambia levemente el rumbo sólo para no perder privilegios, es para mi hija, para mi propia hija, el baluarte del progreso y de la liberación.

—La Iglesia como institución temporal, como comunidad de hombres, ha cometido todo eso. Lo que el padre Torres rescata es su meollo trascendente.

—Ya veo... Te ha catequizado bien, no le faltan agallas a ese curita. ¿No querrás con el tiempo hacerte monja?

—Sigues cerrado. Eres hermético, papá. A tu Partido le vendría bien una revolución como la que conmueve ahora a la Iglesia.

—Escucha: no es la primera vez que un sector de la Iglesia adopta un curso distinto a su corriente general. Conoces historia y no hace falta que te dé ejemplos. La Iglesia bendice a los ejércitos de un lado y del otro de la frontera: a cada uno le desea la victoria. Y siempre triunfa la Iglesia. En nuestros días hay ciertos matices: en los países socialistas perdió ascendencia y entonces aparenta apoyar ciertos movimientos revolucionarios en los capitalistas. La Jerarquía los apoya parcialmente, emitiendo mensajes declamatorios sin consecuencias prácticas. En los hechos, la Jerarquía mantiene firme su alianza con las minorías detentadoras del poder. Esos mensajes por un lado y la acción perplejizante de ciertos curas por el otro, tienen algunos objetivos concretos: primero, capitalizar a las masas paupérrimas desligándolas de los auténticos movimientos revolucionarios. Segundo, tranquilizar a los intelectuales honestos que exigen cambios. Tercero, lograr algunas concesiones que no tocan los privilegios fundamentales de la minoría, pero sirven como apaciguamiento, eternizando las actuales relaciones de producción. El común denominador de esto es narcotizar: narcotizar al pueblo y a las conciencias, eliminar sólo lo superficial, como se saca el polvo de los muebles para que el mueble dure más tiempo.

45

ME EMPEZÓ OTRO DOLOR DE CABEZA y olvidé tomar los comprimidos el día no me alcanza porque todo recae sobre mí debo atender a Eurídice a Néstor y a Pedro y darle consejos a cada uno aunque Eurídice es muy inteligente salió parecida a mí y tiene lógicas ambiciones cualquier muchacho no es para ella como le dijo o yo lo dije primero y ella lo repite pero lo esencial es que además de dinero tenga otras cualidades como por ejemplo una familia de alcurnia con vinculaciones en las esferas más altas Eurídice podría tener varios novios porque los muchachos se le amontonan apenas aparece no es necesario que me lo cuenten yo lo puedo imaginar muy bien y Eurídice podría decir «me gusta éste» pero ella es prudente y no se va a manchar saliendo con uno que después resulte un palurdo cualquiera que solamente luce su físico de salón pero no tiene modales educados ni cultura ni dinero ni buena familia para eso es mejor no comprometerse con nadie hasta que el destino disponga es claro que yo estaría más contenta si ella se encaminara de una vez hacia el matrimonio con Jorge Silva Morales porque es un joven respetuoso y su padre una bellísima persona con quien Pedro pudo conversar muchas veces antes que yo los invitara a casa con su esposa e hijos o sea Jorge y dos hermanas para que iniciáramos una amistad que redundaría en beneficio mutuo la cabeza me martilla y las aspirinas ya no me hacen efecto debería dormirme pero estoy despierta más que nunca porque ese tema de Silva Morales me excita y recuerdo qué linda estaba Eurídice si yo fuera un joven como Jorge me habría enamorado al instante de ella pero estoy segura que aparenta una forzada indiferencia por educado que es o porque no se anima sus padres bien contentos estarían con una nuera como Eurídice que es bonita respetuosa fina ilustrada y toca el piano aunque me parece que esto último no les interesa mayormente por qué no me vendrá el sueño el padre de Jorge es el propietario de una cadena de Bancos y todos los ministros de economía buscan su amistad no pasan dos meses y ya hace otro viaje al exterior entrar en una familia como la suya implicaría dar el salto más grande de la vida no solamente para asegurar el porvenir sino la felicidad porque Jorge heredará las riquezas y notoriedad de su padre mejor que tome otro analgésico sobre la mesita de luz la doméstica dejó un vaso con agua esa tarde corrí peor que hoy y felizmente no se me produjo jaqueca tuve que probar el vestido que estrenó Eurídice y el vestido que estrené yo y luego ir a la peluquería y a último momento se le rompió un taco a la nena de ese nuevo modelo recién importado y ya habían cerrado los negocios menos mal que Pedro consiguió hablar con el gerente y el pobre fue en persona a entregarnos otro aunque no era tan bonito pero hacía juego con su traje de fiesta y después tuve que repetir las instrucciones a las domésticas y a los mozos para que no fallara ningún detalle creo que la reunión salió bien porque comieron de todo y nos reímos mucho Néstor estuvo muy ocurrente y suelto de cuerpo porque me parece que le gusta una de las chicas Silva Morales pero yo necesito que antes se formalice el compromiso con Eurídice porque tal vez los padres de Jorge no verían con agrado ligar dos de sus hijos a una sola familia y Jorge quizá no se atreva a invitar a mi nena porque teme alguna iniciativa de Néstor aunque ya pasó bastante tiempo y eso la preocupa a Eurídice y también a mí pero yo no lo manifiesto porque agravaría su estado de ánimo ellos en realidad aún no nos invitaron a su residencia Néstor lo repite diciendo que ni siquiera se acuerdan de nosotros pero yo creo que son gente muy ocupada y no pueden organizar una reunión en cualquier momento el señor Silva Morales viaja continuamente y deberíamos sentirnos muy honrados y halagados de que haya venido a nuestra casa no pasará mucho y nos pedirán que los visitemos a ellos pero yo como madre no dejo de preocuparme mucho Eurídice se ha desilusionado y es necesario impedir que estas cosas vayan para muy largo de modo que se enfrían para siempre así que ese té de beneficencia organizado para mañana por la Liga de Madres Católicas es una excusa magnífica que yo no podía desaprovechar y me armé de coraje y telefoneé a la señora de Silva Morales para invitarla a concurrir y ella aceptó en seguida porque no tenía ningún compromiso pero yo creo que tiene interés en complacerme y mantener nuestras relaciones yo iré con Eurídice aunque no se lo dije quiero que la vea otra vez y cambie algunas palabras con ella para que influya sobre su hijo y lo estimule a avanzar en ese momento me empezó la jaqueca porque yo tenía preparadas en la boca un montón de explicaciones sobre la calidad del té para persuadirla a concurrir pero ella no me dio tiempo y eso me emocionó tanto como si hubiera dicho que Jorge la quiere a Eurídice y me empezaron a doler las sienes pero así y todo concluí la conversación telefónica y después llamé a Eurídice para rever nuestro guardarropa y elegir las prendas que vestiremos.

46

CRÓNICAS

Periodista: ¿A qué atribuye el éxito de su catequesis universitaria? ¿Satisface las ansias de innovación y hasta revolución, que exige nuestra juventud?

Padre Torres: He convertido a esta iglesia en un recinto abierto al diálogo, donde nadie pregunta cuánto tienes y de dónde procedes, sino cuáles son tus interrogantes y cuáles tus opiniones.

Periodista: Entonces es una actividad marginal de la Iglesia.

Padre Torres: No, central. La Iglesia es una comunidad de hombres. Cada hombre es un ladrillo del sublime cuerpo de Cristo. A veces la fractura de pocos ladrillos puede perjudicar la estabilidad de todo el edificio. Por eso debemos cuidar a los individuos. Cada uno es sagrado y merece la máxima atención. En eso se basa el auténtico diálogo: interesarnos por los demás, con respeto y con amor.

Periodista: ¿No teme que los estudiantes marxistas quieran aprovechar las discusiones para propagar su ideología?

Padre Torres: Eso denunciaría debilidad de mi fe. Mi fe no teme a ninguna ideología, está por encima de ellas, puede aplastarlas o nutrirlas.

Periodista: ¿Su actividad está respaldada por la Jerarquía?

Padre Torres: Informo periódicamente a mi Obispo. No tengo nada que ocultar.

Periodista: Sus prédicas son consideradas en ciertos círculos como subversivas.

Padre Torres: No es la primera vez que el cristianismo es acusado de subversión: lo certifican millares de mártires y nuestro máximo testigo: Cristo.

Periodista: ¿Insinúa que el cristianismo, para ser auténtico, debe mantenerse en estado de rebelión?

Padre Torres: El cristianismo es incompatible con Herodes, con Caifás y con Pilato. Ellos quisieron y lograron la muerte de Jesús. Ellos lo pretenden asesinar por segunda vez.

Periodista: ¿Qué quiere decir?

Padre Torres: Lo comprenderá releyendo los Evangelios. Su lenguaje es suficientemente claro para que nadie, si no cierra voluntariamente su intelecto, pueda equivocarse. Herodes, Caifás y Pilato son las tres fuerzas que ahora, como antes, representan la autoridad legítima en el país, en la religión y en las zonas de influencia imperialista. Para mantener esa autoridad, que no es grata al pueblo ni a Dios, tienen que asesinar a Cristo.

Periodista: Discúlpeme la siguiente pregunta, padre: ¿Se considera usted tan católico como antes de viajar a Europa, o ahora su catolicismo es compartido por ideas socialistas?

Padre Torres: Mi catolicismo ha ido creciendo a medida que aumentaba mi concientización. He rescatado lo esencial de mi fe, como a una perla encerrada en una espesa concha.

Periodista: ¿Cuál sería la concha?

Padre Torres: La que Cristo denunció. Lo remito otra vez al Evangelio.

Periodista: ¿Tiene algo más que agregar?

Padre Torres: Que juntamente con el padre Agustín Buenaventura deseamos bajar el llano. Queremos estar al servicio de los necesitados, porque eso es cristianismo. Queremos contribuir a que el fermento evangélico se propague. Estamos convencidos de que la Iglesia es la gran fuerza que purificará a Latinoamérica, que Cristo dará evidencia de su gloriosa Resucitación a través de una liberación —de la muerte, de la opresión, de la miseria— que alcanzará a los hombres que habitamos este continente, que creemos en Él y que somos parte de Él.

47

La señora Fuentes y su hija penetraron con estudiada elegancia en el luminoso *hall* del Palace Hotel. Un anunciador señalaba con una flecha azul la sala donde se realizaba el té organizado por la Liga de Madres Católicas. La doble puerta de cristal dejaba ver mesas tendidas y muchas personas conversando en grupos, de pie aún. Las dos mujeres se contemplaron brevemente en un espejo lateral, palparon sus mejillas para descartar un rubor precoz e inoportuno y penetraron en el espacioso recinto.

Sin quitar la sonrisa de sus labios —que otorgaba cierto grado de seguridad— buscaron con los ojos a las personas conocidas, como el náufrago a una nave de salvamento. En seguida se les aproximaron dos mujeres de la Comisión Directiva. La señora de Fuentes se alegró al reconocerlas; lanzó un gritito algo más estridente del calculado y les aproximó su mejilla. En seguida presentó a Eurídice.

En poco tiempo el salón se llenó de gente. Eurídice

estaba excusada de seguir las conversaciones que sostenían las mujeres mayores y se dedicó a acechar el arribo de la mamá de Jorge.

Una salva de aplausos recibió al huésped de honor, el padre Agustín Buenaventura, párroco de la iglesia de la Encarnación.

En ese momento Eurídice pellizcó el brazo de su madre; era la señal convenida. La señora de Fuentes movió sus ojos con la celeridad del águila y atrapó a la señora de Silva Morales en el preciso momento que ingresaba en el salón. Corrió una silla hacia adelante, se desplazó rápidamente, empujó una mesa hacia atrás, hizo señas con una mano, recurrió a toda su voluntad para no gritar, porque eso era ordinario, y felizmente ganó la carrera por tres cuerpos a las mujeres de la Comisión Directiva. Se abalanzó sobre la señora de Silva Morales, la abrazó, rozó su mejilla e invitó a ubicarse en el lugar que le estaba guardando. Los miembros de la Comisión Directiva saludaron de lejos a la recién llegada, mientras la señora de Fuentes la arrastraba aceleradamente hacia Eurídice, temiendo que se le escapara la presa.

La joven sonreía con el más seráfico candor, besó a la señora de Silva Morales y le preguntó por sus hijas, por su marido y, recién al final, venciendo su innata discreción, por Jorge.

La señora de Fuentes refirió que su hijo Néstor concurría a la iglesia de la Encarnación, donde se realizaban importantes reuniones estudiantiles de catequesis y esclarecimiento.

—Es una gran obra la que realizan estos sacerdotes —afirmó—. Llenan un vacío. Muchos jóvenes no saben dónde ir ni cómo encaminar sus vidas. Allí se les orienta. No deja de ser una tranquilidad para las madres que justamente la Iglesia complete la formación de sus hijos.

—¿Es usted muy religiosa?

—¡Sí; somos muy católicos!

—Estos actos de beneficencia son simpáticos. Trato de concurrir siempre.

—Yo también —frunció sus labios, emocionada por encontrar tantos puntos comunes con la señora de Silva Morales...—. Es la mejor manera de ayudar a los necesitados.

—Y mantenerlos tranquilos... —agregó con sorprendente honestidad.

La señora de Fuentes no captó su ironía.

—La Liga de Madres Católicas ha prestado su ayuda a muchísimas obras. Las tengo bien presentes. Por eso la invité a venir: imaginaba que lo haría con gusto.

—¡Ya lo creo! Además tenía curiosidad por conocer al padre Buenaventura. Últimamente empezaron a circular ciertas anécdotas muy coloridas.

—¡Ah, sí?

—De las buenas y de las malas...

—¡No me diga! ¿Oyes, Eurídice?

—¡Bah, son rumores! —trató de quitarle importancia—. Parece que hubo un enfrentamiento con monseñor Constanzo. Cuando murió, fue trasladado a la iglesia de la Encarnación. Antes lo trasladaban de una selva a otra, de una montaña a otra. Vivió de mudanza permanente —alzó con delicadeza una masa y se la llevó a la boca—. Tengo muchos deseos de escucharlo, realmente.

La señora de García Colodrero, Presidenta de la entidad organizadora, se puso de pie y acomodó el micrófono, produciendo fuertes raspones sonoros.

Las damas callaron, algunas bebieron rápidamente los últimos sorbos de té y otras corrieron ligeramente sus sillas para ver mejor.

En pocos minutos la Presidenta justificó el destino que se daba a las recaudaciones de esa tarde, explicando las ventajas de crear un centro para el estudiantado católico de la ciudad. Luego reveló algunas facetas legendarias de ese cura con un poco de sangre india que había enfrentado las trampas de la naturaleza salvaje y convivido con hombres ignorantes de Dios, empuñando un crucifijo y enseñando el Evangelio.

El viejo y obeso sacerdote parecía abstraído en la contemplación del mantel mientras esa buena cristiana refería las anécdotas que él mismo le contó días antes, cuando fue a entrevistarlo para anotar sus antecedentes biográficos.

Se puso de pie, estrechó efusivamente la mano de la señora que acababa de hacerle tan laudatorio introito y, aproximándose al micrófono, articuló su voz grave y espumosa como el mar golpeando a los acantilados:

—Hijas mías: os habéis reunido para apoyar la

obra de una iglesia. La señora de García Colodrero acaba de elogiarme porque soy parte de esa iglesia. Mi obra, vuestra obra, la obra mentada o anónima deja huellas, porque jamás escapa al conocimiento de Dios. Y la mayor obra que nos encomendó el Creador es justamente ayudar al prójimo.

Extendió histriónicamente sus brazos en cruz y añadió:

—Así me presentaba yo ante las «temibles» criaturas que no me conocían: sin armas, sin escudo ni defensas. Mi cuerpo abierto en cruz quería decirles: vengo para abrazarlos fraternalmente. Entonces se hizo claro que no eran tan temibles. ¿Cuánta distancia puede haber entre el peor de los hombres y yo, comparada con la distancia que existe entre el Creador del Universo y uno de nosotros? ¿No resultará grotesco al Señor que algún hermano se sienta más digno o importante que otro? Es como si un insecto quisiera convencernos de ello. Yo me presentaba como hermano, actuaba como hermano, ayudaba, reprendía como hermano. Pronto ellos me reconocieron como tal.

Entonces empezó a relatar la vida en los extramuros de la civilización, sus dificultades, su aislamiento, su heroicidad. Asoció los recuerdos sin ordenamiento cronológico, con mala sintaxis pero auténtica emotividad. Su discurso conmovió.

Habló media hora. El tenso auditorio femenino lo aplaudió frenéticamente. Algunas mujeres se sonaron la nariz para eliminar lágrimas que buscan ese atajo y que no malogra el maquillaje palpebral.

Agustín Buenaventura se sentó y con ambas manos se restregó las abultadas mejillas. Había logrado romper los cerrojos de la indiferencia. Esta multitud tenía que apoyar con dinero a su iglesia.

La Presidenta de la Liga aguardó unos minutos y se aproximó al micrófono:

—Nuestro corazón de madres católicas tiene ahora un solo vehículo de expresión: la caridad, la limosna. Las palabras no alcanzan para reflejar nuestro fervor. Al padre Buenaventura tenemos que agradecerle con hechos. En este té de beneficencia no recurriremos a las rifas ni a una vulgar colecta. Cada una de nosotras dirá su aporte y luego lo efectivizará. Yo soy la primera.

La imitaron varias mujeres. Sus brazos se levantaron como bastones sobre sus cabezas.

La señora de García Colodrero recordó algunas anécdotas recién contadas por el sacerdote y las esgrimió como ejemplos para exigir mayor fuego de amor cristiano.

La señora de Fuentes contempló de soslayo a su vecina, que aún no había hablado. Con tantos Bancos, seguramente donará una cantidad notable... Su pecho empezó a agitarse. Ésta era la ocasión para demostrar que los Fuentes también tienen dinero y lo saben ofrecer a las buenas causas. Levantó su mano. Eurídice la contempló. La Presidenta quedó un instante con la boca abierta, porque no esperaba una cifra tan elevada. Su rostro se llenó de luz. Miró a Buenaventura y ambos aplaudieron.

—¡Muy bien! —exclamaron varias voces.

La señora de Fuentes se había sonrosado. Quería simular una tranquilidad que ya había perdido. A veces dar dinero produce tanta satisfacción como ganarlo, aunque parezca increíble.

—La felicito —dijo la señora de Silva Morales.

—He cumplido con mi conciencia —respondió exultante—. Por algo somos católicos. La Iglesia de la Encarnación lo merece. ¿Cómo no regalar cuando se puede?

La Presidenta de la Liga elogió al desprendimiento de la señora de Fuentes y estimuló a imitarla.

Eurídice contempló a su madre, que hacía esfuerzos por contener una risa de satisfacción. Ojalá que la señora de Silva Morales se lo cuente a Jorge, pensaron al unísono.

48

CUALQUIER CURA *tiene una mezcla de feminidad y soberbia que enerva. Algo menos en el padre Torres, pero... tiene. El gordo Buenaventura —¡le acertaron con el apellido!— es rudo, campechano, hasta podría decir ordinario. Sí, ésa es la palabra: ordinario. Por eso me gusta un poquito más. Tienen de bueno que no andan rastreando pecados y no se meten con la vida de uno si uno no se lo pide. Tienen de malo —eso es incurable— ser frailes. Por más que se muestren humildes fingiendo o no, hay algo que los distingue, que los pone por encima de los demás. Cuando ellos hablan, los otros callan. Eso porque son curas. Si estuvieran realmente en el llano, como dicen, o por lo menos pretenden, no ocurriría así. Son dirigentes aunque no lo manifieste nadie. Y yo aborrezco a los dirigentes.*

Olga me puso en contacto con estos dos frailes que han transformado la tradicional iglesia de la Encarnación en un foco de agitación estudiantil. Ella se ha entusiasmado mucho porque dice encontrarles una pu-

reza de intenciones y una integridad humana que siempre se la inculcaron pero nunca vio practicar. Claro que ella no está harta de cirios y de hostias como yo. ¿Será psicológico? Una vez me llevaron al médico porque tenía fiebre y me prescribió un antibiótico. Saqué a relucir mi cinismo rogándole que salvara mi estómago de una inminente catástrofe por el atosigamiento de hostias a que lo sometía obligatoriamente mi madre. Desde entonces comulgué menos... La teofagia no fue inventada para mí. El médico no supo si reír o salir disparado.

Discutí mucho con Olga acerca de las innovaciones que propugna Torres, al igual que centenares de curas en distintas partes de Latinoamérica. A mi entender, esos cambios empezaron como revolución interna de la Iglesia. El Concilio Ecuménico que convocó Juan XXIII pretendió satisfacer una serie de inquietudes que se manifestaban tímidamente y produjeron una apertura. Esa apertura fue como un boquete en un muro de contención: la fuerza acumulada hizo estallar todas las compuertas y lo que hace pocos años eran simples cambios de forma, se ha transformado en un proceso vertiginoso y radical que amenaza con demoler todo el vetusto e imponente edificio de la milenaria Iglesia. La Iglesia era como una cápsula espacial en el mar. Mientras se mantenía herméticamente cerrada, continuaba flotando con vida en su interior, a pesar de las tempestades que embravecían al oleaje. Pero la Iglesia, necesitando oxígeno, abrió las escotillas y perdió su inmunidad.

Torres y Buenaventura son etapas intermedias, están entre la Iglesia y el mundo. A medida que se comprometan y avancen, estarán más en el mundo y menos en la Iglesia. Cuando estén fuera de la Iglesia se asemejarán a cualquier mortal y no asombrarán a nadie. Ellos juegan el papel del Rey que se viste de Mendigo. Como es algo insólito, el pueblo lanza exclamaciones de perplejidad y admiración. Algunos reprueban, muchos aplauden, todos comentan. Pero el día que ese Rey pierda definitivamente su corona, no valdrá más que el último plebeyo del reino y ya nadie se interesará por él.

Por eso no creo posible la constitución de una «Iglesia de los pobres» que sea fuerte. Una cosa es la palabra del Cardenal, del Nuncio o del Arzobispo en representación de un clero oficialista y enriquecido, que oyen los gobiernos, publican los diarios, aplauden los diplomáticos. Otra muy distinta es la palabra de sacerdotes que se manifiestan abiertamente contra las estructuras vigentes, aunque irradien esa curiosa aleación de feminidad, simpatía y soberbia como Buenaventura y Torres. Estos sacerdotes no tendrán la audiencia del Presidente y serán arrastrados a la cárcel. Su conducta puede obtener resultados favorables al comienzo, pues conquistará al pueblo e incluso a algunos oligarcas sentimentales. Pero cuando no sean manifestaciones aisladas, sino un movimiento con posibilidades de lograr en la práctica lo que sólo parecían declamaciones utópicas, entonces la plutocracia recurrirá a toda su fuerza de represión y no distinguirá entre un sacerdo-

te y un delincuente. Los medios de difusión identificarán a estos curas con los comunistas y el pueblo dejará de ver en ellos al Rey bueno que se vistió de Mendigo.

El pueblo llegará a creer que se trata directamente de un mendigo que no es Rey, que el Rey es la otra Iglesia, la que lo educó de otra manera, en base a otros principios y que se expresa con otra liturgia. Entonces el pueblo dará la espalda a ese Mendigo, ese simple Mendigo que lo quiso confundir, que no tiene poder, que es tan pueblo como él mismo. El verdadero Rey nunca es Mendigo del todo y así se lo demostrarán el Cardenal y el Nuncio, que desde sus tronos y palcos repartirán bendiciones, denunciarán vehementemente las injusticias y dirigirán procesiones para rogar que el Señor —«y solamente el Señor»— derrame su gracia sobre los desheredados.

Los cambios no se logran con bondad ni persuasión. El más grande fracasado es el mismo Jesús, cuya bondad lo llevó a juicio y cuya prédica lo condujo al Gólgota.

Quisiera ver quién es capaz de persuadir a mis padres para que repartan sus bienes entre los pobres y vuelvan a su primitiva pensión en el barrio español. Si el Arzobispo en persona lo exigiera desde el ambón catedralicio, lo único que lograría es que dejen de asistir a misa. Porque entre Dios y el dinero, sólo los idiotas elegirían a Dios.

49

ENCENDIÓ EL MOTOR. Su ronroneo suave empezó a sedarlo. De todos modos, estaba mucho más tranquilo que al venir. Ojalá que este padre Fermín Saldaño consiga algo.

Puso la primera y empezó a andar. Acarició el volante con sus dos manos. ¿Cuántas veces se lo había ofrecido a Olga? ¿Por qué algunos jóvenes se desviven por un magnífico *super-sport* como éste y a su hija ya dejó de interesarle después de la primera vuelta? ¿Qué es lo que tiene esta chica? ¿Se puede reducir todo a decir que es un conflicto generacional? ¡Vaya tontería!

Dobló en la esquina y se deslizó velozmente, como una bola de billar por la aterciopelada superficie.

Tengo suficientes referencias sobre el nuevo jefe de Policía. Con este sujeto no se juega. Le circula algo especial en la sangre que el Gobierno ha sabido descubrir. Anunció escalofriantes represiones. Ese cura Torres es un irresponsable. ¡Menos mal que se me ocurrió hablar con su tío! Tiene fama de ultrarreaccionario. Pero no es estúpido el hombre... No es estúpido. Claro: nos separa un Himalaya pero se deja hablar, entiende... razona. ¿Qué beneficio reportará a la sociedad otra manifestación si no está integrada en un plan de lucha coherente? ¿Qué consecuencias puede lograr la insurrección sin conspiración? Intentar conmover a un régimen sin haber planeado qué construir después, es inoperante y pueril: el mismo régimen volverá a controlar el poder porque tiene sus cuadros, sus técnicas y un campo conocido de maniobras. La insurrección es un arte, como la apotegmatizó Marx. El pueblo necesita una dirección inteligente, orgánica y eficaz. No bastan las buenas intenciones ni la audacia. Ya pasó la época de las barricadas. Latinoamérica no es París ni sus fuerzas de represión la blanda caballería de Luis Felipe...

Esto no lo entiende mi hija. Quizá sí lo entienda Torres. Es muy posible. Pero en su cabeza bailan otras intenciones: popularidad, demagogia, hacerse el mártir. Eso es: coronarse con un limbo. Acordaría con su mentalidad. ¡Imbécil! ¡Mil veces imbécil!

Se detuvo ante el semáforo.

Saldaño está más enfadado con su sobrino que yo con mi hija. Sin embargo, prometió hablarle. Entre curas deben entenderse mejor. Le deseo éxito. Olga no me oirá. Ya lo intenté demasiadas veces. Pasa por años de crisis: llegará el día de la recapacitación.

Luz verde. Arrancó.

No le diré nada a mi mujer. Mejor que no lo sepa

nadie. Tampoco Saldaña lo difundirá. Ni él ni yo nos beneficiaremos comentando la entrevista. .Jeh... He transpirado antes de decidirme... No estoy arrepentido; era lo único que podía hacer. ¿Quién sino él puede influir sobre Torres? Si fuera cristiano, creería que la Divina Providencia me hizo salir a tiempo de la cárcel para evitar una catástrofe... ¿Por qué me libraron a mí antes que a tantos otros? Olga dijo... (¡se ha vuelto ofensiva esta mocosa!) que soy un comunista inoperante y reaccionario, que ya no causo temor a nadie... ¿Qué pretende? ¿Que salga a la calle a matar policías? ¿Qué otra cosa hace su padrecito Torres? Yo, por lo menos, integro un Partido, una organización, una fuerza de verdad, con respaldo ideológico, político e incluso internacional. ¿Y su padrecito Torres? ¡Ah claro, lo respalda el ángel de la guarda!... Ojalá que Saldaño lo consiga persuadir para que busque la libertad de los estudiantes presos con otros métodos y olvide (o por lo menos posponga) su manifestación de protesta. Que emita una declaración, que reúna firmas, que lo haga gestionar al Obispo. Pero que no conduzca a esos jóvenes inexpertos hacia un fracaso seguro. ¡Ya quisiéramos tener nosotros las redes de la Iglesia! ¿Por qué no las emplea en vez de hacerse el aventurero?

50

ESTA VEZ EXIGIRÍA. No se trataba simplemente de informar y cubrirse el rostro. Era necesario realmente que su pedido prosperara; tenía que plantear debidamente el problema, sin temor a las críticas.

Sobre la alfombra caía desde la ventana un angosto cilindro de luz. Faltaba aire: espeso cortinado sobre las aberturas, cuadros con anchos marcos labrados, viejas adargas de cuero oscuro, una araña que pendía sobre el escritorio y cuyos caireles serían rutilantes si se encendiera.

—Entre los detenidos hay muchos jóvenes de dignas familias católicas, monseñor... Tendríamos que interceder por ellos.

El Obispo acarició la piel de su mandíbula, pensativo.

—Si han cometido algunas faltas —insistió Torres—, la lección ya es suficiente. No deberíamos permitir que se prolongue su encierro.

—¿Dónde fueron arrestados?

—Bueno... —titubeó Torres—. Fue hace tres noches ¿recuerda? «La noche blanca», como la calificaron algunos periódicos.

—¡Ah!

—Arrestaron centenares de personas. La ciudad fue rayada por las luces de los patrulleros y autos celulares. En algunos barrios se oyeron silbatos y gritos. Sonaron timbres, aldabonazos. En fin, creo que despertó la ciudad entera.

—La noche blanca... —repitió Tardini.

—Muchos hogares fueron violados, monseñor.

—¿Los de dignas familias católicas?

—No podría detallarlo. Mis medios de información son limitados. Pero los hubo.

—La noche blanca... —volvió a murmurar. Se acomodó los anteojos e inclinándose un poco hacia adelante, agregó—: ¿La llaman así porque se despertó a la gente, porque las luces de los vehículos policiales iluminaban mucho o porque se limpió a la ciudad de sus oscuras costras?

Carlos Samuel retrocedió en su asiento. Apoyó el extremo de sus dedos sobre el borde del escritorio. Sus posibilidades de éxito quedaron reducidas a menos de la mitad.

—Tal vez haya un poco de todo eso, monseñor.

—Razona bien, Torres —sonrió satisfecho—. Razona bien.

Carlos Samuel sentía que lo estaba bloqueando. Decidió arremeter.

—Pero fue tan grande la *razzia*, que han caído injustamente muchos inocentes.

—¿Cuántos inocentes?

—No sé. Los jóvenes en su mayoría son inocentes.

—Es curioso —se apoltronó tranquilamente—. Su pedido me trae a la memoria un pasaje bíblico que nada tiene que ver con usted, por cierto. Abraham pidió a Dios que perdonara a Sodoma y Gomorra insistiendo que había inocentes. ¿Se parece usted a Abraham?

Largó una breve carcajada, mirando de reojo la faz izquierda y derecha del cura.

Carlos Samuel tuvo que forzar una sonrisa. Aguardó un instante y volvió al tema.

—¡Los jóvenes son limpios! Si cometen errores, casi siempre es por ignorancia.

—Puede ser. Pero entonces hay que sacarlos de la ignorancia. Deben conocer cuáles son los malos caminos, para evitarlos. Y una manera —¡no la mejor por cierto!... Tampoco la propicia, ¡válgame Dios!— una manera es ésta: la empleada por el poder secular.

—Monseñor... yo...

El Obispo apoyó sus codos sobre el cristal del escritorio, cruzó los dedos de sus manos y adelantó su busto, dispuesto a oír la frase decisiva.

—Yo... vine a solicitarle que interceda ante las autoridades para...

—¡No siga! —le interrumpió.

Carlos Samuel quedó cortado, con la boca abierta y una palabra a medio salir.

—A quien tengo que dirigirme no es a otras autoridades, sino a usted para encarrilar su propia autoridad en la iglesia de la Encarnación.

El curso de la entrevista viró bruscamente hacia un agudo enfrentamiento. El Obispo perdió su bonhomía, había penetrado en un asunto que le quitaba el sueño. Extendió su índice hacia el entrecejo de Carlos Samuel.

—Usted es el culpable de que muchos jóvenes católicos hayan sido arrestados porque los condujo hacia una peligrosa alineación marxista.

—¡Monseñor!

—¡No me interrumpa! —se aclaró la voz y, moderándola, prosiguió—: Usted ha transformado una de las más veneradas y dignas iglesias de nuestra ciudad en un foco de agitación estudiantil. A mí no me confunden los títulos: «catequesis universitaria», «diálogos humanos», «rescate del Evangelio», son, en el fondo, mítines políticos. Eso no es imprescindible para el correcto desempeño de su ministerio. Con esos mítines usted aglomera multitud de jóvenes, satisface las inclinaciones izquierdizantes de algunos grupos pero ¿en qué los cristianiza más profundamente? Los que asisten a los debates sobre subdesarrollo, economía política, socialismo e incluso historia sagrada ¿van a confesarse? ¿Cuántos siquiera oran?

—Monseñor... —Carlos Samuel quiso explicarse respetuosamente.

—¿Olvida que la confesión es un sacramento? Usted no la estimula: casi diría que la ignora. Sé que muchos jóvenes concurren a su misa dominical sólo porque les interesa el sermón. Es una blasfemia para el Santo

Sacrificio. A mí no me confunde la cantidad. Preferiría menos gente y más devoción.

La entrevista retomó el aspecto de tantas otras. El Obispo reprendía a Carlos Samuel y éste, con humildad, con estoicismo, bajaba la cabeza para recibir los azotes. Pero esa situación no se resolvía. Marchaban por una meseta en la cual ninguno de los dos podía bajar o ascender sobre el otro. Ambos sabían que tras esa descarga —útil para tranquilizar la conciencia honestamente torturada del Obispo— Carlos Samuel volvería a su iglesia y proseguiría actuando como si nada hubiese ocurrido.

Monseñor Tardini no se atrevía a tomar decisiones más severas porque los nuevos vientos le helaban el corazón.

—Estuve en la cárcel, monseñor —dijo Carlos Samuel al abrigo de una pausa.

El Obispo se sorprendió un poco, pero simuló no interesarse.

—Han mezclado prostitutas con comunistas, con ladrones y con estudiantes —exageró adrede.

Tardini se contempló las uñas. Carlos Samuel esperó su reacción en silencio. Al cabo de un rato le miró a los ojos.

—¿Eso es lo que más le preocupa?

—¿No debería preocuparme, monseñor?

—La noche blanca... —volvió a apoltronarse—. Los cargos deben ser severos —reflexionó lentamente—. Para la policía son todos delincuentes. Hay diferencias, por cierto... Pero —se detuvo en seco y volcó bruscamente su cuerpo hacia adelante—: ¿De qué jóvenes católicos dignos me habla usted?

—Puedo proporcionarle una lista.

—¡Cuántos son! ¿Ciento?, ¿noventa?, ¿ochenta?

—¿Si fueran cincuenta no merecerían su merced?

—Por cincuenta intercederé.

Carlos Samuel tragó saliva. Debía corregirse rápidamente.

—¿Si sólo se trata de treinta? No recuerdo con exactitud la cantidad.

—También lo haré por treinta... Esto es cómicamente parecido a Sodoma y Gomorra.

—¿No lo haría también por los estudiantes no católicos? —Carlos Samuel se puso tenso, jugaba su última carta.

—Mándeme la lista que me prometió y acabemos aquí —Tardini se puso de pie.

El cura bajó los ojos. Se incorporó lentamente. Presentía otro fracaso.

El secretario del Obispo abrió la puerta. Carlos Samuel salió al bruñido corredor. Arrastró lentamente sus pies cansinos.

En la calle, el sol se posó caliente sobre su cara hosca. Contrajo los ojos, rechazándolo.

51

EPÍSTOLA

QUERIDO SOBRINO:

Estoy preocupado. Hasta mí llegan las versiones más encontradas sobre tus actividades. Caminas sobre un terreno cenagoso, donde puedes hundirte con facilidad. Sabes que he confiado en ti, en tu vocación y en tu inteligencia. Pero no eres más que un hombre, sujeto a humanas limitaciones y pasible de ser encandilado por una falsa estrella. No dudo que el móvil que impulsa tu labor es el amor al prójimo. Pero ello no basta para evitar el error.

El Concilio Vaticano II permitió que nuevos vientos soplaran en la Iglesia. Pero entre esos vientos auténticamente cristianos se mezclaron otros largamente repudiados por las autoridades eclesiásticas, que sólo pueden provocar anarquía, confusión y perjuicios.

Es necesario ser honesto y preciso en las interpretaciones que se hacen sobre sus resoluciones, apartándose de las corrientes que pretenden desviar a la Iglesia —o por lo menos a una parte de su clero— hacia actitudes extremistas reñidas con las tradiciones de la civilización occidental. Ten siempre presente que ninguna autoridad católica ha negado el derecho natural de la propiedad privada. Por lo tanto, es un delito ir contra ella. Los cambios sociales que lleven a un mejoramiento social o a una más justa distribución de la riqueza no pueden alterar ese derecho. Se pecaría contra los Mandamientos de Dios. Los cambios sociales no deben pretender igualar a los hombres porque, además de ser una utopía, ataca un hecho que proviene de la voluntad del Señor. El «famoso» diálogo con los comunistas debe ser cauto y armado. No olvides las directrices palabras de León XIII en su Encíclica *Quod apostolici* que definía a la doctrina socialista como «mortal pestilencia que se infiltra por las articulaciones más íntimas de la sociedad humana y la pone en peligro de muerte».

Los comunistas, tras su falso humanismo, conducen en la práctica a un descarnado totalitarismo ateo, que esclaviza al cuerpo y ahoga el alma. No descartan ningún medio, por reñido que esté con sus concepciones más profundas, incluso alianzas con la Iglesia, a la que siempre mancillaron, si ello puede acercarlos a sus ambiciosos objetivos. Pactar con los comunistas es como pactar con el demonio, porque es infinitamente mayor la probabilidad de que ellos nos controlen a que nosotros los convirtamos.

Recuerda, además, que los materialistas no aceptan que la autoridad proviene de Dios. Por lo tanto, no se sienten obligados a respetarla.

Esa falta de reverencia por la autoridad no sólo daña al cuerpo social, sino a la jerarquía religiosa e incluso a la estructura de la familia. El cristianismo debe mantener viva su cosmovisión vertical, desde Dios hacia abajo. Romper uno de los peldaños de esa escalinata vertical, es dañar en algo la escalinata del Señor. Ésta es una diferencia fundamental con el marxismo.

Por eso la Iglesia está empeñada en una lucha *contra* el comunismo, no en su favor. La *Rérum Novárum* fue lanzada para *combatir* al Manifiesto Comunista, no para respaldarlo. El *aggiornamento* promovido por Juan XXIII busca pertrechar a la Iglesia con armas modernas que le permitan competir en igualdad de condiciones. Se busca la fortaleza, no el contubernio. Tras cada Pastoral, Encíclica, Conferencia Episcopal o Congreso Eucarístico existe una intención práctica que apunta hacia una vigorización de la Iglesia y la sociedad que la nutre. En otras palabras, vigorizar el santo ministerio y su eficaz jerarquía, establecidas por el mismo Cristo, vigorizar el sentido auténtico de la autoridad y vigorizar el derecho natural, sano y sabio de la propiedad privada.

He sido tu mentor espiritual. Yo te conduje casi de la mano al sacerdocio. Va, pues, mi consejo: Cristo nos quiere *en* el mundo y no *del* mundo. Debemos mezclarnos con nuestra grey para conocerla y ayudarla mejor, pero no debemos adoptar sus costumbres y defectos. Los instrumentos de que nos proveyó el Concilio no deben conducir a la liquidación del ministerio. Si los sacerdotes no nos diferenciamos de los laicos, no habrá sacerdocio. La búsqueda de la originalidad a destajo se llama «modernismo». Como la originalidad no es tanta, se cae en lo prohibido, ridículo o grotesco. Nuevos caminos anunciados con trompetas son apenas estrechos y muy sinuosos senderos. ¿No es un signo de alienación escoger a éstos y abandonar las anchas avenidas que durante siglos trazó la Iglesia? Esto, sin embargo, es lo que intentan los tristemente apodados «curas de vanguardia».

Vuélvete, querido Carlos Samuel. Retrocede sobre tus pasos. Nuestra misión es edificante y bella. No perturbes su dignidad ni mancilles su albura con temerarias experiencias. Apártate de esos pantanos donde flota el vaho de la tentación. Nada de lo que actualmente exalta a la juventud y a las masas llevará hacia la salvación. Es un espejismo, es un truco del Demonio. Sólo la Iglesia inspirada por Cristo no pierde el rumbo.

52

—¡DAME, VIEJO!

—¡Falta una moneda!

—¡No seas mezquino, viejo! Te la doy otro día.

—¡Falta una moneda, te digo!

—Bueno, toma. ¡Y piérdetela en el culo! —Donato se la arrojó a pleno rostro.

—¡Insolente! Para eso estudian, para aprovecharse de la gente grande.

—¡Rajá, viejo!

El vendedor de golosinas empuñó su bastón y se alejó cojeando.

—Éste merece una lección —sentenció Donato.

Si tuviera mi guardia, lo metería a ese viejo roñoso en la sala de torturas y allí aprendería a respetarme.

—Merece una lección —repitió.

—Es un pobre hombre —Carlos Samuel trató de restarle importancia.

—A mí nadie me dice insolente y menos un viejo lleno de piojos.

—Se gana la vida como puede. ¿No lo viste parado

frente al colegio en los días de lluvia? Te aseguro que me daba lástima, cubierto con una capota raída, aguardando durante horas para vender unos pocos caramelos.

—¡Eres un maricón! ¿Por qué no usas polleritas con flores?

—Hay mendigos más viejos y más sucios que no me conmueven —prosiguió Carlos Samuel—. Pero a ése, a veces le compro algo de pura compasión.

—¡Eres una mujer! ¡Tendremos que llevarte al baño y darte duro!... ¡Muchachos: tengo un plan para divertirnos a lo grande! Sentémonos ahí.

Carlos Samuel lo contempló con desconfianza.

—En este momento somos cinco. No hace falta más. Propongo darle una paliza ejemplarizadora a ese viejo de mierda. ¡El que no acepte es un maricón!

—¿Qué piensas hacer?

—Lo llevaremos engañado a un baldío, lo amordazaremos y ataremos. Lo demás corre por mi cuenta.

—No me gusta —se opuso Carlos Samuel.

—Aquí tenemos al primer maricón. Ya le daremos una lección a él también. Se arrepentirá de disfrazarse con pantalones. ¡Eres una hembra! —le espetó en el rostro.

—¡Tu plan es criminal!

—Pregunto, ¿qué otro maricón se opone? —Donato se dirigió a los demás.

Nadie replicó.

—Muy bien. Somos cuatro machos. Tú, mujercita, mejor que hagas desaparecer tu inmunda persona.

53

CARLOS SAMUEL TORRES se mordió los labios y no protestó. Fue uno de los primeros en hacerse anunciar, pero quedaba el último. Cada vez que se asomaba el ayudante del Coronel para llamar al siguiente, echaba una mirada consoladora. Estaba sorprendido por la actitud de su Jefe, que no prestaba atención a la investidura del sacerdote, ni al hecho de haber llegado antes que otros. Pero Torres se imaginaba la causa y por eso se mantuvo quieto, simulando calma e indiferencia.

El ayudante hizo pasar al penúltimo. En la sala sólo quedaba el sacerdote. Condolido, el pobre muchacho le alentó amablemente:

—Después le toca a usted, padre.

—Gracias.

Pero aún tuvo que esperar media hora.

Cuando le permitieron ingresar en el despacho del Coronel, le vio desde la puerta, sentado tras su escritorio en aparente abstracción sobre unos papeles.

—Permiso.

El Coronel movió apenas su cabeza, no contestó ni levantó sus ojos.

Torres avanzó hacia la mesa y se detuvo a poca distancia. Permaneció de pie hasta que le invitaran a sentarse en alguna de las sillas. Esa invitación no llegó.

—¿Qué desea? —preguntó por fin el Jefe de Policía, sin haber mirado a su interlocutor.

—Hablarle sobre los estudiantes presos.

El Coronel no se inmutó. Dio vuelta a la hoja del expediente y siguió leyendo.

—¡Hable entonces! —ordenó.

—Se trata de varias decenas de jóvenes que están bajo rejas hace muchos días, incomunicados y sin cargos concretos.

—¡Ahá!... ¿Y?

Carlos Samuel tomó una silla por el respaldo y la arrastró hasta cerca del escritorio, haciendo el máximo ruido posible. Se sentó.

El coronel Pérez alzó la vista con un destello salvaje.

—¡Usted sabe quién soy! —dijo el cura—. Dialoguemos con franqueza.

—Lamentablemente —replicó el oficial—, sé quién es usted.

—Quitemos la solemnidad entonces. Hablemos como viejos condiscípulos.

—Cuando digo que sé quién es usted —replicó lentamente— no me refiero a mi época de escolar. Eso está muy lejos... y no tiene nada que ver con las acciones delictivas que se propician encubiertamente desde la iglesia de la Encarnación.

Torres se retorció las manos. Miró esa cabeza fuerte y hermosa que se empecinaba en examinar papeles en vez de escucharle. Tenía una frente amplia, surcada por una arruga vertical como un hachazo que la partía en dos mitades. Sus manos fuertes maltrataban los papeles, sacudiéndolos, doblándolos sonoramente, aplastándolos contra la mesa, como si le preocupara más domarlos que leerlos.

—¿Y? —se impacientó y miró su reloj—. Ya ha perdido treinta segundos.

El cura empujó la silla hacia atrás y se incorporó.

—Ahorremos los segundos restantes para otra oportunidad.

El Coronel levantó sus ojos, sorprendidos. Le había hecho esperar casi tres horas. Esbozó una sonrisa hipócrita.

—Como quiera —dijo—. Su presencia no me es grata. Recuérdelo cuando se le ocurra volver a molestarme.

—¿No le es grata porque represento a la Iglesia, porque vengo a interceder por los detenidos o porque le traigo malos recuerdos?

El Coronel apretó la mandíbula hipertrofiando sus músculos faciales como si triturara la respuesta. Ese pelafustán no respetaba su investidura.

—Además de ser un pollerudo, usted es un engreído —susurró Pérez, masticando cada sílaba.

—¿Me atribuye sus propios defectos?

El Jefe de Policía se levantó, oprimiendo el mazo de papeles con su puño y lentamente como un pesado tanque, avanzó hacia el cura, bordeando al escritorio.

Cuando estuvo pegado a él, extendió su índice hacia la puerta.

—¡¡¡Fuera!!! —rugió.

54

—SEÑOR, SEÑOR.

—¿Qué, joven?

—¿Vio allí? Parece que hay alguien desmayado.

—¿Dónde?

—Allí detrás de ese matorral. ¿No ve?

—No... no.

—Venga, acompáñeme, por favor. Puede que necesite ayuda.

—Yo no veo nada —insistió el anciano, mientras era arrastrado de una mano por el muchacho y con la otra manejaba apuradamente su bastón.

—Me parece que es un chico.

—Sí, sí. Pero camina más despacio. Mis piernas no responden ya.

Se internaron en la maleza. Un joven yacía tendido de bruces.

—Acérquese. Tendremos que levantarlo.

El viejito dio unos pasos más. Aflojó la hebilla de la correa y se desprendió la caja con golosinas. Se inclinó dificultosamente para depositarla en el suelo.

—¡¡¡Ya!!! —gritó Donato y dos cuerpos se arrojaron sobre el anciano, derribándolo sin esfuerzo.

Parecía que hubiera muerto de espanto, con los ojos desorbitados y la piel marmorizada. Con destreza le amordazaron la boca y ataron pies y manos.

—Tranquilo, viejo, tranquilo —le palmeó Donato una vez que estuvo bien asegurado—. No te mueras tan rápido. Primero tienes que saldar ciertas deudas.

El anciano se sacudió con sus gastadas fuerzas, intentando en vano librarse. La transpiración le corría por la frente y el cuello.

—No te gastes, viejo. Es inútil.

—¿Lo azotamos? —preguntó Hormiguita.

—Después. El programa es largo. Antes tendrá que tragarse varias monedas de esas que me exigió el otro día como si yo fuera un rasposo, un cualquiera, como es él. ¡A ver su famosa caja de golosinas! La quiere más que a una hembra. No se desprende de ella ni siquiera cuando llueve. A ver, a ver su riqueza.

Donato metió las manos en el humilde cajoncito y revolvió su mísero contenido.

—¡Caramelos roñosos, llenos de mugre, por dentro y por fuera! ¡Puah! ¿Esto es lo que nos vendes? ¿Por esto exiges dinero, viejo de mierda? ¡Mira qué hago con tus riquezas!

Donato levantó el cajón y lanzó con fuerza su contenido a lo lejos, desparramándolo entre los arbustos.

Luego lo apoyó en el suelo y saltó sobre él hasta quebrarlo.

—¡Ahí tienes a tu hembra! ¡Hecha trizas!

El anciano yacía inmóvil, agotado, con los ojos enrojecidos y el cuerpo empañado en sudor.

—¿Le hacemos tragar las monedas, jefe? —preguntó Hormiguita con impaciencia.

—Si le quitamos la mordaza es capaz de gritar. Le azotaremos con su propia correa.

—Sírvase, jefe —se la extendió Hormiguita.

—Primero una caricia suave por la cara, para que vaya tomándole el gustito. ¡Así! —Donato descargó la correa en pleno rostro. El anciano se encogió como un resorte—. Otra caricia menos suave por las piernas. ¡Así! Y ahora en el pecho. Y en el vientre. Y aquí. Así. Más. Más. ¡Más! ¡Más! ¡Para que revientes! ¡Para que sepas quién soy yo!

El aire silbaba en el cruce centellante de la correa que se aplastaba contra el cuerpo esmirriado del infeliz.

—Pare, jefe —le advirtió Hormiguita sujetándole el brazo—. Puede morirse. Es muy viejo.

—¡Mejor! —aulló Donato extasiado, fuera de sí.

—Nos traerá complicaciones —Hormiguita no le soltaba el brazo.

—¡Apártate, idiota!

—Mejor nos vamos, jefe.

—¡Maricas! ¡Son todos unos maricas!

55

EPÍSTOLA

QUERIDO TÍO:

He leído con atención y respeto tus cartas. Coincido en mucho. Pero nos enfrenta la interpretación que damos a este o aquel aspecto de la doctrina.

Un sector de nuestro clero se ha anquilosado y prefiere seguir el camino más fácil, el que se evade tras el gesto litúrgico. Esto es fariseísmo. Dios no quiere actos mecanizados ni objetos desprovistos de contenido. Dios busca la persona, que se expresa a través del culto. El culto que no se acompaña de una vida igualmente limpia, aunque encandile por su fasto, repugna. Es más importante una vida cristiana que esporádicos gestos cristianos; sólo con lo primero se puede dar al culto su excelso y profundo significado.

Jesús nos ordenó mezclarnos con la gente «como

me envió mi Padre, así os envío a vosotros». Mas predicar no sólo significa aumentar el número de fieles que se habitúan a venir a la Iglesia, sino cristianizarlos, mejorarlos, enseñarles a hacer de sus vidas una auténtica imitación de Cristo.

Cristo, tío, no gastó muchas palabras ensalzando el derecho de propiedad. Como ejemplo, Él no fue propietario. Él, dueño del Universo, se presentó como el más pobre de los pobres. Su encarnación no vino envuelta en láminas de oro, sino en enfática complicidad con los oprimidos.

Creo que insistes demasiado en ese «derecho natural» que es la propiedad, postergando derechos naturales más importantes. Defender mucho la propiedad es defender algo a los ricos, ¿verdad? Sin embargo, Jesús dijo: «Bienaventurados los pobres, porque suyo es el reino de Dios» (*Lucas*, VI, 20).

Los bienaventurados no son los propietarios, ni los hartos, ni los felices, sino los hambrientos materialmente. Para los ricos tiene otras palabras, así como para los que les adulan y apoyan, simbolizados en los escribas «Guardaos de los escribas, que quieren andar con ropas largas y aman las salutaciones en las plazas y las primeras sillas en las sinagogas y los primeros asientos en las cenas» (*Lucas*, XX, 46). No se trata de que los ricos sigan siendo ricos y los pobres sigan siendo pobres porque Dios, desde la época de Babel, enseñó que no gusta de la uniformidad. Esto también es farisaico, tío.

Me aconsejas que no sueñe con enriquecer a los pobres, que sea solamente un pastor que cuide almas y las purifique con los instrumentos de la religión. Que no me adhiera a esas multitudes que por un plato de lentejas (o sea la propiedad terrenal) venden al cielo. Pero, tío, nuestra vida en la tierra es muy importante. Es tan importante que de ese breve lapso que casi nunca pasa de cien años, depende toda la vida eterna. ¿No es hipocresía pensar que la vida eterna se logra con sólo cumplir algunos preceptos rituales? ¿Puede un sacerdote como tú tranquilizar a un pequeño sector de su feligresía que se revuelca en la abundancia de un oro bien o mal habido, mientras la mayoría de sus hermanos padecen hambre y frío, diciéndoles que si pagan el salario justo, asisten a Misa y se confiesan una vez al año, están en armonía con Dios? ¿Puedo yo enseñarle a un padre que no tiene con qué comprarle un medicamento a su hijo que no es lícito violar el derecho de propiedad? Durante mucho tiempo en la parroquia de San José les pedía que rezaran, que rezaran. Pero Cristo seguramente les habría dicho otra cosa...

Ni el derecho de propiedad, ni la legitimidad de las autoridades permiten a un cristiano aceptar las injusticias que le queman su conciencia. La propiedad desprovista de su significado social asquea al Señor. ¿No recuerdas las frases de los profetas? «Escuchad esto, vosotros que oprimís al pobre y decís: ¿cuándo pasará el mes y venderemos el trigo, y la semana y abriremos los alfolíes del pan, y achicaremos la medida y aumentaremos el precio y falsearemos el peso engañoso, para comprar a los pobres por dinero y a los necesitados por un par de zapatos?»

De la boca de los profetas salen llamaradas de fuego. Dios está indignado por los caminos torcidos de los hombres. Cumplen con los ritos y le exigen recompensas. Ayunan para obtener ganancias. «¿No es antes del ayuno que yo escogí, desatar las ligaduras de impiedad, deshacer los haces de opresión y dejar ir libres a los quebrantados y que rompáis todo yugo? ¿No es que partas tu pan con el hambriento y a los pobres errantes metas en casa, que cuando vieras al desnudo lo cubras y no te escondas de su carne?» La justicia social es la condición primera de un mundo auténticamente religioso.

Las autoridades no siempre merecen respeto y obediencia, aunque la Iglesia enseña que toda autoridad proviene de Dios. Esa autoridad la suelen ejercitar hombres que no responden a los santos mandamientos. Una autoridad imperial (Poncio Pilato) hizo ejecutar los deseos de una autoridad civil (Herodes) y una autoridad religiosa (Caifás). Esas tres autoridades «legítimas» para la cosmovisión de cierto cristianismo asesinaron a Cristo. Durante siglos la Iglesia respetó a los reyes y se comprometió con los príncipes. Por defender la autoridad terrenal de quienes no la tenían moralmente, disminuyó su propia autoridad. ¿No sugeriste que me bautizaran Samuel? Pues ¿debo reproducir lo que dijo Samuel de los reyes? «Tomará vuestros hijos y pondrálos en sus carros. Y se elegirá capitanes de mil y capitanes de cincuenta: pondrálos asimismo a que aren sus campos. Y sieguen sus mieses, y a que hagan sus armas de guerra y los pertrechos de sus carros. Tomará también vuestras hijas para que sean perfumadoras, cocineras y amasadoras. Asimismo tomará vuestras tierras, vuestros vinos y vuestros olivares y los dará a sus siervos» (I *Samuel*, VIII, 11-14).

56

OLGA SIGUE ENTUSIASMADA *con la iglesia de la Encarnación. El Dr. Bello casi ni le habla, indignado. Confiaba que ingresaría en el Partido. Ahora por el contrario, en el Partido tiene que defenderse de los reproches sobre la conducta de su hija.*

Olga dedica varias horas por día a esta nueva actividad. Ha colaborado en la organización del censo estudiantil. Gracias a los datos que se obtuvieron, los curas han podido extender una notable red, manteniendo informado de sus actividades a casi todo el estudiantado. En verdad, dentro de esa iglesia se ha montado un formidable aparato de comunicación. En las habitaciones contiguas al templo las máquinas de escribir no cesan de teclear y un mimeógrafo imprime millares de hojas diarias. Las sesiones de catequesis universitaria congregan multitudes de jóvenes. La iglesia ya no parece iglesia, sino un abovedado salón de debates. Los temas son cada vez más audaces y la ma-

yoría son propuestos en las mismas reuniones, por voces que parten desde cualquier punto de esa masa juvenil, sin ninguna clase de restricciones.

En Olga han incidido varios factores: por un lado —quizá me equivoque en este punto— Carlos Samuel Torres, a pesar de su atrofia sexual por falta de uso, irradia un atractivo personal indiscutible. En él no sólo se ven las ideas, sino algo más. Por otro lado, el hecho de que estos curas no tienen nada, les permite ser más consecuentes con su ideario que al Dr. Bello o sus amigos comunistas que han hecho fortuna y tienen un séquito de empleados, llevan una vida paradigmáticamente burguesa y justifican su dualidad teórico-práctica porque integran una sociedad capitalista a la que «destruyen» por dos frentes: combatiéndola (mediante la acción del Partido) y gozándola (o sea agudizando sus contradicciones).

He asistido a varias reuniones, pero no me dejo arrastrar. Soy un simple observador... Intentan organizar a los estudiantes, convertirlos en una fuerza consciente y eficaz. Quisieron enrolarme pero fue en vano: aborrezco las cosas demasiado organizadas; me sentiría como un minúsculo vellocino en una enorme bolsa de lana. Esos movimientos con consignas, distribuciones de tareas, planos elaborados, decisiones inapelables, me asfixian. Otros son felices. Tienen un placer morboso en dejarse llevar, sacrificarse, hacer méritos por una palmada gratificante, sentirse rodeados de camaradas que comprimen los hombres. Eso les da fuerza y contenido a sus vidas. En la soledad se sienten vacíos, inoperantes, abúlicos. A Olga no sé dónde ubicarla, porque le gusta organizar y compartir tareas, pero tiene criterio independiente y una notable fertilidad de iniciativa.

Mis padres se alegraron de que yo concurra a la iglesia de la Encarnación. No la sitúan con claridad. Piensan que por tratarse de una iglesia es inexpugnable a cualquiera de los males que acechan por doquier a los jóvenes de buenas familias. Buenaventura es un viejo gordo inflado de anécdotas pintorescas sobre legendarias acciones evangelizadoras. Torres un sacerdote «de mundo», hecho a la moda europea, coronado por rutilantes títulos de ultramar. ¿Qué otras garantías podían exigir? Allí me podía encontrar con un mar de estudiantes católicos que «van a la Universidad para aprender» y no para «quemar su tiempo con política».

Yo escuchaba esas firmes opiniones de mamá, practicando una nueva forma de sonreír sin mover los labios, que inventé. La pobre vieja, ocupada ahora con el noviazgo de Eurídice, creía que la Encarnación venía en su ayuda, ocupándose de la vigilancia que debía ejercer sobre mí. Era un alivio, porque no le alcanzaba el día para atender el caudal de problemas que involucraba cada reunión donde asistía Jorge Silva Morales, sus estilizadas hermanas o sus hartantes padres. De modo que cuando yo decía «me voy a la iglesia», se esfumaban las dificultades y anulaban las preguntas. Cuando se anunciaba un acto importante en la Encarnación al que yo, naturalmente, no podría faltar, mamá dejaba sobre mi lecho una muda completa. A veces me hacía el distraído y otras, para no producirle disgustos con esas pequeñas cosas, me emperifollaba de lo lindo. La satisfacción la tenía allí, en la iglesia, donde la mayoría estaba en mangas de camisa o sweater *y yo daba la nota individual, con traje oscuro, camisa de seda, auténtico diamante en el broche de la corbata y un aroma de extracto francés que se expandía con la fuerza del incienso.*

57

JONÁS

CARLOS SAMUEL empujó la alta puerta de madera. Gimieron sus goznes. El recinto era de una oscuridad compacta. Una catacumba. La catacumba de la Encarnación.

Palpó el revoque áspero hasta descubrir la pequeña llave: encendió la luz. Mesas desvencijadas, escritorios deslustrados, anaqueles hundidos por las irregulares pilas de hojas blancas, grises, verdes, máquinas de escribir, libros, revistas atadas con hilo sisal. Una catacumba del siglo XX donde se trabaja con pasión, con riesgo y con desinterés por el reino de los cielos, como en aquellas otras, junto a la Vía Apia, que los romanos conocían algo, controlaban algo, toleraban algo y luego persiguieron mucho... hasta que fueron convertidos.

Paseó lentamente por el laberinto que configuraban los usados muebles. El silencio era denso y pesado, como en el fondo de los mares. Se acercó al viejo mimeógrafo que Buenaventura adquirió en una casa de compra-venta por un precio ínfimo. Acarició sus costados, palpando la caprichosa orografía de pintura saltada y su palanca bruñida por el roce de la mano que la impulsaba a girar y girar, vomitando un impreso con cada vuelta. Olga Bello lo trataba como un juguete, limpiándolo de ese empaste negro que sedimentaba la tinta, antes de abandonarlo al final de la productiva jornada. Un instrumento, un juguete... Digo bien: un juguete. La divierte. Quizá para ella esto es un juego. Juego peligroso, pero juego al fin. Los juegos siempre se toman en serio; de lo contrario, aburren. Jugar es, por ejemplo, jugarse la vida. Hay pasión. Los niños montan caballos de madera como si fueran corceles del Mío Cid; los ajedrecistas libran batallas apocalípticas sobre el damero. El cerebro, la sangre, todo hierve con el juego, con el mimeógrafo que es un juguete que juega el juego del cristianismo, del marxismo, del revisionismo, del hombre nuevo, del mundo. Pero también el juego es el campo de francotiradores de la trampa y el adulterio. Olga lo sabe. Por eso me dijo que no todos saben jugar: porque no son flexibles, no valoran a sus contrincantes, ni le encuentran a la vida, a los cambios, a todo, esa imponderabilidad, ubicuidad, azar que aceptaba Heráclito, que no negó Marx y que, desde siempre, está insita en el espíritu bíblico de la libertad. Esta muchacha concentra una motivación peculiar, extraña. Se me ocurre que en algo se parece a esas patricias romanas que apoyaron la nueva fe sin entenderla del todo, pero intuyendo que algo original y grande, promisorio y limpio, palpitaba en el mensaje de los andrajosos apóstoles. Quizá sea más grata a Dios esa adhesión espontánea e inexplicable, juguetona, honesta, incrédula (¿incrédula?) de Olga Bello, que la fe erudita, farisaica e interesada de los devotos sin iniciativa, ni travesuras, ni imaginación.

Muchos jóvenes como ella, que desean un mundo mejor, se han acercado a Cristo cuando la Iglesia ha vuelto a presentarlo sin enfatizar sus atributos de poder. Les atrae la imagen transparente y sencilla de Jesús, sus valores humanos inmarcesibles, su bienintencionada rebeldía contra las estructuras opresoras, sea en economía, sea en religión. Identificarse con ese Cristo, pensar que el verdadero Cristo es ése y no otro, ha escandalizado a muchos «buenos» católicos. Y estos «buenos» católicos ¿qué dicen de mí? Dicen que soy un instrumento de Satán —¡nada menos!—, un brazo del Anticristo socavando febrilmente los basamentos de la Iglesia... La acusación es terrible. Confieso que me ha llegado hondo, porque soy cura. A los laicos no debe afectarles en la misma medida. Y me ha hecho dudar. Muchas veces. Pero Jesús también dudó. Su duda fue tremenda, porque al fin de su martirio reprochó vehementemente a Dios por haberlo abandonado. En cambio, creo que aun a mí no me abandona. Será porque aún me falta un trecho para recorrer. Una minoría, los adictos a esta iglesia en particular, sostienen que marcho por la buena senda. Son los menos. Los menos que serán los más como aquellos primeros cristianos —oscura y microscópica recta que predicaba en los puertos y se guarecía en las cuevas—, que deseaban transformar al mundo... y lo consiguieron.

Buenaventura dice que en mis sermones tiendo a comparar demasiado nuestro tiempo con el de Jesús y a cada hombre —yo incluido— con Cristo: ¿Sacrilegio? Al contrario, ése es el milagro vivo de Cristo: encontrarlo a cada paso, poder identificarnos siempre con Él, estar en Él, como si Él estuviera en nosotros, manteniendo eternamente el estado de Encarnación. Digo que dudo: Cristo dudó. Digo que soy criticado y calumniado por mis pares y por los de arriba: Cristo fue criticado también. Digo que sólo me oye y me sigue una minoría: a Cristo le ocurrió igual. Yo y Cristo. Cristo y yo y cada uno de nosotros. Desde que holló la Tierra, no deja de manifestarse. *Imitatio Christi.* Vivir como Él, proceder como Él, ser como Él, disolverse en Él. Cristo fue un rabino, un sacerdote, como yo soy un sacerdote. Cristo habló directamente con el Padre y yo intento hablar directamente con Él. Cristo desenmascaró a la jerarquía del Templo y sus acólitos que procedían como apéndices de Herodes y de Roma, y así deberé actuar yo. Cristo terminó en la Cruz, porque su conducta lleva inexorablemente a la represión y yo deberé prepararme para mi Cruz, aunque no sea grato, aunque me haga estremecer un poco.

Esa identificación con Cristo es buscada por esta muchacha, hija de un distinguido y acaudalado jurisconsulto comunista —le doy la dignidad que a él le gusta lucir—, que se educó en un ambiente iconoclasta —para lo que no fuera marxista— y que adquirió una sólida cultura sin contaminación religiosa. Como ella, muchos se acercan a esta iglesia, aunque con desconfianza. En el fondo buscan a Cristo, a ese Cristo que simboliza al hombre sano, íntegro, amoroso, optimista, alegre y que, después de dos mil años, recién se le llama el «hombre nuevo».

Carlos Samuel sentóse brevemente en el ángulo de un escritorio. A su lado, silenciosa, le contemplaba una máquina de escribir. Tocó sus teclas frías, que se hundieron fácilmente, como encogiéndose por el inesperado contacto. Su tío Fermín no creía en el hombre nuevo. El hombre para él es siempre el mismo —eso sí: católico o no católico—. No le preocupa identificarse con Cristo a la manera indicada por San Pablo. Más bien se identifica con algunos de los grandes jefes de la Iglesia: Constantino, Inocencio III, Urbano II, Julio X, Pío XII. Su conciencia navega en paz por las ondas del deber cumplido, tal como la señala la ley. Tío bueno, tío viejo, tío honesto, tío testarudo, tío ingenuo... Dices ser para mí la voz de la conciencia. ¿Qué conciencia? ¿Esa que flota por las letanías? ¿La conciencia de San Ignacio de Loyola? ¿O de mi padre? ¿O las de mis tatarabuelos? ¿O la del Presidente de la República? ¿O la de la *United Fruit*? ¿Su conciencia arropada con disciplina, obediencia y *statu quo*?

Es sí, la voz de la vieja Iglesia —Iglesia sanhedrinizada—, llena de buenas intenciones, de estereotipado pietismo, de depósitos calcáreos, de lenguaje florido y bivalente, de refinamiento diplomático. Es bondadoso como seguramente lo fue Caifás, que practicaba la limosna y cumplía con los preceptos del Señor. Como él, si habría tenido que juzgar a un hombre sin títulos, que daba más importancia a un enfermo que al Sábado, es decir que anteponía al hombre —así, con minúscula— a la Institución Religiosa, no habría sido clemente.

Los grandes sacerdotes son los hombres viejos y Cristo el hombre nuevo. Y para ser como Cristo no se debe adoptar el grado del juez —Él no juzgó: fue juzgado—, ni la del soldado —Él no mató: fue matado—, ni la del propietario —Él no tuvo ni una casa donde nacer.

Fuiste tú, tío Fermín, quien me ayudó a ingresar en el Seminario. Creo que lo decidí cuando correteábamos por la sierra (entonces eras mucho más joven...). Hablabas de mi «vocación de servicio». Me gustó esa denominación. Preguntaste si yo la entendía claramente. Dije: es una vocación que no cuadra, por ejemplo, a Donato. ¿Quién es Donato? Un compañero de escuela. No juzgues, me advertiste. No juzgo, tío, simplemente trato de explicarme, repuse.

Vocación de servicio... En el Seminario dejé de entender por completo su significado. Hasta pensé que en realidad era la vocación de un Donato. ¿El rector tenía vocación de servicio? ¿El padre espiritual o José Tardini, que recibía agradecido sus sobras? ¿Pilato o Herodes?

Carlos Samuel se incorporó. En realidad, apenas se había apoyado. Los pensamientos superan la velocidad de la luz.

Echó una última ojeada a ese cuarto, como lo hacía todas las noches, y se fue a dormir.

58

CAMINÓ LARGAS CUADRAS arrastrando un hombro sobre las paredes, arrojándose de árbol en árbol, cruzando las calzadas con la precipitación previa a la caída.

Algunos peatones se apartaron creyendo que estaba ebrio.

Con esa intuición que brinda sus favores sólo en los momentos críticos, Néstor llegó hasta la casa de Magdalena. No lo había planeado. Huía de los bastonazos y de las balas que repartió la policía. No quería ir a su propia casa por nada del mundo; en su confusión, tenía clara la idea de que su madre caería fulminada si lo veía entrar en ese estado.

Con un pañuelo se apretaba la herida en su cabeza. El pañuelo estaba empapado con sangre seguramente, pero no la veía. Hasta sus labios resbalaban los hilos de una fría transpiración...

Se pegó a la puerta, jadeando. Golpeó con un puño.

Cuando la puerta se abrió, cayó hacia adentro. Alguien lo sostuvo.

—¡Eh! ¡Qué es esto! —exclamó Jacinto, tambaleándose con el peso del muchacho.

—Magdalena... Por... favor... Magda...lena —balbuceó Néstor, enceguecido por la luz de las bujías.

—¡Está herido! —chilló horrorizada Isabel.

Jacinto lo miró con asombro y quitó sus manos, asustado.

El joven se apoyó sobre la mesa y arrastró sus pies hasta una silla.

Magdalena corrió una cortina y entró precipitadamente. Asió entre sus dos manos la cabeza del estudiante y lo miró con ansiedad.

—Soy... Néstor Fuentes... ¿Me recuerdas?

—¡Qué haces aquí!

—Vengo... de la manifestación... La policía reprimió... fuerte.

—¡Hay que acostarlo! —miró a su madre y añadió—: ¡Calienta agua!

Néstor dejó hacer. Lo arrastraron hasta el lecho de Magdalena y le alivianaron las ropas.

Con un trapo embebido en agua tibia le lavaron las escoriaciones e improvisaron un vendaje compresivo para su cabeza.

—Tendrás que ir a un hospital.

—No... no... La policía me prenderá... Vi cuando cargaron a Víctor y Horacio.

—¿Los llevaron? ¡¡Hijos de perra!! —gritó Magdalena.

—Está herido —protestó su madre—. No puede quedarse aquí.

Jacinto, apoyado en un horcón, contemplaba la escena.

—Nos complicará a todos —añadió mirando a Jacinto; éste asintió brevemente con la cabeza.

Magdalena les arrojó una mirada flamígera, mordiéndose los labios para no decir las palabras que se le amontonaron en la garganta.

Jacinto se sacó el mondadientes y lo contempló contra la luz: la punta no se había quebrado, estaba algo más roma y oscura que el resto. Lo hizo girar entre sus dedos y lo acomodó otra vez en su boca, como un cigarrillo. Con fingida displicencia salió. La noche estaba realmente oscura. No se veían estrellas. Una brisa fresca le enfrió la nariz y las orejas. Se sentó en una piedra, junto al umbral, y apoyó espalda y cabeza contra el revoque de la pared. Ese estudiante traerá complicaciones, su mujer tenía razón. El primer lío sobrevendrá con Juan, que pedirá explicaciones por esa extraña amistad entre Magdalena y el herido. La segunda complicación, la más brava, se producirá cuando se difunda por el vecindario que encubrimos a un cabecilla estudiantil y esto llegue a oídos de la policía. Entonces vendrán a buscarlo, romperán la puerta y los muebles y lo arrastrarán a la calle en medio de los gritos de las mujeres. Yo tendré que simular rabia por el atropello. Entonces será posible que me lleven también o que simplemente me hagan callar con un bastonazo. Quedaré en ridículo. Daré pie a nuevas burlas. Mejor que no me meta. Mejor que permanezca calladito en un rincón, inmóvil, ausente... Puede ser que me interrogarán, que preguntarán por qué lo recibimos y cuidamos. Yo soy el hombre de la casa, al fin y al cabo. Magdalena podrá emperrarse en defenderlo y meternos en un bodrio infernal. Yo tendré que pagar los platos rotos... ¡Mierda! Está fea la cosa. ¿Por qué carajo ha tenido que venir aquí? ¡Con la suerte que tenemos!

Mordió con rabia al mondadientes y lo quebró. Lo sacó de su boca, separó sus dos extremos, arrojó el mojado y se puso el extremo seco. Sentía que una imprevista lucidez despejaba su cabeza y le aceleraba el corazón. Ese estudiante le habría regalado alguna basura a Magdalena y la tiene en su puño. ¿Qué regalo nos hizo a nosotros para meterse en nuestra casa? ¿Con qué derecho atraerá a la policía y me hará destruir los muebles y hasta enredarme en sumarios y otros inmundos trámites? Tengo que echarlo en seguida. Sacarlo a patadas. Eso es: sacarlo a patadas. ¡Que se vaya a su casa! ¡Que se vaya a la mierda!

Jacinto se incorporó. Estaba irritado, impaciente, como un perro acosado por adelante y atrás. Apoyó su mano sobre la puerta, decidido a abrirla de un violento empujón. Pero lo detuvo un súbito pensamiento. Quedó inmóvil en esa posición intermedia, como si no captara plenamente la sorpresiva idea. Giró y apoyó suavemente su espalda contra la pared. Metió las manos en los bolsillos y miró hacia el cielo buscando estrellas. Por sus ojos cruzó un destello de optimismo. Sonrió levemente. Le pareció temeraria la ocurrencia, casi imposible. Después se reprochó por no haberla imaginado antes. Sacó sus manos y se las restregó. Chasqueó los dedos y empezó a caminar vacilantemente y luego con más decisión.

Avanzó calle arriba, hacia el centro. No en vano se decía que al toro hay que tomarlo por las astas. Se acordó de muchas otras frases sabias. «El que pega primero, pega dos veces.» Tenía que apurarse, llegar en el momento de la mayor efervescencia, cuando la pesca de los cabecillas era apasionante, decisiva. Si ese idiota... ¿cómo se llamaba?... no fuera un cabecilla, no tendría por qué esconderse en otra casa. El asunto es clarito como agua de vertiente. ¿Cómo se llamaba? Ah, sí, Néstor Fuentes. «Al que madruga Dios lo ayuda.» Pediré hablar directamente con el comisario. Hay que recurrir a la cabeza y no perder tiempo con las colas. «Traigo una denuncia importantísima. Secreto absoluto.»

Lo harán pasar de largo por varias oficinas. Le acompañarán dos policías, uno a la izquierda y uno a la derecha, sin siquiera rozarle los brazos: actuarán como escolta, cuidándose muy bien de ofenderlo. Iba a entrevistarse con el comisario, era un personaje de importancia. «Pase usted» le saludará el jefe poniéndose de pie. Pediré que nos dejen solos, porque traigo un mensaje gravísimo. Cuando se cierre la puerta, me invitará tomar asiento. Sacará un paquete de cigarrillos y me lo extenderá.

Jacinto palpó sus bolsillos y se percató de que no

tenía fósforos. No importa: hará el mismo gesto y el comisario se adelantará, extendiéndole fuego con su encendedor. Me recuerda una película. Es realmente de película —volvió a frotarse las manos—. Este Néstor Fuentes no podía haber caído en mejor momento. El comisario me hará acompañar hasta otra oficina donde me entregarán 20 billetes de mil. No, cincuenta. Papeles nuevitos, crujientes. Gracias, me negaré. Es demasiado. Yo sólo cumplí con mi deber... Pero el empleado insistirá en hacerme cobrar la recompensa. No, gracias, no acepto. El empleado me meterá los billetes en el bolsillo, me palmeará la espalda. No, no, palmearme no, porque significaría confianza: me estrechará la mano, cálidamente, respetuosamente, con admiración. Un grupo de policías aplaudirá a mis espaldas.

¿Qué haré con los cincuenta mil? Le compraré ropa a Isabel, un trajecito a Inoc, para que en el barrio reconozcan mis buenos sentimientos. Iré al almacén y elegiré cajones de vino y cerveza y fiambres surtidos. Mostraré las puntas de los billetes, haciéndolos asomar de mi bolsillo sólo un poquito, provocativamente. El almacenero, como buen gringo, se arrastrará para que le compre más, se olvidará como por arte de magia de que no me quería fiar ni pan, que me sacaba a empujones cuando le pedía vino. Dirá «don Jacinto por aquí», «don Jacinto por allá». Me hará probar una mermelada nueva, un fiambre especial. ¡Sin cargo, don Jacinto! ¡Con confianza, es una atención para usted! ¡Don Jacinto! ¡Don! ¡Don!

Cuando vio la Jefatura, repasó las palabras que

pronunciaría ante el comisario. Le demostrará que es un ciudadano digno y consciente de sus obligaciones.

—¿Qué busca? —le detuvo ásperamente el policía que guardaba el acceso.

—Tengo que hablar con el comisario —respondió con arrogancia.

—El comisario está ocupado. ¿Para qué lo quiere?

—Se trata de un asunto muy importante. Es una denuncia. Debo guardar el secreto y confiárselo sólo a él.

—¡Hum!... —le miró de abajo arriba—. Entre en la primera oficina. A la derecha.

Jacinto sonrió triunfal. Había vencido el primer obstáculo. Adelante.

—¿Qué denuncia? —preguntó el agente, tras una máquina de escribir.

—Insisto en que es secreto. Debo hablar con el comisario.

—El comisario no lo recibirá si no sabe concretamente de qué se trata. A él no le vamos a ir con una denuncia sobre el robo de una gallina.

—Se trata de un estudiante... —largó hábilmente la punta del asunto, como provocará con los billetes al gringo del almacén.

—¿Tiene que ver con la manifestación de hoy?

—Sí.

—¡Siéntese! —ordenó en seco y empezó a hacer pasar una hoja por el rodillo de la máquina.

—¿Cómo se llama usted? ¿Dónde vive? —le interrogó con aspereza.

Jacinto tragó saliva. Demoró las respuestas, pero no podía negarse.

Empezó a responder.

—¿Podré ver al comisario? —insistió tímidamente.

—Espere que termine. ¿Cómo dijo que se llamaba el estudiante?

—Néstor Fuentes.

—Muy bien. Puede retirarse.

—Que... que...

—Sí, que se vaya —hizo señas a otro policía que aguardaba en el pasillo para que se acercara y luego, con un gesto muy expresivo, le indicó que lo hiciera desaparecer.

—Pe...pero yo... vine a hablar con el comisario... —insistió zurumbáticamente.

—Ya me dijo lo que tenía que decir. Adiós.

Jacinto se resistió a levantarse de la silla. El agente le zangoloteó con fuerza. Jacinto se había inflamado. Quería llorar, gritar. Todo junto.

Otros policías entraron en la oficina. Sintió que lo levantaron en vilo, que rápidamente salía de esa habitación, que las paredes del pasillo corrían raudamente hacia atrás y era arrojado hacia la negra boca de la calle.

Se arregló la ropa y gesticuló en silencio. Dio pasos en redondo frente a la Jefatura, sin decidirse a abandonarla. Esos hijos de puta le habían cerrado el paso hacia el comisario. ¡Si se asomase a la puerta! Pero allí no se movía nadie, ni siquiera el agente que hacía guardia con una ametralladora en la mano y no le quitaba los ojos de encima. Se inclinó para alzar un guijarro. Lo apretó en su mano dispuesto a incrustárselo en la jeta. El policía se puso ligeramente tenso. Jacinto dio otros pasos en ese círculo invisible que trazó sobre la calle, deslizó la piedra en su bolsillo y emprendió la retirada.

Si yo no fuera pobre, si en vez de estas zapatillas rotosas, calzara zapatos de terciopelo, me habrían hecho pasar al despacho del comisario. Se habrían cuadrado en mi presencia. Pero así, con estos pantalones remendados y esta camisa sucia, no valgo nada. Se vale por el estuche. ¡Si lo sabrá el almacenero, que vende cada porquería porque está envasada en una lata de color! Se puede ser el mejor y más digno hombre del mundo, pero si uno no se presenta empaquetado con seda, es igual a un cuzco piojoso. Les traje en bandeja a un cabecilla de la revuelta estudiantil... ¿qué importaba? Les podría haber traído el paradero de todas las pandillas del mundo y no me habrían atendido mejor. Hasta para delatar hay que ser rico... A uno no le creen aunque jure de rodillas. Mierda. Mundo de mierda. La única que estará contenta es Magdalena. Podrá esconder y curar a su estudiante... Pero ya se las verá con Juan... ¡Ah, varón! Por lo menos él le da las zurras que merece, que le quisiera dar yo.

Abrió la puerta de su casa y encontró a Isabel sentada sobre un banquito, encogida como un caracol, la cabeza escondida entre sus brazos.

Le pareció que algo había pasado.

—¿Y el estudiante? —preguntó.

, —Recién lo vino a buscar la policía. Alguien lo delató. La estúpida de Magdalena salió corriendo tras el auto policial. A lo mejor la arrestaron también.

Jacinto cerró la puerta tras de sí, caminó hasta su lecho y empezó a desvestirse con cierto alivio, casi reconciliado con la vida.

59

—¿Y?

—¡Mal!

Torres se desplomó en un sillón. Buenaventura le extendió la frutera llena de manzanas, que el joven sacerdote contempló vacilante y por fin la rechazó. Buenaventura eligió una, la lustró en su sotana, apreció su nuevo brillo y la mordió con apetito.

—¿Te reconoció? —preguntó con la boca llena.

—Sí.

—¿Entonces?

—Ésa es la desgracia: ¡me reconoció! —se puso de pie y empezó a marchar nerviosamente alrededor de la mesa—. El coronel Pérez es un sádico y tiene la manía del gesto viril. Sólo oye a los obsecuentes o a sus superiores.

—¿No sabes tratar a los sádicos?

—Desgraciadamente, no... —hizo una pausa y empezó a recordar—. Pérez, en la escuela, vivía planificando «castigos ejemplares» contra el mundo entero. Hacerle una broma o responderle con indiferencia implicaba poner en movimiento a una máquina de venganzas sin fin.

Buenaventura se estiró la almidonada golilla para poder girar mejor su cabeza, ya que su interlocutor no cesaba de caminar.

—Cultivaba el machismo, la pedantería y la fabulación. Su fantasía era insuperable. Los muchachos le hacíamos rueda (me incluyo) para escuchar sus hazañas, que casi siempre se reducían a crueles violaciones.

—¡Es un enfermo sexual!

—Esas versiones que circulan sobre sus festines con prostitutas detenidas, deben de ser auténticas. Antes de ser Jefe de Policía pagaba muy bien para que alguna ramera aceptara sus perversiones. Ahora ya se puede ahorrar ese dinero.

Buenaventura le volvió a ofrecer las manzanas y Torres las desechó con la mano. Buenaventura insistió, porque una manzana en la boca lo haría sentar. Ya empezaban a marearle tantas vueltas.

Carlos Samuel descubrió la intención del viejo, hizo una mueca de aprobación y mordió la fruta. Buenaventura le señaló la silla de enfrente.

—¿Qué haremos? —preguntó.

—He fracasado con el Obispo. He fracasado con Pérez —enumeró Torres—. ¿Quedan muchos otros caminos?

Buenaventura arrojó a un cesto el resto de su manzana. Contempló el frutero y extrajo otra.

—Presiento que la manifestación no conseguirá nada.

—Tendremos que apoyarla —replicó Carlos Samuel—. Mi conciencia ordena no quedarme de brazos cruzados.

—Monseñor Tardini me advirtió la última vez: «Cristo es un cordero, no una pantera».

—Cristo expulsó con violencia a los mercaderes del Templo.

—Lo sé... El problema está en que una violencia de masas no se puede controlar ni prever dónde termina. —Buenaventura frotó vigorosamente la manzana contra su pecho.

—Nada se hace contra la violencia de Pérez. Su tristemente célebre «noche blanca» es el comienzo de una ola de terror policial.

—Temo que la manifestación no sea pacífica —el trozo de fruta agitaba su mejilla derecha.

—La dirigirán nuestros muchachos.

—Sí, sí —Buenaventura no estaba satisfecho—. Afirmaron que será una marcha silenciosa y ordenada. Pero cualquiera lanzará un cascote contra una vidriera y... ¡adiós disciplina!

—¿Podemos negarle nuestro apoyo? —Torres también dudaba.

—No... Su causa es justa. Evidentemente, es justa.

60

PARECE INEVITABLE *la manifestación. La mayoría estudiantil la apoya con entusiasmo. Yo concurriré como observador, por simple curiosidad, como lo hago a la iglesia de la Encarnación. No sé si es por lo que cuenta don Ignacio con gestos melodramáticos acerca de cómo mataron a Udaondo en la puerta de su bar o porque tenga alguna secreta intuición (de esas que siempre saca a relucir mi madre cuando se cumple su mal presentimiento), algo me dice que se producirá un intemperado choque con las fuerzas de seguridad. Y los corifeos de la Encarnación, que esperan anotarse un triunfo, justificarán el ajuste represivo que el Gobierno ansía impacientemente. Porque eso de «marcha del silencio» o «presión no violenta» o «denuncia cristiana» o como quieran llamarla, son denominaciones que expresan anhelos y no precisan actitudes. En la Asamblea, algunos católicos revolucionarios hablaron como abortitos de Hitler, haciendo tiritar los parlantes, sin el menor rastro de la evangélica y ovina mansedumbre que pretenden acaparar. Los comunistas, en cambio —¡oh sorpresa!—, se opusieron a la manifestación. Les gritaron cabrones y se explicaron —hablando mucho, siempre hablan mucho— que esa manifestación no tendrá suficiente fuerza, que no integra un plan de rebelión orgánico y que puede fracasar. Propusieron organizar un frente. ¡Cabrones, cabrones! les asaetearon por delante y por atrás. Al final aceptaron obedecer a la mayoría.*

Cuando se votó también lo hice por la manifestación, para hacer sufrir a esos comunistas disciplinados, rígidos y algo boludos. Si queremos destruir a esta sociedad burguesa, ¿por qué no destruir también a su engendro? Olga tiene razón cuando critica esa mariscala severidad que lucen en los debates, como si en el pecho les colgaran medallas con el Premio Stalin. Olga los critica porque quiere al «hombre nuevo», como Torres, como el Che Guevara. Yo pienso que eso es utopía. Después de la demolición, no sé qué saldrá: si un hombre nuevo o un gorila viejo o una mula cansada o un loro blanco. En todo caso, nunca saldrá algo parecido a esos comunistas que se sienten los pilares del templo. Por tipos así, no vale la pena mover un dedo.

Mamá parece que teme algo —ah, la intuición materna... que yo heredé— pero no tanto como para impedirme asistir a la manifestación y divertirme cuando la marcha del silencio se transforme en un desbande fenomenal. ¿Qué harán después Buenaventura y Torres?

¿Una misa de acción de gracias?... Pero no apresurarme... no apresurarme. En una de ésas consiguen lo que quieren y... En fin: si consiguen lo que quieren, seguro que los comunistas les birlarán el triunfo. Después de esta manifestación vendrá otra y otra y otra y el Comité Central las apoyará con toda el alma (perdón, ellos no aceptan el alma, eso es clerical —reaccionario— demodée*) y tal vez junto a la hoz y el martillo pongan la imagen de Cristo porque —siempre hay una explicación— la barbita de Cristo y de Lenin son idénticas. Si conviene, la próxima biografía oficial de Vladimir Ilich dirá que ordenó a su barbero un corte al estilo Jesús, claro que solamente para la barba, porque ya no tenía cabellos. Entonces Cristo será la hoz y Lenin el martillo, con una secuencia maravillosa de simbolismo, porque la hoz representará la vieja historia del campesinado oprimido y el martillo la reciente historia del proletariado industrial; la hoz recordará las parábolas vegetales de Cristo y el martillo el golpe de Estado de Lenin. Cristo y Lenin, hoz y martillo, campesinos y proletarios, creyentes y ateos, todos unidos por la gran revolución que la ganará... ¿Quién dudaría? ¿Los frailes reaccionarios —chupacirios-tragahostias-genuflexos— morfinómanos?... ¡Patada en el traste y al calabozo! Ya prestaron su utilidad, dirán los comunistas. No hace falta más opio... Torres y Buenaventura tendrán su ración de pan y agua en el pringoso ergástulo.*

El pobre Cristo ha sido usado para tantas cosas, que usarlo también para esto no podrá molestarle mucho... si es que después de dos mil años aún le queda paciencia. Ha comandado guerras, asesinatos y conversiones forzosas. Ha bendecido ejércitos enemigos, ha cerrado un ojo ante la opulencia de sus ministros, ha aceptado templos fastuosos. ¿Por qué no dar una manita a estos muchachos dogmáticos que estudian a Marx como si fuera el catecismo?

A Olga le molesta que yo sea tan blasfemo, aunque ella aún dice no ser creyente. Prefiero que en vez de blasfemo me diga «escéptico»... Eso es: escéptico. Rebelde sin causa. Suena más elegante, casi como de película.

61

MAGDALENA OPRIMIÓ EL TIMBRE, golpeó con los nudillos, dio ligeros puntapiés. La taquicardia cronometraba su impaciencia. Empezó a oír unos pasos. Se amplificaron lentamente hasta llegar a la puerta. La mirilla hizo un ruido metálico y en seguida giró el picaporte.

Ella permaneció inmóvil un rato, tratando de controlar su agitación.

El padre Buenaventura la invitó a pasar. Ésta era la iglesia de la Encarnación sobre la que tantas veces había oído hablar en casa de Víctor.

—¿Qué ocurre, hija? —preguntó con desconfianza, al ver su desconsolado aspecto.

—Acaban... de arrestar... a Néstor Fuentes.

—¿Néstor Fuentes? No lo conozco —Buenaventura pensó que esta inoportuna mujer le traía un drama pasional.

—Es... un dirigente estudiantil... Aquí... lo deben conocer.

—¿Un estudiante? Venga, tiene que contarnos —cambió súbitamente su voz. La sostuvo de un brazo y llevó por un breve corredor. Abrió una puerta y entraron en la iglesia, profusamente iluminada. La sorprendió el bullicio: decenas de muchachos y chicas hablaban a la vez, corrían los bancos, extendían mantas en el piso. Buenaventura la hizo sentar y avanzó hacia el centro de la nave. Magdalena miraba hacia todas partes, confundida. De iglesia sólo quedaba el recuerdo y algunos objetos de culto. Ésa era una enorme sala, parecida a la de un extraño club. Buenaventura regresó en seguida, acompañado por Torres.

—El padre Torres —lo presentó.

—¡Padrecito! —lo reconoció Magdalena y le extendió ambas manos. Era el mismo que había ido a su casa, que le escuchó sus confesiones y que había hecho tanto para su miserable barrio de San José.

Carlos Samuel la recordó en seguida. Magdalena del amor, de la carne, del dolor, depravación, resurrección... María Magdalena y su horrible soledad. Tenía la cara, las manos y su chillón vestido manchados con polvo, el pelo transpirado y los ojos levemente enrojecidos por ese polvo de la calle o de su sangre. Magdalena narró excitadamente lo que acababa de vivir. Cómo llegó Néstor, malherido, agotado. Cómo la policía lo arrancó del lecho y arrastró igual que a un animal muerto. Ella lo quiso retener, pero fue golpeada brutalmente.

—Se lo llevaron. Yo corrí... Ese chico vino a pedirme ayuda y se la tenía que dar... Corrí muchas cuadras. Pero el vehículo desapareció tras una nube de tierra... Entonces vine aquí, porque me dijeron que es el mejor centro de estudiantes. Ustedes lo podrán rescatar.

Ambos curas movieron sus cabezas, contritos e impotentes.

—¡Hay que salvarlo! —gritó ella—. ¡Caerá en manos de ese coronel Pérez!

—Son muchos los que deberíamos salvar —lamentó Buenaventura, con voz tan ronca que pareció un largo y triste gruñido.

Olga se acercó corriendo, pálida, con los cabellos flotando tras su nuca.

—¡Suban al campanario! ¡Nos rodean!

—¿Qué dice?

Torres se incorporó de golpe y salió como un torpedo. La noticia se expandió rápidamente por la iglesia. Estupor.

—¡Yo sé quién es Pérez! ¡Hagan algo! —sobresalió el grito de Magdalena sobre el murmullo de perplejidad.

Buenaventura titubeó. Se puso de pie, miró hacia la derecha e izquierda y también se alejó hacia el campanario.

Magdalena se acercó al centro de la nave con el rostro desencajado y obsesionada por una idea.

—¡Ese bestia de Pérez lo va a despedazar!

Algunos estudiantes se aproximaron, sin dejar de mirar hacia la puerta que conduce al campanario. Cierto grado de ansiedad empezó a invadirlos como una molesta ráfaga. Un súbito presentimiento agorero blanqueó sus caras. Durante algunos minutos gobernó la indecisión. Entonces alguien trepó a un banco.

—¡¡No desesperen, compañeros!! —extendió sus manos como alas protectoras—. ¡Estamos en el interior de una iglesia! ¡No se atreverán a ultrajarla! ¡Confiemos con valentía!

Torres volvió de prisa. Se abrió camino entre los jóvenes apiñados. Subió al mismo banco, junto al improvisado orador.

—No perdamos la serenidad —lo apoyó—. Nos han rodeado, es cierto. Pero eso no significa que entrarán. Es un bloqueo y dependerá de quien sepa resistir mejor. Nos organizaremos. Racionaremos los alimentos. Estoy seguro que de algún modo nos llegarán provisiones. Alcancé a telefonear a la prensa. Cortaron las líneas cuando terminó mi mensaje. Aún podemos ganar la batalla.

—¡Yo sé quién es Pérez! —Magdalena le interrumpió con un aullido—. A él no le detiene ni Cristo.

La mujer se arrojó al suelo, presa de un ataque histérico.

Sonó una especie de cañonazo. Automáticamente algunos retrocedieron, como si el impacto hubiese dado en ellos. El estampido se repitió. ¡Forzaban el pórtico con un barreno!

Centenares de ojos desorbitados por la sorpresa apuntaron hacia la entrada de la nave.

62

A MAGDALENA la habían separado del grupo, porque se la acusaba de mantener vinculaciones estrechas con estudiantes extremistas. A empujones la llevaron hasta otro vehículo. En el camino aprovecharon para manosearla sin escrúpulo, defecando obscenidades. Fue descendida en la Jefatura de Policía. Pasó nuevamente por interrogativos y malos tratos. No recordaba si estaba viviendo en el pasado o si el presente se repetía. Los mismos golpes, las mismas preguntas, idénticos abusos que ayer, que antes de ayer, que hace tantos días.

Sus declaraciones —porque lo que se buscaba, en medio de esa confusión de palabrotas y pellizcos era poner en claro la vinculación de algunas prostitutas con dirigentes comunistas— no satisfacían.

Magdalena era ignorante e ingenua. Primero se defendió rechazando con golpes y mordiscos a las manos impúdicas que se querían hundir en su cuerpo. Después replicó a las afrentas con las reservas más hediondas de su vocabulario. Por último, sangrante y agotada, respondió en forma contradictoria. Decidieron informar al Jefe y éste la hizo traer.

Magdalena quedó a solas con el coronel Pérez, en su despacho herméticamente clausurado. Él se aproximó, apoyó las manos sobre el pecho de Magdalena y de un solo tirón le desgarró la blusa.

—¿Hablarás?

Magdalena temblaba de miedo, con sólo contemplar la faz desencajada del coronel, mezcla de crueldad y de alegría, tan encendida como una fogata.

—¿Hablarás? —gritó el coronel, pellizcando sus pezones con explosiva brutalidad.

Magdalena cayó desvanecida. Él no se perturbó, como si fuera una reacción prevista en su plan. La depositó en el sofá de cuero. Extrajo de su escritorio un ovillo de cuerda trenzada y la ató prolijamente.

Cuando volvió en sí, tardó un rato en comprender que estaba totalmente desnuda, con sus miembros abiertos y sólidamente fijados. El coronel, sentado a su vera, la miraba con inmensa satisfacción, como un ser hambriento que contempla un manjar pronto a devorar. Le hizo algunas preguntas, que ella, con el miedo estrangulándole la garganta contestó automáticamente, tartamudeando, sin pensar en lo que decía, ni hilvanar las frases, ni darles sentido.

El oficial ensanchó su sonrisa, gozoso. Palpó en sus bolsillos y extrajo un paquete de cigarrillos. Encendió uno. Aspiró hondamente hasta que la brasa de la punta refulgió como un mortífero rubí. Tomó el cigarrillo entre sus dedos pulgar e índice. Rió con la boca cerrada, inflándose como un batracio, y pasó su cigarrillo a lo largo del cuerpo de Magdalena, a sólo escasos centímetros de la piel. Ella aulló y se retorció horrorizada. Pérez no dejaba de reírse: le resultaba maravillosa esa desesperada contorsión...

Acomodó mejor el cigarrillo entre sus dedos, tomándolo con la delicadeza de un cirujano, como si se tratara de un platinado estilete, y lo aproximó a las nalgas de la víctima. Ella trataba de huir y su desesperada e impotente defensa excitaba más al coronel. No deseando concluir aún el juego previo, desplazó lentamente la brasa hacia otras partes. Magdalena seguía la encendida brasa con sus ojos desorbitados, rogando que se agotara el cigarrillo, que creciera su ceniza, como si con ello concluyera su tortura. Pérez se regodeaba con su amenaza, apuntando al vientre, a los pechos, a la cara, a los muslos y al sexo de la muchacha. Más que el dolor que podría producirle la quemadura, le deleitaba ese pánico animal. Sentía que una placentera corriente eléctrica le cosquilleaba su cuerpo enceciéndolo como a su cigarrillo. Su goce aumentaba segundo a segundo, con cada gesto y movimiento de ella. Su boca se había puesto seca y dura, como le ocurría antes del orgasmo. Arrojó el cigarrillo lejos y saltó hacia el escritorio. Magdalena giró la cabeza, parpadeando para quitarse las lágrimas y los goterones de transpiración que empapaban sus ojos: casi no veía a través de ese salino lago. Pérez extrajo una fusta y la hizo silbar en el aire. Se aflojó el cinturón y dejó que cayera su ropa. Su cuerpo estaba ardiendo. Insultándola, descargó su primer golpe. Luego otro. Ella se agitó como un pescado recién extraído del agua.

Y él le dio más fuerte, más seguido, por todas partes, mezclándose el salvaje gañido de la fusta con sus gritos obscenos, en un ritmo creciente, brutal, incontenible, hasta que se desplomó en el suelo, retorciéndose de placer, apretando en su puño la fusta con tal vigor que la partía, sacudiéndose en su orgasmo solitario.

63

EPÍSTOLA

CARLOS SAMUEL:

No puedo llamarte «querido sobrino». Tres veces te he invitado para ir juntos a las sierras, retirarnos a esos collados impolutos donde se manifestó tu vocación sacerdotal, para hacer un balance equilibrado, sereno y limpio de tus teorías y actividades. Tres veces te has negado, agregando falta de tiempo. ¿De quién huyes? ¿De mí, de ti o de Dios?

64

MACABEOS

ERA UNA CARRERA contra los segundos. A golpes de martillo, con serruchos, con los pies, rompían los bancos para improvisar escudos, lanzas y garrotes. El pórtico cedía. Con otra embestida, el barreno lo partiría.

Una oleada de policías, como un chorro de petróleo, invadió súbitamente la iglesia. Cayeron vidrios, se desplomaron las contrapuertas. Los primeros invasores tropezaron con una hilera de bancos —primera línea de defensa— y cayeron de bruces sobre los mosaicos. Los estudiantes les arrojaron una lluvia de tablas. Inmediatamente, esquivando los cuerpos caídos, penetró con ímpetu la retaguardia. Desde el coro les lanzaron más proyectiles. Esta distracción dio oportunidad para que una columna de estudiantes, mezclando sus gritos, se abalanzara contra ellos para expulsarlos del recinto.

Un agente desenfundó su revólver y disparó al techo. Ese estampido se reprodujo con un eco grandilocuente e interminable, al tiempo que un ancho trozo de revoque se desplomaba sobre el centro de la nave. Un nuevo refuerzo policial penetró en la iglesia.

El padre Buenaventura arremangó su sotana, empuñó con ambas manos un tablón de metro y medio y empezó a girar como un trompo, demoliendo cuanto se pusiera a su alcance. Los policías no pudieron avanzar. Muchos yacían tendidos. Silbatos y órdenes desde fuera se mezclaban con ensordecedores gritos desde adentro, repeliéndose con la misma fuerza que los cuerpos.

Desde la puerta un oficial arrojó una bomba de gases lacrimógenos. Estalló junto a un estudiante y le quemó el rostro. Su aguda exclamación, lejos de alebronar, enardeció a sus compañeros. Una fila de policías puso rodilla en tierra y disparó sus armas. Algunos jóvenes cayeron escupiendo sangre. Aumentaba la confusión. Nuevas y más espesas nubes de gas hacían imposible proseguir la resistencia. Penetraron agentes enmascarados. Los muchachos y chicas, tosiendo, cubriéndose los ojos con los brazos, lanzaban ciegamente sus proyectiles. El padre Torres encendió una fogata con los restos de algunos bancos para combatir el efecto de los gases. Pero la fuerza de represión se imponía.

Olga fue aquietada con un bastonazo en la nuca y Magdalena arrastrada de los pelos hasta la calle.

Varios camiones blindados aguardaban y a medida que se los llenaba de gente, eran despachados. El tránsito fue oportunamente interrumpido, lo mismo que el acceso de curiosos y de periodistas. La acción fue rápida. Entre el comienzo del bloqueo y la evacuación del último camión blindado, no pasó más de una hora. El último camión se detuvo a poco de iniciar su marcha. Entreabrió una portezuela, apenas lo suficiente como para que pasara un hombre. Por allí fue expelido el padre Torres. Cayó sobre el pavimento. Le sangraban el rostro y las manos. Un policía le ayudó a incorporarse y condujo de nuevo a la iglesia. Trastabillando, alcanzó a apoyarse en una columna. Los gases aún flotaban y empezó a toser. Buenaventura le tomó por los hombros y condujo hacia las habitaciones contiguas.

65

—¡CUALQUIER DÍA iban a complicarme en conciliábulos!

Apretó un botón del tablero.

—Habla el suboficial Higueras —contestó desde el aparato una voz ronca.

—¿Detuvieron a todos?

—Sí, excepto los curas.

—Bien, bien. Inicien los interrogatorios, nomás. Después seleccionaré los casos difíciles —sonrió.

—A la orden, mi coronel.

Levantó el cigarrillo del cenicero y se reclinó en su sillón. Estaba satisfecho. Había procedido con técnica impecable, con rapidez y eficacia. Destruyó la gigantesca manifestación de la tarde con la estrategia de un acabado militar. Estudió el terreno, las calles, las plazas, los pasajes comerciales, los bares, todos los vericuetos e irregularidades que podían incidir en el curso de la batalla. Bloqueó las avenidas y los corredores que conducían a ellas hasta que los encerró como miserables ratas. Circunscribió el campo de las acciones. Y cuando los tuvo rodeados, comprimidos, lanzó sus unidades motorizadas. Golpeó con desproporcionada rudeza, paralizándolos en escasos minutos. Luego empezó la caza, un verdadero festín para sus agentes, a quienes dio piedra libre para que se cobrasen todas las vejaciones que desde hacía años venían recibiendo de los estudiantes. Garrotazos. Balazos. Movimientos acelerados, acciones categóricas. Nada de apaciguamiento. El grueso de la ciudad permaneció ajena, porque el cordón que limitaba al campo bélico tenía instrucciones precisas de no abrirse por ninguna causa. Los periodistas fueron mantenidos lejos, sin excepción. Todos los manifestantes que se lograron prender (heridos, muertos y vivos) fueron conducidos velozmente hasta la cárcel central. Los pocos que huyeron —sin contar ínfimas excepciones— se concentraron en la iglesia de la Encarnación.

El coronel meneó la cabeza: ¡Pobres tontuelos! Me sirvieron en bandeja ese foco subversivo. No podían haberme ofrecido mejor oportunidad. Decidí invadirla de inmediato. Mis decisiones tenían la puntería del genio. Pero algunos suboficiales, tímidamente (¡maricas!), objetaron que eran católicos, que se trataba de una iglesia en fin de cuentas, que el derecho de asilo (¡todavía pensando en derecho de asilo!), que deberíamos pedir la aprobación del Obispo, que una cosa, que otra cosa. Me hicieron perder casi cuatro horas. No quería obligarlos a realizar algo en contra de sus convicciones —aunque me sobra autoridad— para que en sus podridas vísceras no le empiecen a dar retortijones los cargos de concjencia.

Tuve que darles mis razones. Si no extirpábamos el foco de la subversión, todas las demás acciones contra los estudiantes, incluida la de esa tarde, perderían valor.

No faltó el suboficial negociador. Pero lo disuadí. Había que tomar esa iglesia y expulsar a los que la profanaban convirtiéndola en comité político. Di mis instrucciones, repitiendo el mismo esquema. Circunscripción de las acciones, bloqueo de las vías de escape y asalto con la máxima brutalidad. En cuanto a los curas, que no se los arreste; en eso les daría con el gusto a los chupacirios.

Salieron los vehículos cargados de hombres. Cuando rodearon la iglesia, desde el campanario observaron nuestro despliegue. Trabaron las puertas y telefonearon a la prensa. Aún pensaban ganarme. Pero no les di tiempo. Apenas me informaron sobre esa maniobra, ordené implacablemente que atacaran. ¡¡Ataquen, maricas!! ¡No les regalen una ocasión para conquistar a los llorones! ¡¡Ataquen!!

Aplastó la colilla del cigarrillo en el cenicero. Se frotó los dedos para sacarse un resto de ceniza que se le había pegado.

Ahora debo darle el toque final a esta obra de arte —cerró los ojos gozoso. Pensó en las palabras adecuadas y escogió un botón del tablero.

—Operador —respondió.

—Comuníqueme con el señor Obispo. Dígale que debo pasarle un informe urgente.

66

APRETARON SUS ESPALDAS contra la corteza del árbol. Ya se los veía llegar. El farol de la esquina los iluminaba con fuerza. Ella se apoyaba en su brazo y con la izquierda acompañaba vagamente la conversación. Caminaban muy lentamente.

Cruzaron el círculo focal de la luz y sus sombras empezaron a alargarse hacia adelante.

—¡Dame un paquete! —susurró Donato.

—Toma. ¡Ah, qué asco!

—No te hagas el marica ahora.

—Shh... ¡Que te pueden oír!

Las sombras se estiraban. Los pasos de la pareja se percibían con mayor claridad.

Donato miró por centésima vez el sendero que atravesaba al baldío, por donde huirían una vez cumplido su plan. Estrujó su dorso contra el árbol y giró la cabeza. Ya están lo suficientemente cerca. Con ambas manos sostenía el paquete que haría explotar contra sus cuerpos. Nadie podrá superar el castigo que infligiría al Director y su mujer.

A diez metros de distancia, cerca del farol de la esquina, aunque con suficiente sombra, permanecía apostado Hormiguita. Donato no confiaba mucho en Hormiguita, pero éste se empeñó en demostrarle que era digno de integrar su pandilla. No hubiera accedido, aunque se le arrastrara como serpiente: le reventaban los tipos llorones. Pero Hormiguita padeció mucho las humillaciones que le impuso el Dire; eso le impulsaría a no fallar, le inyectaría el coraje que nunca tiene.

Un silbido extraño, como producido por una ave, cruzó la calle. Era la señal. Hormiguita ya había quedado detrás de la pareja. Extrajo su caja de fósforos y encendió velozmente el petardo. Donato le observó todos los pasos. No falló en nada: con el primer raspón encendió la cerilla y casi en el mismo instante prendía el cabo del explosivo. Una parábola breve, de cometa, lo llevó un metro detrás de la pareja que estaba cruzando junto a Donato. El estruendo y el grito de la mujer se mezclaron.

Donato afirmó en su derecha el paquete y sosteniéndose con su izquierda del árbol como si fuera un eje, giró con fuerza hasta impactar el paquete en plena cara del hombre. Su esposa pretendió huir cuando el compañero de Donato aplastó otro paquete en la cara de ella. Sus gritos se entrecortaron con burbujas y salivazos y expresiones de asco.

El Dire daba manotazos ciegos y enloquecidos en el aire.

Los tres muchachos ganaron el baldío. La puerta de escape estaba libre, era grande y segura. Donato, con voz falseada, lanzó todo su asqueroso vocabulario, mientras la mujer y el hombre se arrancaban con los pañuelos, las mangas y el vestido las inmundas heces, con desesperación rayana en la locura.

67

Apenas entreabieron la puerta, Sáenz de la Mallorca se abalanzó al interior del departamento.

—¡Arturo! —exclamó casi a la carrera.

El doctor Bello estaba sentado junto a un aparato de radio.

—¡Sssiitt! —cruzó sus labios con el índice—. Transmiten el informativo.

El recién llegado se dispuso a escuchar también.

—«Para el lavado de sus ollas, use...»

—Escúchame, Arturo —quiso aprovechar los segundos destinados a la publicidad.

—¡Calla!

—«La iglesia de la Encarnación fue limpiada de agitadores —comunicó gravemente el locutor—. La policía pudo restablecer la normalidad. Hay muchos detenidos, se estima que exceden del centenar. Con esta acción la policía pudo extirpar el último foco subversivo, iniciado con la manifestación estudiantil de la tarde.»

—Arturo, mi hijo acaba de llegar a casa. Está herido —explicó Sáenz de la Mallorca.

—¿Se refugió en la iglesia? ¡Cuéntame!

—No. Participó en la manifestación. Lo golpearon y se escondió en el interior de un kiosco donde permaneció encogido, en cuclillas, más de tres horas. Al anochecer pudo escabullirse.

—De Olga no sé nada... Fue herida o arrestada o se refugió en esa maldita iglesia de la Encarnación. ¡No quiero pensar! —escondió su cabeza entre las manos.

—Tenemos que hacer algo.

—¿Qué? ¿Me puedes decir qué? Pero... confiésame... ¿está grave Alejandro?

—En seguida vino el médico. Parece que no. Le ha prescrito un sedante. No para de hablar.

—¿Qué dice? ¿Qué dice? —Bello se incorporó, ansioso.

—Repite sucesos de la tarde. Está muy impresionado.

—Me imagino. Ha ocurrido lo que preveía. Se han hecho castigar en vano. ¡Si se lo habré prevenido a Olga! ¡Pobre Olga!

Bello se puso el saco.

—¡Vamos! —tomó del brazo al amigo.

—¿Adónde?

—¿No dices que tenemos que hacer algo? Ya no aguanto estar encerrado aquí. ¡Si supiera dónde está Olga!

—Mi hijo actuó bien en la Asamblea —murmuró Sáenz de la Mallorca, como si hablara para sí mismo—. Defendió la moderación, explicó que aún no habían madurado las circunstancias propicias. Dijo lo que pensábamos tú, yo y el Comité Central. Pero fue desbordado por los demagogos, que aprovecharon la excitación de los jóvenes, y la Asamblea decidió llevar adelante la manifestación programada.

—El padre Torres pudo haberla frenado —reprochó Bello.

—¡Quién sabe! Los estudiantes vitorean cuando se los apoya. Seguramente lo hubieran abucheado si pedía suspender la protesta.

El ascensor se detuvo. Bello corrió la doble puerta y salieron.

—Tengo mi auto a la vuelta —explicó Sáenz de la Mallorca—. Tomo precauciones.

—¿Quién empezó la agresión? ¿Lo contó Alejandro?

—Se lo escuché dos veces: salieron de la Asamblea en grupos y se instalaron en varias esquinas del centro, con el propósito de confluir en la gran columna que marcharía por la avenida de la República. Confeccionaron cartelones que exigían la libertad de los estudiantes presos. Avanzaron con disciplina, respetando la consigna del silencio. Pronto aparecieron efectivos policiales seguidos por carros de asalto. Los estudiantes, varios millares, confluyeron en la avenida de la República. La policía no intervino como si deseara ver concluida la concentración. Entonces aparecieron numerosos efectivos que cerraron el paso. La columna se detuvo. Los muchachos parecían tener lacrados sus labios: ni un grito, ni un insulto, ni una orden. Sólo hablaban los carteles. Algunos se sentaron y el resto les imitó. Era una protesta firme y pacífica.

Se instalaron en el automóvil.

—Vamos al Colegio de Abogados —indicó Bello.

—¿Colegio de Abogados? —dudó Sáenz de la Mallorca.

—Necesito su respaldo. Deberán actuar. En cualquier momento seré arrestado también. No es tiempo lo que sobra. Sígueme contando, por favor.

—La policía los bloqueó y comprimió. Se apostaron numerosos camiones blindados y les exigieron subir. Ningún estudiante se movió: cada uno era un Buda en el asfalto. La policía no tenía paciencia y largó una autobomba a lo largo de la avenida. Mi hijo tuvo que apartarse en el último momento porque el vehículo no demostró intención de esquivarlo. Los potentes chorros de agua hicieron rodar a los estudiantes por la calzada. Algunos fueron arrastrados hacia los camiones. Entonces empezaron las resistencias, los puntapiés y los gritos. Desde las viviendas los testigos insultaron a la policía. Los estudiantes empezaron a defenderse con lo que encontraban a mano, invadieron los comercios, sacaron sillas y tablones de escaparates. Con las mesas de un bar armaron rápidamente una barricada y lanzaron sus proyectiles contra los policías. Éstos, rodilla en tierra, hicieron fuego. La confusión se hizo paroxística. Empezaron a caer apresuradamente las cortinas metálicas. Los estudiantes se dispersaron en diferentes grupos. Pero no pudieron alejarse del limitado cordón con que los habían cercado. Cambiando con rapidez de posiciones, desbandaron la acción policial y lograron detener el avance represivo. De todos modos, fue una masacre.

—La radio no dijo nada de eso.

—Lógico. «Los disturbios fueron iniciados por los estudiantes.» La policía usó bastones, revólveres, pistolas, lanzagases y ametralladoras. Estaba apurada por dominar la situación. Los estudiantes se defendieron con armas improvisadas.

El doctor Arturo Bello pasó su pañuelo por la frente.

—Después empezó la caza de estudiantes a través de los pasajes comerciales, escalinatas de los edificios e incluso terrazas. Largaron los perros. Alejandro corrió con un grupo hacia un ómnibus. Tropezó, llegó tarde y alcanzó a colgarse de una ventanilla. El vehículo intentó perforar el bloqueo. Viró bruscamente y Alejandro cayó a la calzada. Corrió hacia un kiosco y se refugió en su interior bajo una montaña de diarios y revistas. Cree que el ómnibus logró huir, aunque lo persiguieron a balazos. Dice que la operación fue concluida en poco tiempo.

—Una operación cruenta y exagerada... —añadió Bello.

—Cuando Alejandro abandonó el kiosco casi ni se veían policías. El informativo que oímos fue verídico en eso: las calles volvieron a la normalidad.

—Me opuse a esta manifestación —recordó Bello, con un velo de mesticia—. Dije que sería un clamor en el desierto.

—Pero nuestros hijos participaron en ella, aunque de mala gana.

—Olga no lo hizo de mala gana —corrigió Bello—. El Partido se ha opuesto a muchas de estas refriegas inoperantes, aisladas, anárquicas. Pero después las defendió... como llegando tarde a la cita. Los estudiantes han expresado su protesta. Actuaron con valentía. Su grito se oye desde lejos. Sólo un reaccionario se dedicaría a pergeñar reproches en vez de brindarles ayuda. El Partido no condenará esta manifestación, estoy seguro, aunque no la haya gestionado ni estimulado.

—¿Y si ocurre lo contrario?

—¡No ocurrirá! Estos muchachos merecen nuestro apoyo. Luchan contra las injusticias de esta sociedad. Son limpios. Quieren un mundo mejor sin saber cómo lograrlo. Exigiré al Colegio de Abogados que se lance una acción desde varios frentes para lograr su excarcelación inmediata... —bajó los ojos y añadió con súbita debilidad—, aunque sea en vano.

—¿Cómo podremos ubicar a Olga? —Sáenz de la Mallorca volvía a la grave incógnita.

—Lo estuve pensando mientras me contabas.

—Dime, pues.

—Telefonearé al padre Fermín Saldaño. Es un cura conservador, tío del padre Torres, con quien está muy disgustado. En estos momentos debe ser bien visto por las autoridades militares.

—¿Intercederá?

—Creo que sí.

Sáenz de la Mallorca hizo una mueca escéptica y siguió conduciendo en silencio.

68

Carlos Samuel buscó la mano gruesa y áspera de Agustín Buenaventura. La comprimió brevemente para infundirle valor. Estaba decidido a aprovechar esa Asamblea Extraordinaria convocada por su Obispo para plantear verdades, decir lo que se había acumulado en su corazón. Estaba dispuesto a derramarlo todo, hasta que se nivelaran las presiones. Dios lo ayudaría. Él encendería su verbo. Ésta era una reunión de ministros, de hombres al servicio de Cristo y por ende del hombre. Tendrán que oírle y reconocer en el Evangelio un mensaje vivo, actual, comprometedor, tendencioso, intransigente. La Iglesia debe servir para construir el reino de Dios, o no sirve para nada. El reino de Dios no se construye apoyando el *statu quo* que institucionaliza al pecado de la explotación humana y de la postergación de las mayorías. En su ayuda vienen todos los libros bíblicos, como ejércitos poderosos, incontenibles.

El Obispo empezó a hablar. Decenas de canónigos, presbíteros y diáconos se encerraron en respetuoso silencio. Sus ojos apuntaron hacia el digno prelado, abstrayéndose un momento del foco de la discordia, esquinado en las últimas filas del salón: Torres y Buenaventura.

—Conocéis los graves acontecimientos que han sacudido nuestra diócesis —la voz de monseñor Tardini era grave y controlada aún.

Carlos Samuel cruzó sus brazos sobre el pecho, su respiración se había acelerado y eso le perturbó. Buenaventura transpiraba.

—En mi corazón he guardado los sinsabores con que dos de mis hijos me han retribuido. Los he perdonado. Y para alejarlos de la temeraria pendiente por la que caminaban, los he trasladado a una de las iglesias más veneradas de esta ciudad. La he confiado a sus manos. Pero ¿qué han hecho para conservar la dignidad de ese templo? —su voz se partió. Bajó la cabeza esperando poder tranquilizarse. Con su pañuelo se cubrió los ojos. Su congoja se transmitió como a través de un cable de alta tensión.

La Asamblea estaba paralizada, contraída.

Carlos Samuel respiraba por la nariz y por la boca. Trataba de rehilvanar su discurso de otra manera, para adecuarla a la nueva situación inesperada, desarmante. Nunca imaginó en su Obispo otra actitud que la de fría admonición. Esperaba palabras duras, acusaciones severas y hasta sanciones inmediatas. Pero no entraba en sus cálculos el llanto.

—En el recinto sagrado se aglomeraban jóvenes de ambos sexos... fumando... gritando —prosiguió Tardini con voz herida por las lágrimas que ahogaban su laringe.

Carlos Samuel comprimió su entrecejo. El Obispo sabía que jamás ocurrió nada vejatorio, que antes de cada reunión profana se retiraba al Santísimo. El Obispo utilizaba un lenguaje sibilino y equívoco.

—He recurrido a la persuasión —su voz era más dramática aún—. Con pena tuve que advertir, incluso amenazar —sus ojos se tornaron vidriosos y en seguida un hilo de agua corrió por su mejilla—. ¡Nuestra Iglesia se expone al ludibrio! —exclamó rápidamente y escondió su cara en el pañuelo abollonado.

Varias cabezas giraron hacia Torres y Buenaventura. En un extremo del salón se produjo súbitamente un murmullo. Aún el Obispo permanecía encogido, sin poder recuperar la voz. Un sacerdote de mediana edad, robusto, severo, se puso de pie y partió el aire con su inesperada y bronca demanda.

—¡Que se les haga juicio eclesiástico!

Los potenciales reos se irguieron involuntariamente. Era un terremoto: se partieron las columnas. El techo se derrumbaba pesadamente con fragor dantesco.

Desde otro ángulo rugió otra voz:

—¡Juicio eclesiástico!

La frase retumbó como tambor de guerra. Batía desde la derecha y la izquierda.

—¡Juicio eclesiástico!

—¡Juicio eclesiástico!

—¡Juicio eclesiástico! ¡Juicio eclesiástico!

Era un coro de potentes bocas exaltadas las que repetían y repetían la exigencia. Temblaba el aire. Buenaventura miró a Torres. Torres bajó los ojos, resignadamente. De sus labios empezó a brotar la plegaria, rumorosa, humilde, como una vertiente cristalina en la montaña bajo el oscuro y tronante nubarrón.

69

Jesús se detuvo en el Monte de los Olivos. Jerusalén refulgió como un brillante. Podía contemplar gran parte de sus murallas ciñendo un montón de edificios desparejos que subían y bajaban tapizando las colinas, confluyendo siempre hacia el Templo.

Sus discípulos trajeron el pollino que mandó a buscar. Jesús le acarició la cerviz. Éste era su corcel soberbio. Con él haría su aparición en la capital, sorprendería al Procurador, a los Príncipes y a los Sacerdotes.

Los mantos raídos de sus hombres fueron tendidos uno tras otro sobre el lomo del animal. Jesús se sentó sobre ellos e inició la entrada triunfal. Los discípulos le rodearon. Se acercaron los niños y detrás de ellos corrieron sus madres. Quienes no pudieron tender su manto sobre el lomo del burro, lo extendieron en el suelo, para que sirviera de alfombra.

El pollino pisó blandamente. El regocijo aumentaba. Hubieran deseado tener dos capas, para colocar otra. Pero muchos no tenían ni una. Algunas mujeres se arrancaron un trozo de sus anchas túnicas y los niños corrieron a traer hojas. Y las hojas parecieron pocas. Los hombres buscaron palmas. El camino se tapizó de vegetales. La multitud crecía. Brotaron gritos de júbilo y alabanza por el Maestro. El contagio prendió con fuerza inusitada. Las palmas llegaban enarboladas desde todas direcciones.

Una calle verde se abría delante de Jesús. Los pobres de Israel saludaban a su esperanza con la vegetación que rodeaba a Jerusalén. Ésa era la esmeralda de todos, que aún los romanos no le habían quitado, porque la consideraban mísera. Pero jamás un rey pisó un tapiz más mullido y fragante, bordado en pocos minutos por centenares y quizá millares de corazones entusiastas.

La felicidad del pueblo se reflejaba en el rostro de Jesús. Éste era su pueblo, al que tenía que llevar hacia la salvación. Los extramuros hervían de entusiasmo. Las palmas que continuaban llegando desde otras colinas, seguían agitándose como banderas, intentando aproximarse a Jesús. El espacio se estrechaba. El pórtico de la ciudad estaba cerca y los soldados controlaban su acceso. Se pusieron en tensa guardia contra ese gentío frenético. Tejieron un cordón y amenazaron con sus espadas.

Jesús siguió avanzando, lenta y majestuosamente. Atravesó el pesado pórtico y sintió en su rostro el aire denso de la ciudad amurallada donde no corretea el cierzo ni se huelen las flores silvestres. Las callejuelas sinuosas estaban atestadas de peregrinos. Siguieron andando. Jesús estaba ansioso por llegar a la Casa de su Padre. Le embargaba el gozo de aproximarse al lugar santo. Las multitudes le rodeaban por doquier, esa multitud que él venía a redimir. El ascenso fatigaba las piernas, pero aligeraba al corazón. Se cruzó con los soldados romanos, los detentadores del poder, esos pobres seres que inmolaban sus vidas y el contenido de su vida para que la lejana Roma dominara la Tierra.

Jesús apretó su paso, impelido por la alegría. Un cortejo de ciegos y rengos le seguía a tumbos. Mendigos y prostitutas salieron de sus madrigueras para verle, mientras su imagen se recortaba entre la luz y las sombras de la calleja irregular. En su extremo apareció un trozo del Templo como un fragmento del sol. La reverberación de su rosado mármol alcanzó el rostro de Jesús. Fue un contacto, un beso entre Él y su Padre.

La calleja desembocó súbitamente en la inmensa plaza. Al frente, soberbia, única, se alzaba la Mansión de Dios. Durante varios minutos se paralizó el Universo. Jesús y su cortejo quedaron quietos y extasiados, sumergidos en ese diálogo sublime entre el asombro y la felicidad. Sus ojos descendieron como caricias por los capiteles y las columnas y los frisos de oro y cedro. Los ojos fueron poco a poco arrancados de ese encantamiento por el sordo rumor que horadaba los oídos.

Los ciegos no alcanzaron a Dios, en ese breve instante de arrobamiento y los sordos tardaron más en alejarse de Él. Jesús recorrió con su mirada la plaza que ululaba de mercaderes y soldados. Era el primer día de la semana después del Sábado. Corrían las monedas de mano en mano y se voceaban las mercancías. Los peregrinos incautos creían en la bondad de los productos que se ofrecen junto al santuario. La grosería, la ambición y la mentira hirieron al manso corazón de Jesús. Se abalanzó contra los mostradores, los alzó en vilo y aplastó contra los comerciantes. Hizo volar los géneros de lino y púrpuras, volcó los cestos de frutos, cayeron las guirnaldas de flores. Su voz se había transformado en un trueno que partía los muros. Una tempestad de violencia hizo triza a la repulsiva exposición.

Los mercaderes huyeron a protegerse, otros corrieron tras los soldados para exigirles protección. Las multitudes que siguieron a Jesús quedaron mudas de espanto, quietas como estatuas paganas. Y Jesús luchó solo. Solo. El pueblo tuvo miedo. Sus discípulos guardaron distancia. Los mendigos y las prostitutas observaron el espectáculo con curiosidad, sin ánimo solidario. Nadie entendía el fuego sagrado de rebelión que se había encendido en las profundidades más sensibles de Jesús. Las palmas enarboladas cayeron avergonzadas y medrosas. Las madres alejaron a sus niños. Los hombres recogieron sus capas.

Jesús luchó solo contra la estafa y la profanación.

Hizo un bollo con las hojas y las arrojó nerviosamente al cesto. Esto es la teología de la violencia. Estoy equivocado. Mi desesperación me lleva hacia allí. Pero ¿dice otra cosa la Biblia? Carlos Samuel cruzó los antebrazos sobre su escritorio y apoyó en ellos su frente.

70

Ministerio de Guerra (PLA y AP). La reunión convocada por el Comandante en Jefe tuvo por objeto estudiar la exagerada represión cometida contra los estudiantes el jueves de la semana pasada. Aunque el hermetismo ha sido casi total, se pudieron obtener algunas impresiones que señalan un franco malestar en numerosos oficiales. El hecho de que el Jefe de la Policía sea un Coronel del Ejército Nacional y se haya atribuido la planificación y dirección de las acciones callejeras como asimismo la sorpresiva irrupción en una iglesia, compromete —según dichas versiones— al prestigio del arma.

Es altamente probable que el coronel Donato Francisco Pérez sea relevado.

71

HICE EN OCHO MESES más que algunos de mis predecesores en años. Reorganicé esta Sección, le inyecté nueva vida, dinamismo, eficacia. Combiné la acción del personal policial con un mínimo aporte castrense: sólo armas y vehículos. Sin recurrir ni siquiera a un soldado, pude establecer un control de hierro sobre todos los elementos subversivos identificables o encubiertos. Liquidé la primera manifestación estudiantil de mi gestión, transformándola —mientras yo dure— en la última. Destruí el foco hipócrita de la Encarnación, desfachatado comunismo vestido con piel de cordero. Por primera vez la mayoría de los delincuentes —ladrones, comunistas y prostitutas— yacen en el formol de las cárceles, listos para ser sometidos a un prolijo estudio anatomopatológico. Por primera vez se abre en esta ciudad y quizás en el país, un círculo de tranquilidad y de paz. Tendrían que galardonearme... Pero no. No. Están discutiendo mi relevo. Fui demasiado brutal...

Dicen por ahí que padezco reacciones sádicas. Me están poniendo rótulos, examinan mi conducta. ¿Por qué? ¿No querían esto? ¿Se fijan en sentimentalismos vergonzosos y no aprecian los frutos de mi labor, la que ellos mismos me encomendaron? ¿Estoy aquí para liquidar la subversión o para brindarle apoyo? ¿Los revoltosos deben ser metidos en la cárcel o invitados a tomar el té? Siempre se paga con la misma pobre moneda a los benefactores del país. Lo decía papá. Papá... ¡Qué garbo! ¡Qué violencia! ¡Así debo aparecer...! ¡Que tiemblen de sólo verme! ¡Maricas! Tienen años y tienen méritos de escritorio. Ellos me sacarán. Sí, es casi seguro que me sacarán de aquí. No importa... Llegará el momento de mi desquite. Esos oficiales que sólo sirven para lucir el uniforme, sabrán que conmigo no se juega sucio. ¡Les haré quebrarse de dolor! Y para llegar a eso recurriré a cualquier camino y me aliaré con cualquier cerdo. Yo logro los objetivos, y los medios sólo valen cuanto más rápido conduzcan a él. Me humillaré si es preciso, buscaré alianzas con el hombre fuerte de turno. Me brindaré a él. ¡Le obedeceré ciegamente, hasta la vesania! Comprenderá que le soy útil, que valgo y junto con él me mantendré. Luego me elevaré. Registro bien las venganzas y no perdonaré la afrenta más leve. Les demostraré que mi estrategia no sólo sirve para los combates callejeros.

Apretó varios botones. Respondió el aparato. Aparecieron dos guardias. Distribuyó mensajes, impartió órdenes. Empezaba una nueva guerra y él sabía que la iba a ganar.

72

EPÍSTOLA

QUERIDO TÍO:

Estás equivocado. No huyo: me debato. El que huye eres tú. Huyes tras las fortalezas del conformismo y empuñas un escudo de caridad convencional. Yo, en cambio, peleo. Peleo sin armas como Jacob con el ángel —es decir conmigo mismo para liberarme de mis propias dudas. Él no conocía el desenlace de su lucha. Tampoco lo sé yo. Me asusta otra derrota, porque ya fui derrotado muchas veces: en el Seminario, olvidándome del hombre; en Europa, repudiando al Seminario; en San José, descubriendo con rubor a mis semejantes más nobles e íntegros que yo, su pedante aconsejador; en la Encarnación frenándome ante la calculadora muralla de mi Obispo. Estoy en plena batalla, con heridas, contusiones y hemorragias muy profundas. Pero no huyo ni claudico (es lo mismo): sería la muerte.

Tú crees poder asesorarme, guiarme. Pero nunca te has acercado desprejuiciadamente a mi dolor. Me has advertido y amonestado como desde una cátedra. Has endilgado adjetivos con cruel prodigalidad; dirás mientras lees esto que padezco una crisis de fe... ¿Explicas así mis lágrimas vertidas en secreto? ¿Mi perplejidad ante la cuestión social? Te consideras un ser extraterreno, incontaminado e incontaminable, que mira desde la cúspide de un tolmo. Si estás incontaminado es del dolor que hierve en este mundo. Si miras desde arriba, es para no ver bajo el techo de las chozas ni bajo el equívoco lustre de la piel: te espantaría. Te has aislado dentro de una espesa costra de resignación, que prescinde de la honestidad y que se narcotiza con fraseología oportunista. ¿Qué has hecho de tu vida además de portarte bien, es decir, «bien» como te inculcaron en el Seminario? ¿En qué has beneficiado a ti y a tus semejantes, que son parte de Cristo, además de quemar tus días con ritos mecanizados, ordenar oraciones mecanizadas y predicar una conducta mecanizada? ¿Qué valores humanos profundos, riesgosos, espontáneos, has realizado? ¿No te pareces acaso a esos escribas y fariseos que cumplían con centenares de mandamientos para sentirse en paz consigo mismo y con Dios —huyendo de ellos y huyendo de Dios— hasta que Jesús los cuestionó, confiriendo ante sus oídos atónitos más importancia a un enfermo y a un réprobo, que a toda esa farragosa legislación? En el fondo ¿tus consejos no me orientan hacia esa legislación secundaria, hacia la disciplina eclesial, hacia la indiferencia del cenobita, o sea hacia el olvido de la injusticia, de los enfermos, los réprobos y los infelices que excitan mi sangre y trastornan mi mente?

Me has invitado a las sierras —para ti las sierras son retiro espiritual, meditación y arrepentimiento— porque esperas hacerme retornar al pasado, a un pasado inocente, inmaduro y penumbroso. Ya es tarde, tío: cuando la conciencia abre los párpados, es como si se encendiera un estanque con gasolina: arde hasta su consumición total. Crees puerilmente que allí me orientaste hacia la buena senda —el Seminario— y yo después me crucé a la mala. Ahora pretendes hacerme retornar. Eso es simplón y falso, tío. No hubo cambio de sendas, sino una dolorosa toma de conciencia.

Crees que en el desierto inspira Dios, como le ocurrió a Moisés y a Jesús. Mas ¿qué es esa inspiración divina sino una incontenible concientización? Después de permanecer en el desierto, Moisés se lanzó temerariamente contra el poder egipcio y Jesús inició su prédica revolucionaria, aunque el primero no pudo gozar la Tierra Prometida y el segundo terminó en el Gólgota.

Tío Fermín: debo aclararte que mi permanencia en el desierto ya ha pasado los cuarenta días. No necesito más aislamiento. Vivo en él desde que ingresé en el Seminario, sintiéndome profundamente solo, recibiendo la afectividad en migajas, como si fueran los escasos alimentos —raíces, cactus, salamandras— que tacañamente cede el páramo. No tengo familia, ni amigos, desde antes que falleció mamá. Mamá merece un párrafo. Sé que sufrió cuando ingresé en el Seminario, porque ella me perdió a mí y yo la perdí a ella. Tu elocuencia no fue emoliente. Mamá presentía lo que yo descubrí mucho más tarde; no ingresé al servicio de Dios, es decir del hombre, de mi semejante, de mí mismo: ingresé al servicio de una poderosa organización que usa el nombre de Dios y a la que Dios contempla partirse porque sabe que su meollo es bueno y que luego de la tempestad volverá a crecer con hojas frescas y frutos limpios. Mamá murió cuando llegué a Innsbruck. Tú la consolabas exagerando mis éxitos europeos y ella seguramente hacía esfuerzos para que tu palabra anestesiante diera resultado. Yo, entretanto, sufría en Austria otra enorme desilusión como si una guillotina me hubiera abierto por el medio. Después quedaste tú, más que tío, tutor; más que pariente, centinela. Pero ya no tenías autoridad sobre mí. Sí el respeto que debía a tus años y a tus buenas intenciones. No me sirves como ejemplo. Tu bondad estereotipada no me conmueve; tu soledad estéril no me entusiasma; tu cosmovisión rígida no me convence; tu conducta poiquiloterma no me ilumina.

¿Soy un blasfemo, un malvado, un irresponsable... y otras cosas más? Sí, tío. No soy perfecto según moldes antiguos. Soy un perfecto hombre imperfecto, que lo reconoce. Y lo confiesa.

73

DIRÍA QUE ES EXTRAÑO. ¿Que es malo? No sé. Cuando novios siempre fue correcto. Me enamoré muy pronto de él. ¡Lucía tan hermoso con su uniforme de gala! Lo vi por primera vez en esa recepción que organizó Lucía al regreso de su viaje al Extremo Oriente. Estaba parado junto a una puerta conversando con otros señores. Era el más alto; sus piernas se apoyaban firmemente, algo separadas; su pecho lucía amplio y su mentón elevado, digno, casi orgulloso. Le pedí a Lucía que me presentara. Él no habló. Como si no le interesara. Me molestó un poquitín. Eso me estimuló a insinuarle que bailásemos. Temí que hiciera alguna objeción. Pero no. ¿Era timidez? ¿Con semejante apostura? Sí, creo que era timidez. Bailamos. Empezó a soltarse. Poco a poco tomó confianza; y a gustarme más.

¿Será una perversión? Claro. No puede ser otra cosa. ¡Bah! Ahora no me importa. Ya me da lo mismo. Le pedí que comprara un aparato de rayos ultravioletas para tostarme antes del verano, y no me lo negó.

En ese sentido no debería quejarme. Atiende mis gustos y caprichos. ¿Tengo caprichos? Que le exija mantener amistad con los Rivero Cuadros y Hurtados Montenegros; aunque él no los traga, le beneficia. Eso no me lo puede reprochar. Cuando nos casamos quise que la recepción tuviera lugar en el Hotel «Excelsior» porque era el mejor de toda la ciudad. Algo exagerado, dijeron muchos. Pero no les llevé el apunte. E hice bien. Concurrió la mejor sociedad. Eso le sirve ahora. Tampoco sería justo si se queja. Quien debería quejarse soy yo. No por la primera noche. En fin, una está preparada. Es natural, digamos. ¡Pero que cuatro meses después me haga semejante proposición! Creo que exageré mi asombro. En fin de cuentas no es para tanto. ¡Vaya una a saber las cosas que ocurren en otros matrimonios! Él se enojó, o se hizo el enojado. No te pido gran cosa —gritó— y se fue. Durante dos semanas casi ni me habló. Durmió en el borde de la cama dándome la espalda. Hasta que decidí terminar con la farsa. Tal vez mi curiosidad era más fuerte que mi voluntad de reconciliación. ¿Gozaría yo también? ¿Qué arcanos encerraban estas perversiones? Él tenía razón cuando me culpaba de ignorancia sexual. Compré la soga y la guardé en la mesita de luz. Durante la cena le anticipé que le reservaba una sorpresa para la noche. No me entendió. En el dormitorio le enseñé la soga. Sus ojos se iluminaron. Le temblaron las manos. Me besó agradecido. Cerró la puerta y me desvistió con excitación y torpeza. Se transformaba de minuto en minuto. Mi curiosidad dominaba mi temor. Me armé de entereza y le dejé hacer. Pensé que tendría que excitarme también. Pero no podía. A él no le importaba. Proseguía ajeno, transportado. Mis últimas prendas no pudo desabrocharlas y las arrancó. Estaba adquiriendo la fisonomía de un animal en celo. Me arrojó sobre la cama y me ató. Utilizó la soga, sujetando mis brazos y mis muslos a las patas de la cama y luego se arrojó sobre mí, brutalmente, diciendo obscenidades, con un vigor y una desesperación que jamás le conocí.

74

—¡Apúrate! —le empujó al interior del auto. Cerró la puerta y corrió hacia el otro lado para instalarse al volante. Arrancó bruscamente: sus cabezas resistían caer hacia la parte posterior del vehículo.

Miró el reloj del tablero.

—¡Lo único que faltaba! —reprochó Donato—. Llegar más tarde que ellos. ¿No has pensado en la gravedad de mi situación?

Dobló una esquina sobre dos ruedas. Ella juntó sus manos para rogarle moderación; con los pies apretaba el suelo como si lo hiciera sobre el pedal de freno. A bocinazos, con audaces escaramuzas, fue adelantándose a los demás vehículos. A lo lejos se veía un semáforo: llegaría en rojo.

Puso la sirena y atravesó la esquina a toda velocidad mientras el tránsito se paralizaba disciplinadamente.

—Llegaremos a tiempo, Donato. ¡No corras tanto, por Dios!

—¡¡¡Cállate!!! ¡O me las cobraré contigo!

—Lo que quieras... Nos mataremos. ¡Cuidadoooo!

—¡Animal! —le gritó al peatón, que se salvó por milagro dando un feroz salto a la calzada.

El Obispo le fue a ver (¡qué honor!) para manifestarle su preocupación por la convivencia en la cárcel de comunistas, prostitutas, y jóvenes estudiantes. ¡Vaya idea! ¿Cree que la cárcel es un corralón? ¡Por qué mierda se mete en lo que no le corresponde! —tuve ganas de preguntarle. Pero era el Obispo... Me convenía granjearme su aprecio después de la velada humillación que le inferí cuando vino a bendecir nuestro flamante armamento. Le dije que estaba en un error y podía recorrer el establecimiento cuando deseara. Monseñor Tardini simuló no oír mi invitación porque seguramente le tiritan sus minúsculos testículos con sólo imaginar una mazmorra. En vez de ello, deslizó con voz paternal, dulzona e hipócrita, su «humanitario» anhelo: que pusiera en libertad a los comunistas y prostitutas menos peligrosos.

—¿Cómo dice? —reaccioné perplejo.

—Es para llevar cierta tranquilidad a la opinión pública.

—En todo caso... debería pedirme que excarcelara a los estudiantes

—No, no —sonrieron sus ojitos de ardilla—. Por los estudiantes harán gestiones sus respectivas familias. El trabajo que se tomen será beneficioso, porque en lo futuro ejercerán mayor vigilancia sobre sus relaciones y actividades.

—Pero, monseñor... ¿Por qué liberar justamente a la excrecencia social, a esos comunistas, a esas prostitutas?

—Sólo algunos, sólo algunos... Como representante de Cristo, usted comprende que debo interceder por los réprobos...

Quise decirle que no le comprendía en absoluto. Medité rápidamente y decidí complacerlo. Total, el efecto propagandístico de «la noche blanca» ya había sido alcanzado. Necesitaba conservar mi buena imagen ante el Episcopado. Le impresioné ordenando la inmediata excarcelación de cincuenta personas, entre putas y bolcheviques. Algunos fueron cazados después durante la «pacífica manifestación», confirmando mi diagnóstico sobre sus patológicas fijaciones delictivas. Le servirá de lección al Obispo, para no exhibir su corazoncito de miel en jurisdicciones ajenas. ¡Los delincuentes son delincuentes! Que no me venga con Cristo, ni con réprobos ni con humanitarismo faldero... En lo único que acertó fue sobre las gestiones que iniciarían los familiares de los estudiantes presos. Después de la limpieza que hice a la iglesia de la Encarnación vinieron las mejores familias de la sociedad (si mejores las puedo considerar por las cartas de presentación que me deslizaban junto con el saludo). Vinieron los padres de uno... cómo se llamaba... ¡Ah, sí! Fuentes. Traían una carta del Ministro nada menos. ¡Qué mujer loca! Se desmayaba a cada rato. Le decían algo y ¡zas! caía de nuca. No dejaba hablar. Su hijo había sido arrestado en la casa de una prostituta, donde se refugió después de la manifestación. No se podía tener en pie. Así y todo, se las daba de importante. ¡Vaya petulancia!... En el interrogatorio el mocoso contestaba cuando quería y hasta se daba el gusto de burlarse. ¡Piojo de mierda! Era un caso ideal para probar mi nuevo aparatito confesor. Lástima que estaba débil y no aguantó mucho. A su madre histérica quise darle una explicación para que no vaya a sospechar sobre mi esmerado y dulce trato. ¡No me dejaba terminar una frase! Pero yo estaba tranquilo. Por más carta del Ministro que enarbolaron, el muchacho quedó loco y con un delirio místico que no dejará dormir a sus médicos varios meses. Ni recordará lo que le hice. Mi argumento salió redondo: cargar el fardo a las prostitutas y rufianes tiene un poder convincente rayano en lo mágico. No hay quien se resista.

—¡Donatooo! —chilló su esposa ante la inminencia de un choque.

El auto viró bruscamente, se oblicuó, silbaron sus ruedas sobre el pavimento, esquivó al otro auto, pero le golpeó un guardabarros. Donato comprobó que su automóvil seguía andando; era lo esencial. No tenía ni un minuto para detenerse. Por el espejo retrovisor observó que desde la ventanilla del vehículo chocado un puño le hacía amenazas. Sonrió con una esquina de sus labios y siguió a la misma velocidad No podía perder tiempo en disculparse con un desconocido, porque seguramente el Obispo tenía otra cosa en mente cuando lo fue a ver. Primero lo mandó al cura Torres, a quien no le dio bola. ¡Era lo único que faltaba! Entonces llegó él en persona. ¿Qué se tramoya en el interior de la Iglesia? Una cosa es la que se deja trascender para consumo de los inocentes y otra... ¡Quién sabe si Torres no cuenta con el apoyo episcopal! ¿Por qué no es expulsado de la Encarnación? ¿A qué se debe ese *laissez-faire* que practica Tardini? Ambos buscaban mi caída, está claro. ¿No habrán deseado que persista el encierro de los estudiantes para justificar la manifestación? Puedo sospecharlo, todo es posible en este puerco universo. Los retorcidos curas son capaces de haberme tendido una trampa; y yo caí. Pero no estoy vencido. La excusa de las prostitutas me viene de perillas. Los Fuentes están convencidos de mi versión y su hijo no lo podrá desmentir hasta dentro de muchos meses, si es que alguna vez lo hace... El arresto de esa putita Magdalena es mi pieza de oro: *habituée* del barrio Arboleda, *habituée* de los *oficiales* (tiene lindas experiencias conmigo) y *habituée* del padre Torres... ¡Veremos quién juega mejor!

Frenó bruscamente. Salió corriendo para abrir la puerta a su mujer y entraron en el lujoso restaurante. El *maître* los acompañó hasta la mesa reservada en un rincón íntimo, con fácil acceso a la pista de baile. Apenas se ubicaron, vio aparecer en la puerta a quien esperaba. Se puso de pie nerviosamente, pero recapacitó con velocidad: ajustó sus nervios, se apretó con ambas manos los maseteros para relajarlos y volvió a sentarse, simulando explicar a su mujer las características de la planta exótica que decoraba un ángulo de la ventana.

Cuando ellos se acercaron, lanzó una exclamación de candorosa sorpresa, los saludó efusivamente, presentó a su esposa y los invitó a cenar juntos.

—No imaginaba que venían a este hermoso lugar —insistió Donato

—Hace un mes que traigo a Diana todos los jueves. ¡Quedó prendada! ¿Verdad, querida?

—Sí. La comida es muy buena y el *show* verdaderamente excepcional.

La esposa de Donato, siguiendo las severas instrucciones que le impartió antes de salir, acaparó la conversación de ella. Donato aprovechó entonces para llevar a su interlocutor hacia el asunto que quemaba.

—Usted debería conocer algunos detalles sorprendentes, general —le dijo.

El Comandante en Jefe se dispuso a escucharlo, satisfecho de no haber tomado aún ninguna resolución precipitada.

75

SABIDURÍA

CARLOS SAMUEL y Agustín Buenaventura abandonaron la habitación del Seminario —allí se los alojaba provisionalmente hasta la conclusión del juicio eclesiástico— para entrevistarse con el Nuncio Apostólico, que les fijó una cita en el estudio del Rector.

Marcharon por un corredor largo y sombrío, el mismo corredor donde muchos años atrás Carlos Samuel decidió transformarse en un hombre de metal. En un corredor parecido, lejos, en otro Seminario, Agustín Buenaventura también se envolvió con una armadura y ella le permitió soportar privaciones crueles y desilusiones asfixiantes. Carlos Samuel, en Europa, se desprendió del impenetrable envoltorio. Buenaventura lo consiguió a medias. Sin embargo, también se rebeló contra las instrucciones que retumbaron en ese corredor. Ambos relativizaron la obediencia. De lo contrario, Carlos Samuel habría llegado a Obispo, juzgaría y no sería juzgado; y Buenaventura habría alcanzado el reconocimiento público, como una solemne coronación, por su vida dedicada a propagar el Evangelio. Ambos estarían en armonía con los hombres y con Dios. Pero después que abrieron los ojos, que se enteraron, que se les incendió la conciencia —Carlos Samuel en Europa y después en San José, Buenaventura en la Villa del Milagro—, fueron puestos en una horrible alternativa: estar en armonía con los fariseos y con el Obispo, o estar en armonía con Dios.

Torres se apartó para dejar adelantarse a Buenaventura, su superior en años y jerarquía.

En el otrora temible estudio del Rector —porque hacia allí eran conducidos los seminaristas cuando debían recibir una reprimenda superlativa— los aguardaba el Nuncio. Estaba solo. Les tendió su diestra para que besaran el anillo. Luego les estrechó la mano e invitó a sentarse.

—He deseado conversar un poco con ustedes antes del juicio —explicó afablemente.

—Nos honra y consuela, monseñor —agradeció Buenaventura con su bronca voz, sin haber concluido aún de acomodar su globuloso abdomen.

El Nuncio, hombre fino, de tez muy blanca y rosada, apenas diferente a la nieve de sus cabellos, sonrió paternalmente. Quizá lo divertía la pletórica figura indígena de ese rústico cura. Dirigiéndose aún a él, como si lo estudiara, añadió:

—Estoy debidamente informado sobre su actividad en la selva y en la montaña. Usted ha sido un buen ministro del Señor.

Torres advirtió el «ha sido».

—Nunca debió cambiar esa línea de conducta, meritoria e inspirada —agregó sin dejar de sonreír.

—Monseñor... —intentó explicarse Buenaventura.

—No lo reprocho, no —interrumpió el Nuncio—. Comento simplemente. Si me he reunido aquí con ustedes, no es para juzgarlos por anticipado. Les abro mi corazón, les digo lo que pienso. El motivo de esta entrevista tiene otro objeto.

Los curas aguardaron.

—Hijos —su voz adquirió solemnidad—, conozco muchos detalles positivos y negativos de vuestro ministerio. Por vuestro bien, por el bien de nuestra Iglesia, quiero pediros que mañana guardéis compostura.

—Que...

—Sí, que no os afanéis por —enumeró con los dedos— replicar, explicar y complicar. Guardad silencio, sed pacientes, dóciles y mansos, como el Cordero de Dios.

—¿No deberíamos ejercitar nuestra defensa? —preguntó Carlos Samuel.

El Nuncio se reclinó en su sillón y abrió las manos en forma condescendiente.

—Asumamos los tiempos modernos —su sonrisa se pronunció—. Hay situaciones trascendentales y situaciones que no lo son. La Iglesia vive un *aggiornamento*. Es necesario verlo, entenderlo, apoyarlo y continuarlo.

Los curas no creían captar el sentido de sus palábras.

—Aquí han estallado unos petardos... —hizo un simpático gesto de desprecio—. Mucho ruido... Corridas... Exaltación. Pero, en el fondo, ¿qué?

Torres y Buenaventura no supieron si tenían o no que responder a esa pregunta.

—En el fondo, hijos —se dispuso a contestársela solo—, no ha sido nada.

—¿Entonces...? —farfulló Buenaventura.

—Como lo acabáis de oír —recuperó su solemnidad—. No quiero alegatos. No quiero rencillas. El clero debe mantenerse unido, sereno, proyectado hacia el servicio de Dios y no de tonterías. Mañana hablaré yo. Todo concluirá lo más rápidamente posible.

—Monseñor... Nosotros... —no les salía un agradecimiento adecuado.

—No es preciso que habléis hoy ni mañana. Id y orad —se incorporó, les extendió el anillo y acompañó afectuosamente hasta la puerta.

76

LAMENTACIONES

ME DA VUELTA TODO y llegó el médico y había que contarle y yo no me atrevía porque me daba vergüenza y además me sentía muy mal con dolor de cabeza vómitos y mareos y una sensación de que me voy a morir pronto no quedaba otra alternativa estaba desesperada muy desesperada no era esa la recompensa que merecía después de haberme pasado la vida luchando contra el mundo y empujando a mi marido para que también luchara y cuando llegamos casi a lo tan largamente acariciado tiene que ocurrirnos esto tan terrible que nuestros amigos se retraerán aunque simulen lo contrario y nos harán objeto de sangrientas burlas pobre Eurídice qué será de ella ahora que Jorge Silva Morales empieza a festejarla esto es terrible prefiero morirme de una vez aunque el doctor me explicó y trató de persuadirme insistiendo que ahora debo mostrar mi temple y asumir las plenas responsabilidades de madre porque una madre como yo no abandona a sus hijos en los momentos críticos y yo lloraba porque ese doctor es muy bueno y comprensivo y tal vez únicamente él ha captado la magnitud de mi pena y lo inconsolable de mi situación pero en el fondo nada puede hacer y como yo lo sé prefería callarme para no divulgar tantos problemas pero él llevó a Pedro afuera y Pedro que es débil de carácter le relató todo absolutamente todo porque creía ingenuamente que ese médico es aún capaz de obrar un milagro y curar a Néstor con drogas y con el concurso de los mejores psiquiatras del país yo me siento muy mal y la cabeza me da vueltas por más que hundo la nuca en la almohada y me aferro con ambas manos al colchón tengo ganas de vomitar otra vez esto no termina nunca no puedo dormirme y olvidar olvidar olvidar tras una sombra negra para descansar de esta pesadilla inacabable las ideas y los recuerdos vuelven como boomerangs por más que los intente arrojar lejos de mí y Pedro le contó al médico hasta los trámites que hicimos para excarcelar a Néstor porque Pedro es tonto y habla mucho apenas le tiran la lengua se confía como si todos fueran sus amigos y le dijo que recurrimos a éste y a este otro funcionario invocando nuestras amistades y pasando gordos fajos de billetes hasta que conseguimos una orden directa del Ministro al Jefe de Policía y no me quiero acordar la fortuna que perdimos en coimas para conseguir sacar a Néstor bastante rápido aunque como nos explicó el coronel no me acuerdo cómo se llama a Néstor lo estaba tratando en la misma cárcel por las horribles torturas a que lo sometieron en una casa del barrio San José llena de prostitutas y rufianes entonces yo me desmayé porque nunca imaginé que mi hijo criado con tantos afanes sería capaz de semejantes desviaciones a pesar de los consejos que yo y Pedro le impartíamos durante mi desmayo me hicieron oler alcohol y echaban aire y cuando me sentí mejor el coronel siguió informándonos porque decía que entre sus obligaciones estaba la de preservar la moral juvenil y por eso se empeñaba en extirpar los focos de prostitutas y comunistas que infectaban al país aunque yo me quería ir porque me hacía daño oír detalles en ese momento sobre la increíble conducta de Néstor ese militar se empeñó en dejar a salvo la meritoria actuación de sus agentes que llegaron a tiempo y pudieron rescatar a Néstor de la canibálica orgía que estaban haciendo con él pero que lamentablemente el muchacho ya estaba inconsciente y no tenía documentos por lo cual fue traído para su curación de urgencia hasta tanto se lo pudiera identificar sus palabras no se hilvanaban con lógica decía muchas cosas absurdas y mezclaba nombres corrientes con frases bíblicas como si hubiera caído en un delirio místico aunque ese no es el diagnóstico exacto según dijo después el doctor pero el caso de Néstor es muy delicado vaya uno a saber qué brutalidad hicieron con él para hundirlo en ese estado yo no quería saber quiénes eran esas rameras porque iba a correr personalmente a matarlas con mis propias manos y cobrarme una pizca del infinito daño que le han hecho a mi hijo y a mi hija y a mí me siento peor que nunca tan mal como cuando ese coronel me explicó que según las investigaciones que pudo recoger después de arrestar a quienes se amotinaron en la iglesia de la Encarnación algunas prostitutas concurrían regularmente para conseguir clientes entre los jóvenes de buenas familias y era muy probable que Néstor haya caído allí en la red que le tendió alguna meretriz entonces yo me persigné invocando a Dios a la Virgen y a todos los Santos ante semejante profanación y empezaron a martillarme las sienes porque yo había estimulado a Néstor para que frecuentara esa iglesia sin saber ni por esa inefable intuición que tenemos las madres lo que allí ocurría y que era muy serio como para que la policía la haya invadido y el Jefe de Policía haya asumido públicamente su responsabilidad por la acción y como él nos dijo el delirio de Néstor tal vez tenía relación con fuertes cargos de conciencia y por eso mencionaba a Cristo a Abraham a Santa Magdalena los ricos y los pobres el Evangelio la Iglesia la justicia y el orden y la violencia y la hipocresía y tantas otras cosas sin oír ni una palabra ni un gesto porque estaba cerrado para este mundo quién sabe por cuánto tiempo no quiero pensar porque me vuelve el vómito y golpean con más violencia las sienes esto es peor que el infierno que Pedro se dé el gusto y llame a todos los psiquiatras que quiera es necesario salvarlo a él y a su buen nombre porque está Eurídice y la pobre tendrá que cargar con las consecuencias porque no faltará quien proyecte en ella algo de lo que hizo Néstor la gente es mal pensada y habla para entretenerse prefiero morirme de una vez ya no soy joven y carezco de la fortaleza de otros tiempos estoy gastada y consumida esto ha sido el golpe de gracia me derrumbo como una casa vieja mi cabeza estalla como un globo inflado a presión y mis sesos salpicarán las paredes.

77

SINÓPTICOS

EN EL SALÓN DE ACTOS del Seminario se había reunido toda la clerecía capitalina, encabezada por el Nuncio Apostólico, el Cardenal Primado y el Arzobispo coadjutor. Una especial solemnidad flotaba en el recinto.

Torres y Buenaventura contemplaron al Nuncio, sentado rígidamente sobre el estrado imponente. Intentaron encontrar su mirada. Con el peso de su autoridad definiría el curso del juicio. Prometió concluir rápidamente, porque confiaba en sí mismo, en su diplomacia y en sus dotes persuasivas. *Mucho ruido... Corridas... Exaltación. Pero, en el fondo, ¿qué?... En el fondo, hijos, no ha sido nada.*

Empezó el preámbulo. Preámbulo pesado, amenazador, inclemente y frío. El Dios de los ejércitos, del trueno, de la ira, del apocalipsis, tomaba posesión del acto. Sus tropas sacerdotales juraban obediencia, al tiempo que en las arterias empezaba a latir el disciplinado ímpetu de guerra santa. Algunos ojos giraron hacia las víctimas propiciatorias que debían apaciguar la cólera divina: su propia cólera de hombres.

Agustín Buenaventura y Carlos Samuel Torres querían autosugestionarse de que todo saldría bien, como lo aseguró el Nuncio, pero una irrefrenable vergüenza —de ellos mismos, de la Institución, de algo indefinible— los angustiaba. Este juicio podría ser la paradójica o simplemente burda conclusión de todos sus sueños, ideales y proyectos, reducidos a una fatua *vanidad de vanidades*. A ilusiones pueriles e irrealistas. A evasiones masturbatorias de la soledad, de la frustración, de la nada amorfa y oprimente.

Ofrecieron la palabra al Nuncio.

Los enjuiciados se desplazaron unos centímetros en sus asientos. La espalda se les rectificó.

El embajador del Vicario de Cristo acomodó sus delgados anteojos y desplazó lentamente su mirada por el apretado auditorio, recogiendo bloques de silencio. Sus ojos claros apenas rozaron a Buenaventura y Torres, como si no tuvieran más significación que los demás. Podía interpretarse de dos maneras.

El enigma se develó en seguida, cuando su voz autoritaria e implacable hizo trepidar la atmósfera.

—La arquidiócesis ha debido recurrir a una medida de excepción como ésta, porque dos sacerdotes fementidos han violado los más elementales principios que deben regir su conducta, transformando una iglesia en barricada —las facciones del Nuncio parecían talladas en mármol y sus ojos en brasas—. Ese inaudito ultraje es la culminación de una actividad disolvente y herética. Actividad nefasta para la vida secular y religiosa de esta católica ciudad. Empezaron rechazando el principio de autoridad —extendió el índice—, la autoridad que vertebraliza a la Iglesia y le permite navegar gloriosamente a través del tiempo. Modificaron sin expresas licencias algunos aspectos de la liturgia —extendió el índice y el mayor—. Introdujeron en sus sermones ideologías destructoras, mezclando la Palabra del Señor con literatura condenada por la Congregación para la Defensa de la Fe —extendió también el pulgar y su mano adoptó la actitud del predicador que, curiosamente, en ese instante servía para enumerar acusaciones.

Y luego de la aflicción de aquellos días, el sol se obscurecerá y la luna no dará lumbre y las estrellas caerán del cielo y las virtudes de los cielos serán conmovidas.

—Si los demás sacerdotes procediéramos igual ¿qué sería de nuestra Santa Iglesia? —sus dedos se encogieron en puño indignado y amenazante.

Prendido Jesús, le llevaron a Caifás pontífice, donde los escribas y los ancianos estaban juntos.

El recinto estaba clausurado. La voz del Nuncio rebotaba dentro de ese cofre impenetrable. El aire soportaba una combustión exclusiva y discriminatoriamente sacerdotal. Como en otra ocasión lo fue el Sanhedrín.

La flagelación por el látigo o la tortura con electricidad o la muerte por lapidación no deben producir un dolor tan profundo y total, tan aplastante —que parece despojar del esqueleto—, tan prolongado —que no le alcanza el cosmos para expandirse y reventar— como esa traición fresca, burda y reveladora. La boca del Nuncio semejaba una horrible y devastadora máquina.

Buenaventura se estiró con desesperación la golilla y con la otra mano metió su pañuelo secándose la copiosa transpiración que confluía en su cuello.

Imitatio Christi, pensó Carlos Samuel. Ésta es la voz de Roma. Habla la sangre de San Pedro. Ilumina el Espíritu Santo... Sus dedos temblaban.

—¿Qué sería de la Iglesia —insistió el Nuncio— si a cada uno de vosotros se les confiara un templo y lo vejara llevándolo irresponsablemente hacia la profanación? Explotando *slogans* izquierdistas, estos malos sacerdotes atrayeron jóvenes ávidos de cambios o simplemente curiosos de las novedades. Orquestaron un movimiento pseudocristiano masificado, inconsciente, desprovisto de virtudes como la prudencia y la moderación. Soliviantaron a los estudiantes. Organizaron una provocativa manifestación que desbordó sus cálculos. Recurrieron a la violencia, sin agotar los medios pacíficos que provee el diálogo. Desconocieron las obligaciones que como ciudadanos y como sacerdotes deben a las autoridades legítimamente constituidas. Son los responsables de la masacre ocurrida en las calles y del ultraje cometido contra un templo. Por su culpa la iglesia de la Encarnación ha sido invadida y mancillada —extendió sus manos en un gesto grandilocuente, para denunciar con máxima potencia—: ¡Las heridas del Señor vuelven a sangrar!

Una onda de exaltación se propagó a lo ancho del auditorio.

Y los príncipes de los sacerdotes y los ancianos y todo el consejo, buscaban falso testimonio contra Jesús, para entregarle a la muerte.

Ésta es la Iglesia que debo amar y obedecer, se repetía Carlos Samuel. *Éste es Pedro y sobre él construiré mi Iglesia.* Vocación de servicio... *Amarás al prójimo como a ti mismo*... Dar la vida por los otros... El Nuncio habla desde su estrado, desde su montaña. Pronuncia *su* sermón de la montaña. Predica *su* cristianismo, basado en un Cristo militar, disciplinado, codicioso y exigente.

—El Jefe de Policía comunicó a monseñor Tardini sobre sus infructuosos pedidos de rendición. Si Buenaventura y Torres no se hubieran empecinado en proseguir la violencia, ese templo no hubiera sido maculado por las balas, los gases lacrimógenos, el fuego, por esa locura destructiva que hizo añicos púlpito, puertas, bancos. Pero ¿cómo iban a rendirse y entregar esa heterogénea masa de pecadores? Los comunistas, prostitutas y delincuentes que efectuaron depredaciones callejeras y atacaron con proyectiles a las fuerzas del orden, organizaron su segundo frente en la iglesia bajo la anuencia de estos dos sacerdotes. Junto a los estudiantes actuaban las rameras. ¡Ése es el nuevo cristianismo que predican! —descargó su puño sobre la mesa.

Un murmullo se encendió en el auditorio.

Muchos testigos falsos llegaban. Al final vinieron dos que acusaron: Éste dijo: Puedo derribar el templo de Dios y en tres días reedificarlo.

—¡Que respondan los reos desde cuándo las prostitutas frecuentan esa iglesia y qué papel desempeñaban en la captación de adeptos! —exclamó el Nuncio con un enojo que no dejaba resquicio para el afloramiento de réplicas.

Y levantándose el pontífice, le dijo: ¿No respondes nada? ¿Qué testifican éstos contra ti?

Torres y Buenaventura parecían dos cadáveres horriblemente desfigurados. Por sus cabezas cruzó el frágil recuerdo de esa meretriz que vino a pedir ayuda para un estudiante malherido. En seguida rodearon la iglesia y empezaron a derrumbar el pórtico. ¿Por qué insiste con lo de las prostitutas? ¿A qué otras prostitutas hace referencia? La lengua se había secado.

Jesús callaba.

Buenaventura no podía hablar. Carlos Samuel no podía hablar. Estaban más perplejos que los demás sacerdotes del recinto. Magdalena y el amor... Magdalena y la soledad... *El que se sienta libre de pecado, que arroje la primera piedra,* porque Jesús amó a los réprobos, a las prostitutas y a Magdalena. Magdalena en busca infructuosa del amor, recibió la más profunda e inconmensurable prueba de amor al ser ella una ramera —una impura— la que primero supo que Cristo había resucitado... Magdalena amada por Cristo y aborrecida por el Nuncio; Magdalena, prueba del más trascendente misterio de Dios y pieza de la más baja trampa del Nuncio. Magdalena despreciada antes, amada después (por Cristo), despreciada siempre (por sus representantes). ¿Ésta es la Iglesia que Jesús mandó edificar? ¿Ésta es la autoridad ante la cual debo inclinarme?

Buenaventura recordaba sus años de juventud al otro lado de la civilización, cuando solía encender la imaginación de los indígenas con descripciones de la grande y maternal Iglesia, con anécdotas de sus santos, con historias de sus gestas en pro del bien. El aire gris de ese recinto clausurado adquiría tonalidades de esmeralda como las selvas, nácar como los picos, púrpura como los crepúsculos. Su cuerpo giraba sobre las ruedas del vahído, que enfriaba su transpiración y colapsaba sus venas. Alud. Piedras. Polvo. Fragor. Tembladeral.

El precipicio de ese cañón profundo, profundo, profun...do... Vacío... vacío...

—En esta asamblea iluminada por Dios —los dientes del Nuncio seguían masticando palabras—, debemos desenmascarar los móviles que esconden las innovaciones temerarias e irresponsables. El *aggiornamento* no autoriza destruir a la Iglesia, ni convertir sus templos en estadios o antesalas del prostíbulo. Tras ciertas innovaciones existe una crisis de fe, una desembozada ambición política y una patológica inclinación disolvente.

El pontífice le dijo: Te conjuro por el Dios viviente, que nos digas si tú eres el Cristo, Hijo de Dios.

Torres se enderezó. Apoyó sus manos en el respaldo de la silla que tenía delante. Su cara era tan blanca como la cal, sus labios apenas se distinguían como una fina raya. Bajo su piel fasciculaban los músculos anárquicamente. Estaba solo como Cristo con los mercaderes, como Cristo en el Sanhedrín, como Cristo con Pilato. *Dios mío, Dios mío ¿por qué me abandonaste?...* Roma, Lovaina, Innsbruck, San José, Encarnación, sierras, Seminarios, Tardini, coronel Donato Pérez, Nuncio, juicio eclesiástico, eclesiástico, eclesiástico, eclesiástico.

El Nuncio le miró con ojos desorbitados. Él no le ordenó levantarse. Al contrario, ayer le advirtió claramente que no hablara, que no intentara embrollar el juicio con defensas inoportunas.

Pero Carlos Samuel no veía los gestos del Nuncio, que le exigían volver a sentarse: tenía los ojos llenos de lágrimas. La frustración es peor que una caldera en el séptimo infierno. La frustración es sentir que han hecho añicos de uno mismo y del universo que uno ama, es presenciar la flagelación de la propia madre, es reconocerse burdamente humillado por todos, es hundirse en un monte de excrementos, es rechazar todo menos la muerte que embota, que hace olvidar, que aplasta para siempre los tumefactos lóbulos del cerebro. Su voz salió ronca, partida, falseada, pero doliente como un serrucho.

—¡Sacerdotes y escribas hipócritas! —extendió sus

brazos trémulos hacia el estrado, como si intentara alcanzarlo y destruirlo—. ¡¡Raza de víboras!!

Entonces el pontífice rasgó sus vestiduras diciendo: Blasfemado ha: ¿qué necesidad tenemos de testigos? He aquí, ahora habéis oído su blasfemia.

Buenaventura yacía desvanecido.

El mismo clérigo que la otra vez exigió juicio eclesiástico, se puso de pie, enrojecido y violento. Extendió su índice como una lanza.

—¡Excomunión! —sentenció a voz de cuello.

—¡Excomunión! —repitió el eco—. ¡Excomunión! ¡Excomunión! ¡Excomunión!

Pesadilla. Irrealidad. Símbolo. Caricatura. Esperpento.

78

APOCALIPSIS

«Los tiempos han llegado: el reino de Dios está cerca. Cambien el rumbo de su vida. Y créanlo: es una Buena Nueva» —*el padre Torres levantó su mano para señalar la inminencia del gran anuncio*—. *«Jesús revestido con el poder del Espíritu Santo volvió a Galilea. Se dirigió a su pueblo natal, Nazareth y, según su costumbre, el día sábado fue a la sinagoga. Allí se ofreció para hacer la lectura. Se le entregó el libro de Isaías. Lo abrió y dio con el siguiente pasaje:* El espíritu del Señor está sobre mí y me ungió para proclamar lo que es buena noticia para los pobres: ¡libertad para los encadenados y luz para los ciegos! ¡Libertad para los explotados y año de gracia del Señor! *Luego Jesús cerró el libro, lo devolvió y se sentó. Todos los ojos estaban fijos en él. Entonces les dijo:* ¡Hoy mismo, este texto empieza a ser realidad!»

Torres había desaparecido. No importaba. Yo estaba sobre una inmensa meseta. Triunfaba el reino de Dios. Cristo era asumido en la tierra. Multitudes ingentes, rumorosas y entusiastas afluían hacia Él. Las madres alzaban a sus hijos, los hombres ayudaban a los ancianos. Se marchaban alegremente, vigorosamente. Cantos, cantos de júbilo se alzaban hasta las nubes en ese luculente día. Los timbales partían el ritmo y las trompetas hacían rulos de oro en el aire. La voz de Jesús resonaba por doquier: «Bienaventurados vosotros los pobres, porque vuestro es el reino de Dios. Bienaventurados los que ahora tienen hambre, porque serán saciados. Bienaventurados los que ahora lloran, porque reirán».

Yo me sentía realmente emocionado. Después de tantas luchas, todos avanzaban al fin hacia Cristo y sus apóstoles. Los soldados del flamante reino irrumpieron en tolvaneras iridiscentes, como una explosión de colores. Los ciegos, los cojos, los leprosos, los famélicos, los sucios, los desnudos, se abalanzaron con la histeria impresa en sus rostros. ¡Viva Cristo! ¡Viva su reino! —sobresalían algunas voces sobre la tempestad de ruidos. Y bajaban de los collados como inmensas manchas de aceite. La humanidad entera confluía hacia Jesús.

Llegaron los príncipes en suntuosos camellos, como los Reyes de la Epifanía. Otros vinieron en doradas carrozas que provocaron estupor y deslumbramiento. El pueblo se corría y apretujaba para abrirles paso, porque también honraban al Señor. Los nobles vestían sus mejores trajes. Los banqueros lucían jaquet, y los gordos industriales un escintilante alfiler de corbata como símbolo de su poderosa situación: El pueblo acariciaba emocionado con las puntas de los dedos el hermoso automóvil de un cardenal y estallaba en fuertes ovaciones cuando le acompañaba un sonriente y demagógico ministro.

El universo celebraba agitadamente el triunfo de Jesús, quien allá lejos, muy lejos, desde un regio palco instalado al final de la majestuosa escalinata, presidía la grandiosa manifestación. Su voz se difundía por un vasto sistema de parlantes y llegaba con ahuecada sonoridad hasta los más distantes rincones del planeta.

No hagáis tesoros en la tierra donde la polilla y el orín corrompen y donde los ladrones minan y hurtan. Ninguno puede servir a dos señores, porque aborrecerá al uno y amará al otro o porque llegará al uno y menospreciará al otro: no podéis servir a Dios y al dinero.

Con humilde y gozosa disciplina los obreros dejaron los primeros sitios a los directivos de sus fábricas y los harapientos campesinos a los elegantes terratenientes. Contribuían al orden y la justa jerarquía que se había determinado en el programa de festejos. ¿No decía el Evangelio que los últimos serán los primeros? Muchos obispos con devoción acendrada también corrieron junto a los poderosos para que después, al final, en la otra vida, sean los últimos y reciban la gracia del Señor... ¡Qué de dar vueltas con las palabras de Cristo para merecer premios!

¡No aglomerarse! ¡No empujar! —vociferaban los representantes de las compañías de turismo. Sin em-

bargo, yo ya quería llegar, porque empezaban a dolerme los pies. ¡No sea impaciente! —me regañaron. Me tapé las orejas y continué avanzando. Ya llegaban a mí los acordes marciales de las tropas que rendían honores frente al majestuoso palco. Los soldados desfilaban luciendo sus brillantes uniformes de gala sobre cuyos dorados el sol astillaba su luz. Parecían un río de piedras preciosas que rodaban como el legendario Sambatión. Y tras ese río, sobre el impresionante palco, alcancé a divisar un ángulo de la cabeza de Cristo. ¡Mi corazón brincó! ¡Por fin veo a Cristo! ¡Por fin veo a Cristo! Y di furiosos codazos a mis vecinos para acercarme más. Me respondieron con gargajos y puntapiés. No me importó. Avancé y avancé hasta que sólo me separaba de Dios ese incandescente y bullicioso cinturón de soldados, que en ese momento paseaban sus tanques y cohetes pintados de blanco, como en traje de primera comunión.

El palco tenía alrededor de cincuenta metros. Estaba construido con maderas de ébano en la cual miles de artistas grabaron la historia de la Iglesia. En su interior, sobre aterciopelados sillones a los que se les acopló un ingenioso sistema de refrigeración regulable e individual, fueron instalados los representantes del Gobierno, del comercio y de la industria, los diplomáticos acreditados ante la Santa Sede y las grandes personalidades científicas y artísticas del mundo, que llegaron en veloces jets o en modernos transatlánticos para honrar al Señor.

En el centro del palco, tras una imponente cruz de

oro engarzada con diamantes, se asomaban los cabellos de Cristo. ¡Reconocí quién estaba a su derecha. Di un salto de alegría! ¡Era San Juan Bautista! Vestía sus viejas y corcusidas pieles de profeta, apenas las necesarias para cubrir su desnudez. En ese instante giró e hizo una zalema para besar la mano a la esposa de un ministro. Desde lejos percibí el estremecimiento que produjo en ella la galantería del santo, haciendo temblar su increíble lluvia de alhajas.

Mientras, las tropas continuaban marchando, con paso duro, orgulloso, viril. San Pedro se inclinó sobre la balaustrada y bendijo a los muchachos y sus hermosos cañones.

Bienaventurados los mansos, porque ellos recibirán la tierra por heredad. Bienaventurados los pacificadores, porque ellos serán llamados hijos de Dios.

Me desesperaba por acercarme más. No podía permanecer quieto. Mis extremidades se movían como segmentos de una loca marioneta para no entumecerse en esa prisión de cuerpos compactados. Inspiré hondo, tomé impulso y salté con todas mis fuerzas. Contuve la respiración hasta que logré sobrevolar ese largo y serpenteante río de soldados. Me afirmé con una mano en la bruñida baranda del palco. Sólo me separaban de Cristo algunos metros. Pero una señora dio voces con horror. A su lado estaba el Coronel Donato Francisco Pérez. ¿Qué hacía ahí? ¿A quién representaba? Ah, sí, a las fuerzas del orden. Mientras intentaba comprender la extraña presencia de ese aborrecido sujeto en la apoteosis del cristianismo, varios hombres vestidos de frac y enguantados de blanco me hicieron caer al asfalto. No importa, me dije otra vez. Sacudí mis ropas. Estaba más cerca de Cristo que nunca.

Ni Isaac sobre la pira del sacrificio, ni Haoma en el mortero sagrado podían gozar esa inefable percepción que electrizaba mis sentidos. Era el éxtasis... Sentí que me tocaron el hombro, desde arriba. Giré mi cabeza y reconocí —¡cuántas emociones juntas!— a la Virgen. Tuve un impulso de caer arrodillado. Por primera vez deseaba que mis padres, especialmente mamá, estuvieran junto a mí. Era una visión deslumbrante. Mis ojos bailaban dentro de las órbitas contemplando el celeste resol que la envolvía. Parecía una esbelta torre de marfil. Los brillantes de su falda eran como las estrellas del cielo. Las perlas y esmeraldas que en espesos collares rodeaban su cuello, parecían la espuma del mar abrazando una isla de plata. Se inclinó con esfuerzo, pues no le daba holgura su aplastante ropaje. Con la mano derecha me tendió algo mientras con la izquierda sostenía su refulgente corona, casi tres veces más alta que su cabeza. Extendí temblorosamente mis dedos y recibí una estampita con su imagen. La besé con fruición. Alcé otra vez mi cabeza para agradecerle con los ojos desbordantes de lágrimas y vi a varios santos apretujándose para alcanzarme sus respectivas imágenes. Seguramente querían compensar con esas atenciones la rudeza con que fui expulsado del palco. ¡Qué maravilla! Cada estampita llevaban impreso en el dorso el nombre de la Firma S.R.L., que las fabricaba, y un autógrafo legítimo del santo. Reuní un mazo de imágenes y recordé que ansiaba acercarme a Jesús. Su voz continuaba retumbando por doquier, sin interrupciones.

¡Cuán dificultosamente entrarán en el reino de Dios los que tienen riquezas! Porque es más fácil que pase un camello por el ojo de la aguja que un rico entre en el reino de Dios.

Caminé con esfuerzo, porque los ricos a quienes se les reservó la primera fila, no me dejaban pasar. Se escandalizaban porque mi traje no era oscuro y mi corbata no estaba prendida con el alfiler que me regaló mamá. Insistían en que debía presentar la tarjeta de invitación y mostrar recibos por las donaciones de caridad que efectué. Ellos gritaban y yo seguí caminando. Las mujeres chillaban porque pisoteaba sus zapatos, «modelos exclusivos» de Christian Dior. ¡Que griten! ¡Qué embromar! ¿Cuántas veces en la vida uno puede acercarse a Cristo?

El desfile continuaba. Nunca imaginé que hubiera tantos soldados en el mundo. A mí ya me aburría. ¿No se cansan los santos? Miré hacia el palco: Juan Bautista, sacando su hirsuto pecho, hacía la venia ante el paso de la bandera nacional flameando en la punta de un esbelto cohete nuclear. ¡Qué figura puede adoptar este hombre! De seguro que con la barba rasurada y un uniforme nuevo quedaría tan pintado como el coronel Donato Pérez. ¿Y Cristo? No lo podía ver ahora. Pero su voz continuaba propalándose.

Sabéis que los príncipes de los gentiles se enseñorean sobre ellos y los que son grandes ejercen sobre ellos potestad. Mas entre vosotros no será así: el que quisiere entre vosotros hacerse grande, será vuestro servidor. Y el que quisiere entre vosotros ser el primero, será vuestro siervo. El Hijo del hombre no vino para ser servido sino para servir.

Me acerqué más, temeroso de que suceda algo extraño. San Juan Bautista seguía firme en actitud marcial. Los apóstoles repartían estampas. San Pedro estrechaba millares de manos que se extendían anhelantes hacia él para recibir su contacto santificante. Jesús continuaba hablando. El corazón me empezó a latir como el galope de un corcel.

No hay más grande amor que donar la vida por los amigos. Vosotros sois mis amigos, si hicieres las cosas que yo os mando. Ya no os llamaré siervos, porque el siervo no sabe lo que hace su señor; pero os he llamado amigos, porque os he hecho notorias todas las cosas que pide mi Padre. No me elegisteis vosotros a mí, sino yo os elegí a vosotros.

Mis ropas se habían empapado. Temblaba. ¿Dónde está Cristo? ¿Dónde está Cristo? ¡Lo quiero ver, lo quiero tocar! ¡Por una vez en mi vida!

Esos tambores ensordecían. ¡Cómo chirrían las ruedas de los tanques: parecen triturar el asfalto! ¡Detengan el desfile! ¡Sólo me interesa ver a Cristo!

Magdalena pasó a la carrera con su pelo revuelto y las ropas desgarradas. Una lluvia de piedras la perseguía; querían lapidarla. ¿Lapidarla? ¿En presencia de Cristo? ¡Es una prostituta! Magdalena huía hacia un pantano de color amarillo donde confluía la pestilente escoria dorada de la vieja sociedad. Sobre su burbujeante superficie flotaban una cruz y una bota. El Faraón le exigió a José que explicara, aunque no le gustaba su explicación. Y los proyectiles rebotaban en la espalda de Magdalena. Quise socorrerla y oír lo que decía. «¡Han llevado al Señor del sepulcro y no sabemos dónde le han puesto! ¡Han llevado al Señor del sepulcro y no sabemos dónde le han puesto!» Buenaventura corría para ayudar a Magdalena y tras él corría Torres. ¡Olga también! Se alejaban hacia el pantano, como insectos que se pierden de la vista.

Yo quería ver a Cristo porque mi pecho estallaba de angustia. No me interesaba su corte celestial ni terrena. Me afirmé con las dos manos en una baranda y entré al palco. Caí de pie sobre la blanda alfombra. Junto al micrófono estaba Caifás, con cuello de arminio y hábitos blancos. Sostenía una Biblia con tapas de marfil y leía el Evangelio, leía la palabra de Cristo, mientras Cristo... ¡Ahí está! ¡Ahí está! ¡¡Es Él!! —yacía atado con sogas a la enorme cruz de oro que presidía la manifestación triunfal, y lloraba inconsolablemente.

Índice